Wulf Bennert

Windmühlengeschichten

Erlebtes, Historisches und Wissenswertes

◇◇◇◇◇

Kaleidoscriptum Verlag

1. Auflage 2018
© 2018 Kaleidoscriptum Verlag,
in Kooperation mit Monumedia GmbH
Thälmannstraße 7, 99085 Erfurt
www.kaleidoscriptum-verlag.de
Alle Rechte vorbehalten
Illustration: Dr. Volker Tribius

Gestaltung und Satz: Monumedia GmbH
Thälmannstraße 7, 99085 Erfurt

Druck und Bindearbeiten:
Bookstation GmbH
Gutenbergstr. 7
85646 Anzing

ISBN 978-3-00-060257-3

Inhalt

Ein Mühlstein und ein Menschenherz

wird stets herumgetrieben.

Wo beides nichts zu reiben hat,

wird beides selbst zerrieben.

Friedrich Freiherr von Logau
1604 – 1655

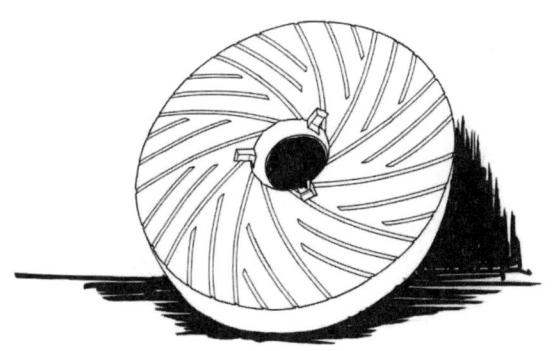

Vorwort

◇◇◇◇◇

1988 schickte ich dem Kinderbuchverlag der DDR das Konzept für ein Kinderbuch mit Windmühlengeschichten für Kinder und Jugendliche mitsamt einer illustrierten Probegeschichte („Der Brunnen"). Meine Frage, ob Interesse an einem solchen Projekt bestehe, wurde grundsätzlich bejaht. Allerdings müsse das Buch gemäß dem Bildungs- und Erziehungsauftrag des Verlages einen erkennbaren Beitrag zur Entwicklung sozialistischer Persönlichkeiten leisten. Ich solle erläutern, wie ich diese Zielstellung zu erfüllen gedenke.

Weil ich mir nicht recht vorstellen konnte, wie man mittels Windmühlengeschichten sozialistische Persönlichkeiten entwickelt, verschwand das Manuskript der Probegeschichte in einer Schublade. Dreißig Jahre später fand meine Frau es beim Aufräumen und meinte, jetzt könne ich das Projekt doch ohne ideologische Zwänge umsetzen. Es entstand nunmehr ein Buch für Erwachsene, dessen Geschichten die wechselvolle Historie der „Holländermühle" zu Hopfgarten und die Schicksale ihrer Besitzer in einem Zeitraum von dem im Jahre 1836 an den Großherzog von Sachsen-Weimar-Eisenach gestellten Bauantrag bis heute beschreiben. Während im ersten Teil die Handlung der Episoden frei gestaltet ist und sich dabei nur an bekannte Tatsachen anlehnt, tragen die Erzählungen für die Zeit ab 1974 autobiografischen Charakter. Sie berichten nicht nur von den zahlreichen technischen, organisatorischen und juristischen Schwierigkeiten, die für eine Wohnnutzung des mitten auf dem Acker gelegenen ehemaligen Arbeitsgebäudes Windmühle zu überwinden waren, sondern sollen auch eine Sicht auf das System der DDR und die Nachwendezeit geben – jeweils aus einer Nischenperspektive.

Nach vielen Jahren der Lehrtätigkeit an Hochschulen konnte ich auf die Darstellung besonders beeindruckender Fakten einfach nicht verzichten. So gehört zu jeder Windmühlengeschichte eine passende Abhandlung „Wissenswertes". Die Themen sind darin sehr breit gestreut; sie reichen von der Typologie der Windmühlen über Wünschelruten, Erdstrahlen, Toilettenkunde, Seidenraupenzucht, Desertion sowjetischer Soldaten, eine anachronistische LPG Typ I und Funktionärspsychologie bis zu den heutigen Ursachen von Wohnungsnot sowie den sehr wahrscheinlichen Irrungen der bundesdeutschen Energiepolitik. Auswahlkriterium war für jedes Einzelthema die Vermutung, dass es auf breites Interesse der Leserschaft stoßen könnte.

Dankbar bin ich Dr. Volker Tribius, dem es mit seinen Federzeichnungen zweifellos gelungen ist, neben technischen Sachverhalten auch die unfreiwillige Komik meisterhaft ins Bild zu setzen, die vielen Geschehnissen einer nunmehr vergangenen Zeit innewohnte.

0. Prolog

Resultat einer Energiekrise –
die Holländermühle zu Hopfgarten

◇◇◇◇◇

„Im Frühjahr und Sommer fehlte es an Regen und damit wurde auch das Futter knapp. Ein Teil unserer Brunnen war ausgetrocknet, bei uns gab es nur noch drei, die Wasser gaben. Bei dem Mangel an Wasser mußte die Polizei sogar das Bleichen der Leinwand untersagen."
So steht es in der Chronik des nördlich von Weimar gelegenen Dorfes Heichelheim unter der Jahreszahl 1835. Auch in den Jahren davor waren im Großherzogtum Sachsen-Weimar-Eisenach die Niederschläge weitgehend ausgeblieben, Bäche fielen trocken, und kleine Flüsschen führten kaum noch Wasser. Damit stand der regenerative Energieträger Wasserkraft vielerorts nicht mehr zur Verfügung; die Wassermühlen standen still. Das Korn musste zum Mahlen zu den wenigen Mühlen transportiert werden, die an den größeren Flüssen Saale, Ilm und Unstrut noch arbeiteten – in einer Zeit ohne Eisenbahn und Auto ein Riesenproblem. Die Mehlpreise erklommen immer

neue Höhen. Als Reaktion auf diese Energiekrise gingen bei der großherzoglichen Landesdirektion in Weimar mehrere Anträge auf Genehmigung der Errichtung von Windmühlen ein; sie sind nachstehend aufgelistet (Quelle: Hauptstaatsarchiv Weimar).

Datum des Antrags	Antragsteller	geplanter Standort
1829	Johann Christoph Gottlieb Walther, Bachmüller	Heichelheim
18.06.1836	Christian Hohmann und Andreas Gerlach	Buttelstedt
15.09.1836	Johann Kaspar Seidler, Bachmüller	Hopfgarten
01.10.1836	Leukart	Großmölsen
27.10.1836	Ernst Friedrich Schillbach, Rittergutsbesitzer	Gerode
07.03.1837	Konstantin von Gehring Rittergutsbesitzer	Remda
15.08.1837	Lorenz Stachelroth	Elxleben
23.01.1840	Friedrich Karl Schüßler	Linderbach/ Azmannsdorf
12.09.1841	Johann Friedrich Müller	Lengefeld

Die Anträge sind an den seit 1828 regierenden Großherzog Carl Friedrich, den ältesten Sohn des Herzogs und späteren Großherzogs Carl August von Sachsen-Weimar-Eisenach (1757 – 1828) gerichtet. Zu ihrer Begründung findet man immer wieder Wassermangel angeführt. Durch die groß-herzogliche Bürokratie wurden sie sehr zügig bearbeitet und sämtlich vom Großherzog genehmigt. Die beiden ersten Seiten des Gesuches vom Wassermüller Johann Kaspar Seidler aus Hopfgarten sollen hier im Faksimile wiedergegeben werden; für Ungeübte im Lesen der alten Sütterlin-Handschrift sei die erste Textpassage in einer modernen Druckschrift zitiert:

„Weimar, am 15. September 1836. Die Landesdirektion berichtet über das Gesuch des Müllers Seidler, zu Hopf-garten, um Erlaubniß zu Anlegung einer Windmühle daselbst.

Mittelst Bittschreibens vom 23. d. M. suchte der Besitzer der Bachmühle zu Hopfgarten, Johann Kaspar Seidler, um Erlaubniß nach, auf einem ihm gehörigen Grund-stücke in dortiger Markung eine Windmühle erbauen zu dürfen, da er seine mit schweren Erbzinsen belastete Mahlmühle bei dem geringen Wasserstande fast gar nicht betreiben könne, der Mangel fördernder Mühlen aber sowohl in Hopfgarten als auch in den benachbarten Orten fühlbar sei."

Weiter wird dann ausgeführt, dass der Antragsteller sich – analog zu einem vorangegangenen Verwaltungsakt in Buttelstedt – verpflichtet hat, *„die Windmühle als Zubehör zur Wassermühle anzuerkennen, solche auch entfernt vom Wege zu erbauen."* *„Da auch das Amt (Vieselbach) sich für die Gewährung des Gesuchs verwendet"*, legt der Berichterstatter dem Herrscher *„unterthänigst"* die Genehmigung des Gesuchs nahe. Was auch immer mit der Anerkennung der Windmühle als Zubehör zur Wassermühle bezweckt wurde – die Besitzverhältnisse von Wind- und Wassermühle in Hopfgarten fielen später auseinander; als die Wassermühle 1911 vollständig abbrannte, nennt die Ortschronik einen anderen Besitzer als den damaligen Windmüller.

Bemerkenswert ist sicher die Tatsache, dass die Titelseiten sämtlicher oben aufgeführter Anträge die gleiche Gestaltung der Anrede des Großherzogs mit einer üppigen Ornamentik aufweisen – Formularwesen im frühen 19. Jahrhundert.

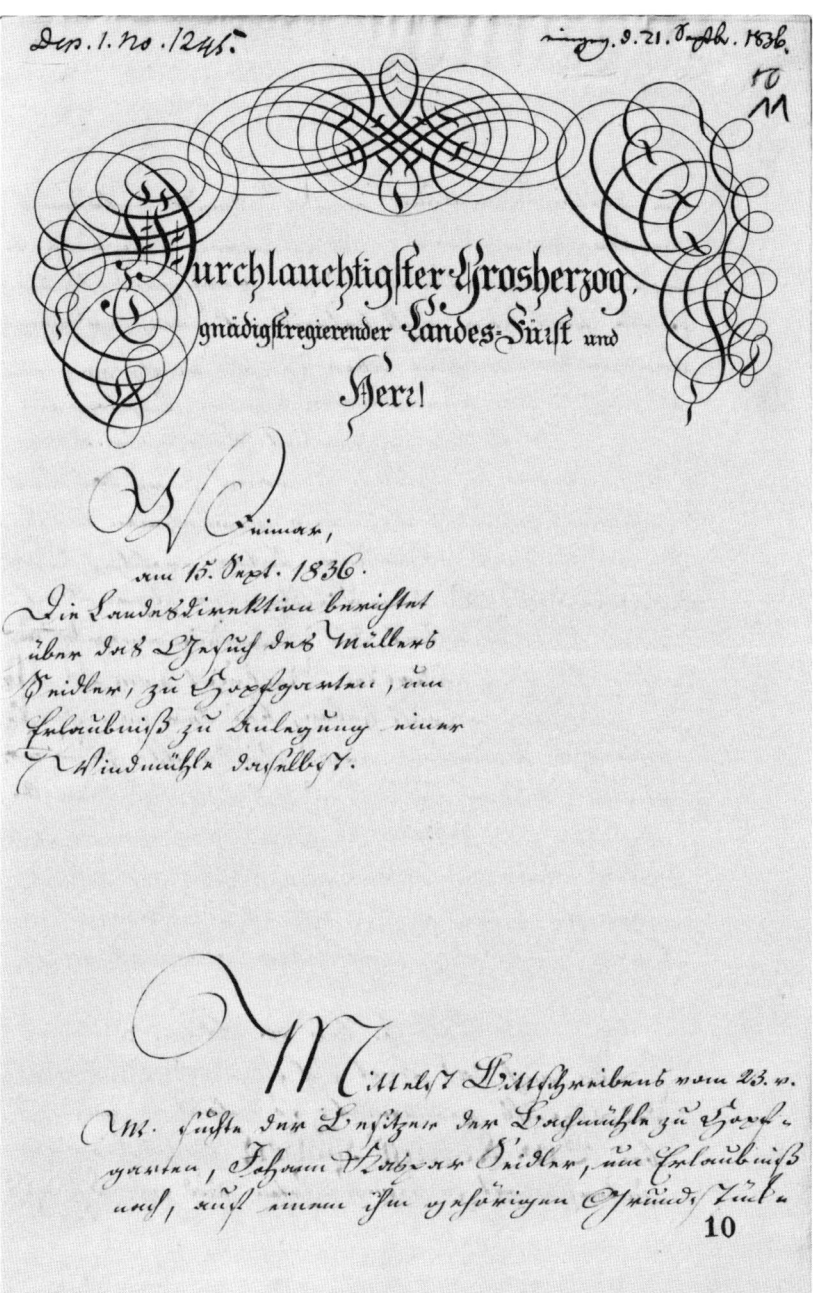

Durchlauchtigster Großherzog,

gnädigst regierender Landes-Fürst und

Herr!

Weimar,
den 15. Sept. 1836.

Die Landes-Direktion berichtet
über das Gesuch des Müllers
Gudler, zu Hochgarten, um
Erlaubniß zu Anlegung einer
Windmühle daselbst.

Mittelst Ausschreibung vom 23. v.
M. suchte der Besitzer der Bachmühle zu Hochgarten, Johann Gottfried Gudler, um Erlaubniß
nach, auf einem ihm gehörigen Grundstück

10

in dortiger Markung einen Windmühle erbauen zu
dürfen, da nunmehr, mit schwerer Holzzinsen be-
lasteten, Mahlmühlen vor deren ungenügten Wasserstande sehr schlecht betreiben lassen, dem mangel
hieraus nun der Mühlen aber sowohl in Schwarzorten
als auch in den benachbarten Orten fühlbar sei.

§. 1. Der angefügte Landesdir. Akten.
Wir haben dieselben hiernach durch das Amt
Winkelbach zunächst darüber vernehmen lassen,
ob er sich der Bedingung unter welcher Ew.
Königl. Hoheit dem Besitzer der obern Bachmühle zu Düttelstedt die Erlegung einer Windmühle durch gnädigstes Reskript vom 23. v. M.
zu gestatten genäßt haben, bei der von ihm beabsichtigten Erlegung einer Windmühle zu unter-
ernehmen bereit sei? und es hat sich derselben,
nach der bereitlichen Verzeichnis des genannten
Amtes vom 13. d. M. verpflichtet, die Windmühle als Zubehör zur Bachermühle anzu-
ernehmen, solche auch von Wegen entfernt zu erbauen.

§. 4. der er Akten.
Da auch das Amt sich für die Ernährung
des Gesuchs vernannt: so erlauben wir uns,
bei Ew. Königl. Hoheit solches hierdurch
unterthänigst zu bevorworten und Ihro Höchst-

Dero Schlußbehandlung in tiefster Ehrfurcht entgegen.

Ew. Königl. Hoheit

Weimar,
am 15. Aug.t 1836.

unterthänigst treugehorsamste
Landes-Direction.
Friedrich von Edelweiss

11

Wie das Datum auf ihrer alten Wetterfahne ausweist, stand die Windmühle schon zwei Jahre nach der Stellung des Bauantrags – eine Leistung, die wir heute kaum noch ermessen können. Wassermüller Seidler hatte sich für den damals modernsten und leistungsfähigsten, aber auch aufwändigsten Mühlentyp entschieden: eine Holländermühle mit drehbarer Kuppel, welche zwei Windrosen automatisch gegen den Wind richteten (Näheres dazu in Kapitel 0.1). Ihr steinerner Turm hatte unten einen Durchmesser von 8,5 Meter, der sich in einer Höhe von rund 10 Metern auf 6,5 Meter verjüngte. Bei einer Stärke der zweischaligen Wände von 90 Zentimetern waren dafür 450 Tonnen Material mit Pferdefuhrwerken heranzutransportieren, die sich auch den relativ steilen unbefestigten Feldweg auf den Hügel hinaufquälen mussten. Dieses Material bestand zu mehr als der Hälfte aus Werksteinen von grünem Keupersandstein, der wahrscheinlich aus einem alten Steinbruch zwischen Hopfgarten und Nohra stammt (den STEINER und SEIDEL in Heft 32 der Weimarer Schriften erwähnen). Die Außenhaut der Windmühle wurde verputzt. Heute ist der Putz abgefallen, und die Fassade zeigt sich steinsichtig. Die Installation der gesamten Mühlentechnik oblag damals den sogenannten Mühlenärzten. Als Vorläufer der modernen Maschinenbauingenieure war ihr technologisches Wissen von handwerklicher Erfahrung geprägt und vererbte sich oft vom Vater auf den Sohn. Erst 1864 wurde in Holzminden die erste Mühlenbauerschule gegründet. Die Mühlenärzte führten neben Neubauten auch Reparaturen aus, deren

Art und Umfang den jeweiligen Müller überforderte; nach der Vorfertigung bestimmter Holz- und Eisenteile in eigener Werkstatt zogen sie als fahrendes Gewerbe von Mühle zu Mühle. Ihrer hat sich zweifellos auch der Wassermüller von Hopfgarten bedient.

Johann Kaspar Seidler baute jedoch auf dem windgünstigen Hügel über dem Flachstal nicht nur die Windmühle, sondern errichtete daneben einen kompletten Dreiseithof, in welchen er den Wohnsitz der Familie verlegte.

Holländermühle mit dem Gehöft auf dem Flachstalhügel (um 1920)

Dabei musste auch für die Wasserversorgung des Gehöfts eine Lösung gefunden werden. Der finanzielle Umfang des gesamten Projektes war zweifellos sehr erheblich; wie der Müller ihn bewältigte, ist nicht überliefert. Die Arbeit auf der Windmühle, verbunden mit etwas Landwirtschaft auf den umgebenden kleinen Flächen dürfte ihn so stark in Anspruch genommen haben, dass er die an der Gramme liegende Wassermühle selbst nach einer Erholung des Wasserstandes nicht mehr betreiben konnte. Er musste sie vermutlich bald verpachten oder verkaufen.

Seiner im Bauantrag gegebenen Zusicherung, *„die Windmühle als Zubehör zur Wassermühle anzuerkennen"*, ist Müller Seidler also nicht nachgekommen. Nachdem das Wasser ihn enttäuscht hatte, setzte er allein auf den Wind, wohl wissend, dass auch dieser seine Launen besitzt. Damit hatte er das erste Kapitel der Geschichten um die vielfachen Mühen einer Existenz auf dem Hügel über dem Flachstal aufgeschlagen.

O.1

Mahlen mit dem Wind

im Wandel der Zeiten

◇◇◇◇◇

Der häufigste Familienname in Deutschland ist Müller, erst auf den Plätzen zwei bis fünf folgen andere handwerksbezogene Namen: Schmidt, Schneider, Fischer und Weber. Dies belegt die überragende Bedeutung der Mühlen für die menschliche Zivilisation. Die Geschichte der Mühlen beginnt mit dem Anbau von Getreide durch sesshaft gewordene Nomaden. Unsere frühen Vorfahren hatten erkannt, dass sowohl ihre Zähne als auch das nachgelagerte Verdauungssystem mit dem Aufschließen unzerkleinerter Körner einigermaßen überfordert waren und deshalb der Nahrungsaufnahme ein externer Zerkleinerungsprozess vorgeschaltet werden sollte. Dafür benutzte man um 4.000 v. Chr. „Reibsteine", bei denen die Körner auf einem flachen Bodenstein mittels eines handgeführten abgerundeten Steines zerrieben wurden. Über konkave Bodensteine führte die Entwicklung zum Mörser und schließlich zum gleichmäßig ausgehöhlten

Bodenstein, auf dem ein Läuferstein gedreht wird. Durch die Ausrüstung des Läufers mit einer Deichsel ließen sich die Mühen der Getreidezerkleinerung sowohl auf die domestizierten Huftiere Esel und Pferd als auch auf Gefangene oder Sklaven übertragen. Im ersten Jahrhundert v. Chr. beschreibt der römische Baumeister Vitruv eine durch Wasserkraft angetriebene Mühle – ein Meilenstein der antiken Technologie. In den folgenden Jahrhunderten trat die Wassermühle ihren Siegeszug durch ganz Europa an.

Doch in den Tiefebenen Europas gab es topografisch bedingt nur wenige Wassermühlen. Man behalf sich mit den wenig produktiven Tiermühlen, oder es wurde – noch uneffizienter – von Hand gemahlen. Einen Ausweg aus dieser Mangelsituation bot ein anderer Energieträger: der Wind. Die älteste beurkundete Windmühle stand im Jahre 1180 in der Normandie und kann als *Bockwindmühle* eingeordnet werden. Von da aus verbreitete sich die Bockwindmühle im Verlauf von zweihundert Jahren über den Kontinent – in einer für mittelalterliche Verhältnisse bemerkenswert kurzen Zeit.

Ihren Namen erhielt die Bockwindmühle nach dem Gestell, auf dem sie ruht: der Bock. Dieser wurde nicht im Boden verankert, sondern stand frei in der Landschaft auf den Spitzen von Feldsteinen oder später auf gemauerten Fundamenten und hat durch seine sinnreiche Konstruktion in manchen Fällen jahrhundertelang der Mühle genug Halt gegeben, um allen Stürmen zu trotzen. Er besteht

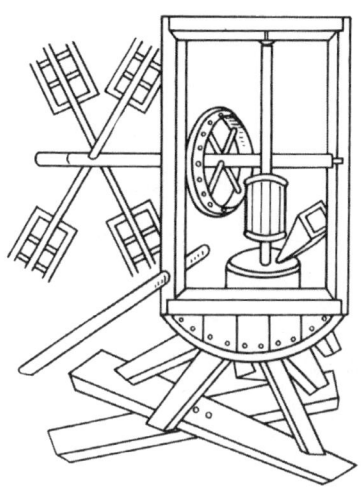

Deutsche Bockwindmühle
(von Anonymus der Hussitenkriege 1430)

aus vier Ständern oder Standfinken, die auf eine Kreuzschwelle aufgesetzt sind und die ganze Last der Mühle
aufnehmen. Sie halten den senkrechten Ständer oder
Hausbaum, der selbst keine Last auf den Boden bringen
darf und nur durch die Kreuzschwelle gegen Verkippen
gesichert ist. Dieser Hausbaum endet oben in einem Zapfen, auf dem sich der bis 80 Zentimeter starke Mehlbaum
drehen kann, an dem das gesamte Mühlenhaus hängt,
dessen Masse mit Mahlgut durchaus zwanzig Tonnen erreichen konnte. Mit dem auf der Rückseite der Bockwindmühle schräg nach unten gerichteten Balken, dem Sterz,
Stert oder Schiebebaum konnte das Mühlenhaus um den
Zapfen des Hausbaumes gedreht werden – anfangs nur
mit Muskelkraft, später unter Zuhilfenahme einer Winde.
Im Mittelmeerraum ging die Entwicklung der Windmüh-

len eigene Wege. Man verzichtete auf eine Ausrichtung der Flügelebene gegen den Wind und errichtete steinerne, turmähnliche Mühlenhäuser, welche eine wagerechte Flügelwelle trugen, die in die Hauptwindrichtung zeigte. Ihre Flügel erhielten eine Bespannung mit Segeln.

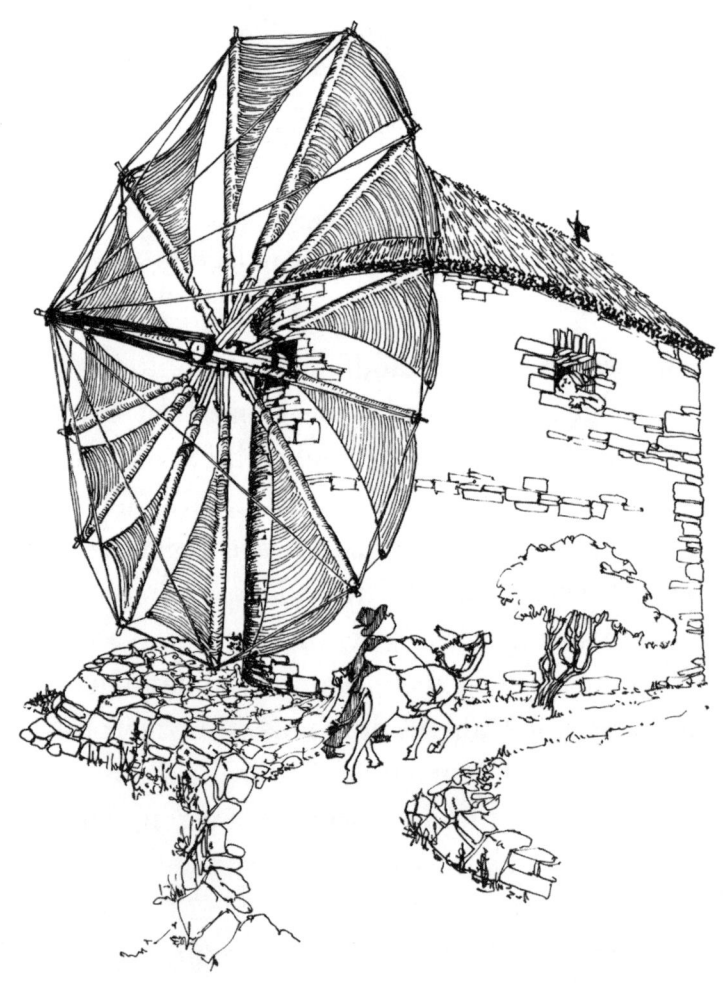

Segelwindmühle des Mittelmeerraumes

Querschnitt durch eine Bockwindmühle

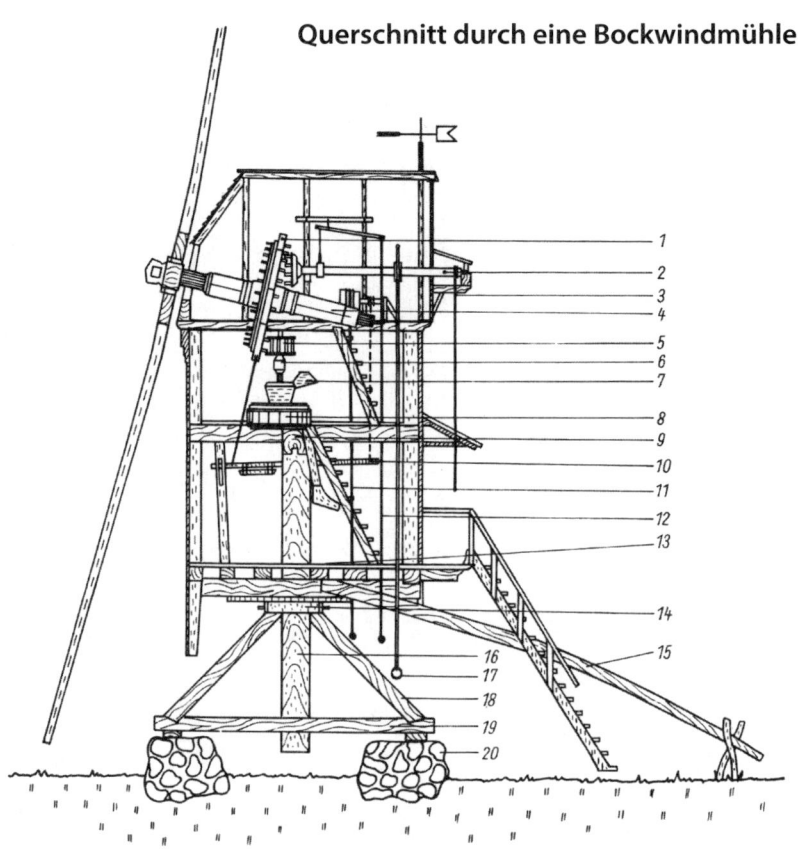

①	Kammrad mit Bremse	⑪	Bremsseil
②	Welle für Sackaufzug	⑫	Aufzugsbetätigung
③	Handaufzug	⑬	Mehlboden
④	Flügelwelle	⑭	Sattel
⑤	Stockgetriebe	⑮	Stert
⑥	Spindel	⑯	Hausbaum
⑦	Einfülltrichter	⑰	Sackaufzug
⑧	Mahlsteine	⑱	Standfinken
⑨	Mehlbalken	⑲	Kreuzschwelle
⑩	Bremshebel	⑳	Fundament

Verdrehen einer Bockwindmühle mit Hilfe einer Winde

Der Bockwindmühle waren dadurch Grenzen gesetzt, dass sie sich kaum noch in den Wind drehen ließ, wenn sich durch Positionierung von Mahlgut ihr Schwerpunkt verschob oder wenn es bei starkem Winddruck zu einem Verkanten kam. In den Niederlanden entstand die Idee, den Bock zu entlasten, indem man ihn mit einer Rollenbahn umgab, welche einen Teil des Mühlengewichtes aufnahm. Nun war es schließlich naheliegend, die Mühle nur noch von dieser Rollenbahn tragen zu lassen. So konnte man Bock und Hausbaum weglassen und gewann ein weiteres Geschoss. Die Bretter der Verschalung wurden fast bis auf den Boden heruntergezogen und umgaben das Mühlengehäuse wie ein Faltenrock; daraus leitete sich ihr Name ab: *Paltrockwindmühle*. Die Windmühle mit dem holländischen Namen fand vor allem in Deutschland weite Verbreitung, wo man sogar zu Beginn des zwanzigsten Jahrhunderts noch etliche Bockwindmühlen zu Paltrockwindmühlen umbaute.

Auf seinem Rollenkranz war der neue Mühlentyp so leicht zu verdrehen, dass man das Nachführen gegen den Wind nicht mehr mühsam mit Stert und Haspel vornehmen musste, sondern eine Automatik einsetzen konnte, die der Schotte Andrew Mikle schon um 1750 in die Windmühlentechnik eingeführt hatte. Dazu wurde auf der Rückseite der Mühlenhaube ein kleines Windrad, die sogenannte Windrose angebracht, dessen Drehebene genau senkrecht zur Ebene des Flügelkreuzes ausgerichtet war. Wenn der Wind die großen Flügel nicht genau von vorn trifft, besitzt er eine Komponente, welche die Windrose dreht. Deren Bewegung wurde dann über ein mehrstufiges Getriebe auf das Mühlengehäuse übertragen, bis das Flügelkreuz wieder gegen den Wind zeigte. Doch vermochte diese recht verlässliche Regeltechnik eine zusätzliche Möglichkeit der Verdrehung per Hand nicht völlig entbehrlich zu machen, denn es konnte ja bei Betriebsbeginn der Wind von hinten gegen das Flügelkreuz wehen, das sich immer nur im Uhrzeigersinn und niemals verkehrt herum drehen durfte.

Die Paltrockwindmühle mit Windrose

Aus den Niederlanden kam auch der leistungsfähigste Typ in der Entwicklungsgeschichte der Windmühlen zu uns: die *Holländermühle*. Sie ist durch eine drehbare Haube auf feststehendem Mühlenkörper gekennzeichnet. Weil bei ihr das Mühlenhaus nicht mehr gedreht werden musste, konnte es nun auch aus Stein gebaut werden. Ihre Baukörper waren mit unterschiedlichen Grundrissen und einer wechselnden Zahl von Etagen manchmal so hoch, dass man nur von einer Galerie aus an die Flügel herankam (Galerieholländer). Die Drehung der Haube gegen den Wind konnte entweder per Hand mittels einer als „Krühwerk" bezeichneten Balkenkonstruktion oder automatisch durch die Windrose erfolgen. Charakteristisch für die Holländermühle war ihr zweiter Eingang, den der Müller benutzte, wenn die fast bis zur Erde reichenden Flügel gerade vor dem ersten vorbeisausten.

Auch die Flügel der Windmühlen erfuhren im Lauf der Jahrhunderte eine Weiterentwicklung. Ihr Strömungswiderstand musste an die jeweils herrschende Windstärke angepasst werden. Bei den relativ kurzen Flügeln der Bockwindmühle geschah dies durch das Einhängen von vier „Türen" an jeder Flügelrute, die (von innen nach außen) Sturmtür, Jungferntür, Mitteltür und Untertür hießen. An den Flügelruten der größeren Mühlen waren neben einem Windbrett Holzgitter angebracht, die aus maximal dreißig Querlatten und bis zu drei Längslatten bestanden. Je nach Windstärke wurde dann eine mehr oder weniger große Teilfäche der Flügel mit Segeltuch

„besegelt". Dazu musste die Mühle allerdings vier Mal angehalten werden. Bei Sturm konnte sogar „mit bloßen Knochen" ohne Segel gemahlen werden. Zu Beginn des 19. Jahrhunderts entstand ein Flügeltyp, welcher die Arbeit des Müllers außerordentlich erleichterte: der Jalousieflügel. Bei ihm bestand die Flügelfläche aus vielen, quer zur Flügelrute angeordneten Brettern oder Blechstreifen, die allesamt durch eine an ihrer Hinterkante mit Scharnieren befestigte Stange in ihrem Anstellwinkel verändert werden konnten. Sollten sich die Flügel nicht mehr drehen, stellte man sie „auf Fahne", d. h. mit der Schmalseite gegen den Wind. Eine überaus sinnreiche Vorrichtung erlaubte es, ihre Neigung ohne Unterbrechung des Mahlbetriebs zu verändern. Dazu musste die längs durchbohrte Flügelwelle eine Zugstange aufnehmen, die mit vier Hebeln auf ihrem Kopf verbunden war, welche dann die Jalousiestangen bewegten. Wir meinen, dass diese Erfindung es verdient hat, in unserem Buch durch eine Federzeichnung gewürdigt zu werden.

Für einen guten Wirkungsgrad sollte sich bei den Mühlenflügen der sogenannte Anstellwinkel von der Nabe nach außen ändern; der Flügel muss eine „Verdrehung" aufweisen, so dass er in der Nähe der Nabe steiler und weiter außen flacher gegen den Wind gerichtet ist. Und tatsächlich finden wir diese Änderung des Flügelanstellwinkels bei neueren Windmühlen, sie resultiert wohl aus praktischer Erfahrung. Die Formgebung von Flügeln auf der Grundlage einer exakten Theorie blieb den modernen Windrädern vorbehalten.

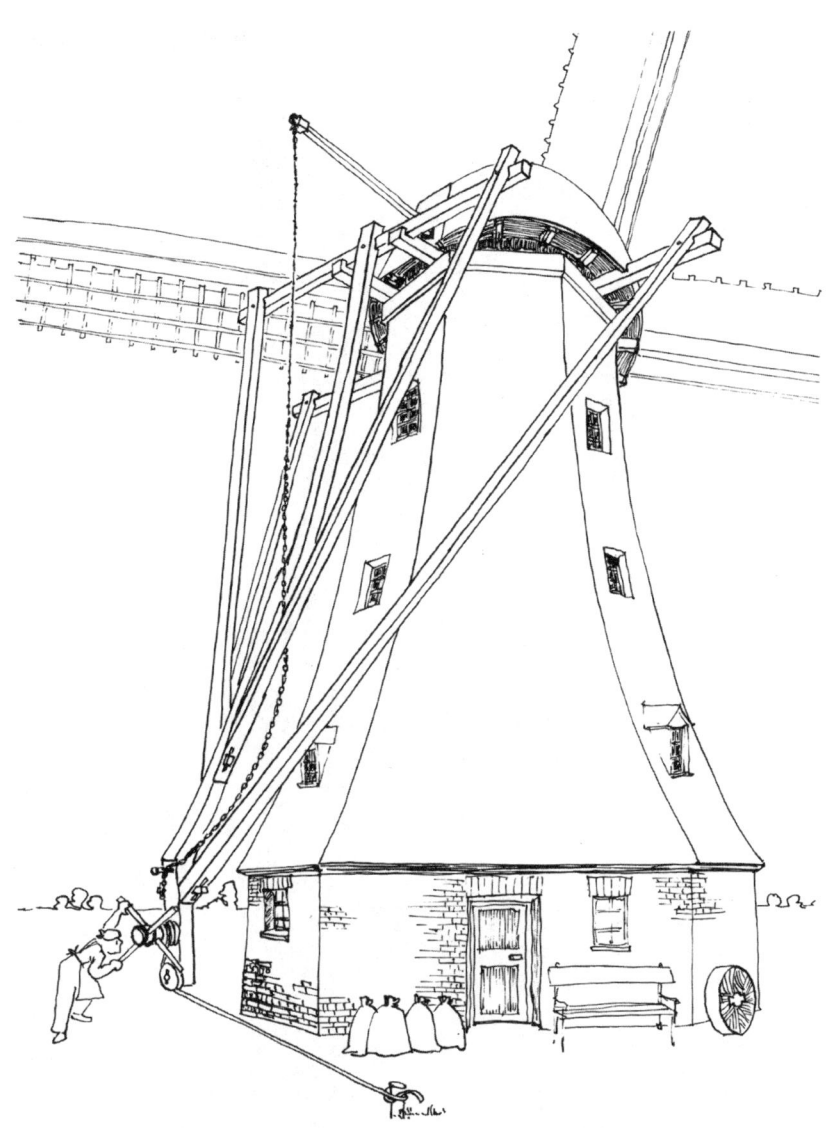

Holländermühle mit Krühwerk

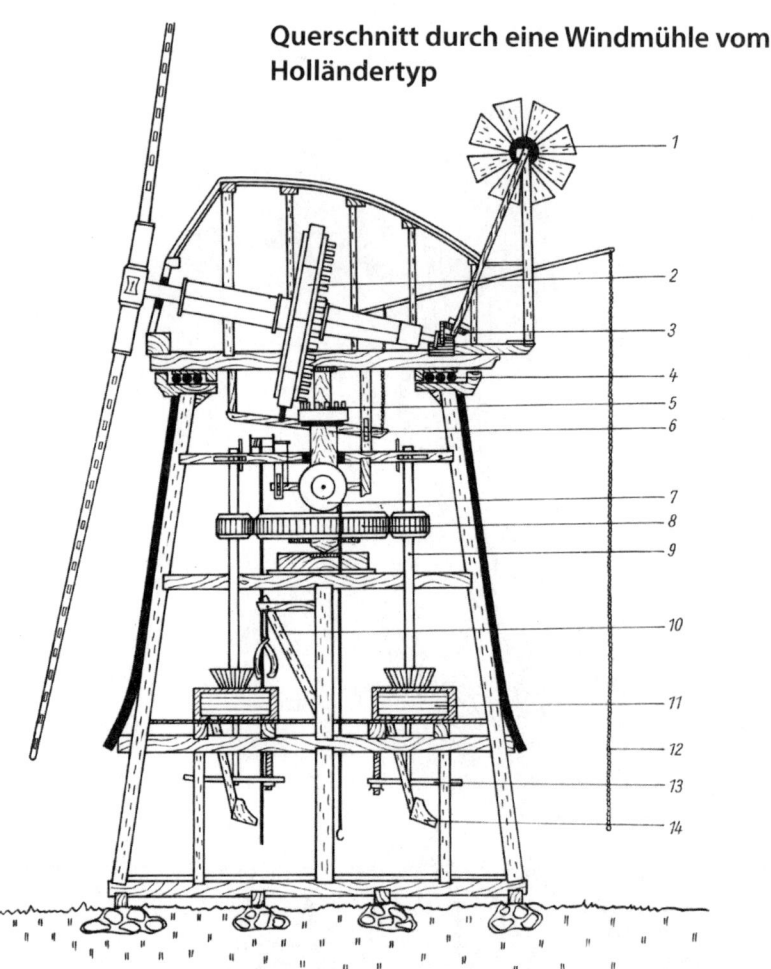

Querschnitt durch eine Windmühle vom Holländertyp

(1)	Windrose	
(2)	Kammrad mit Bremse	
(3)	Getriebe für Haubenverdrehung	
(4)	Drehrollen	
(5)	Bunkler oder Kronrad	
(6)	Königswelle	
(7)	Sackaufzug	

(8)	Stirnrad	
(9)	Spindel mit Spindelrad	
(10)	Steinkran	
(11)	Mahleinrichtung m. Trichter	
(12)	Bremskette	
(13)	Steinverstelleinrichtung	
(14)	Mehltrichter	

„Besegelung" des Flügels an einem Galerieholländer

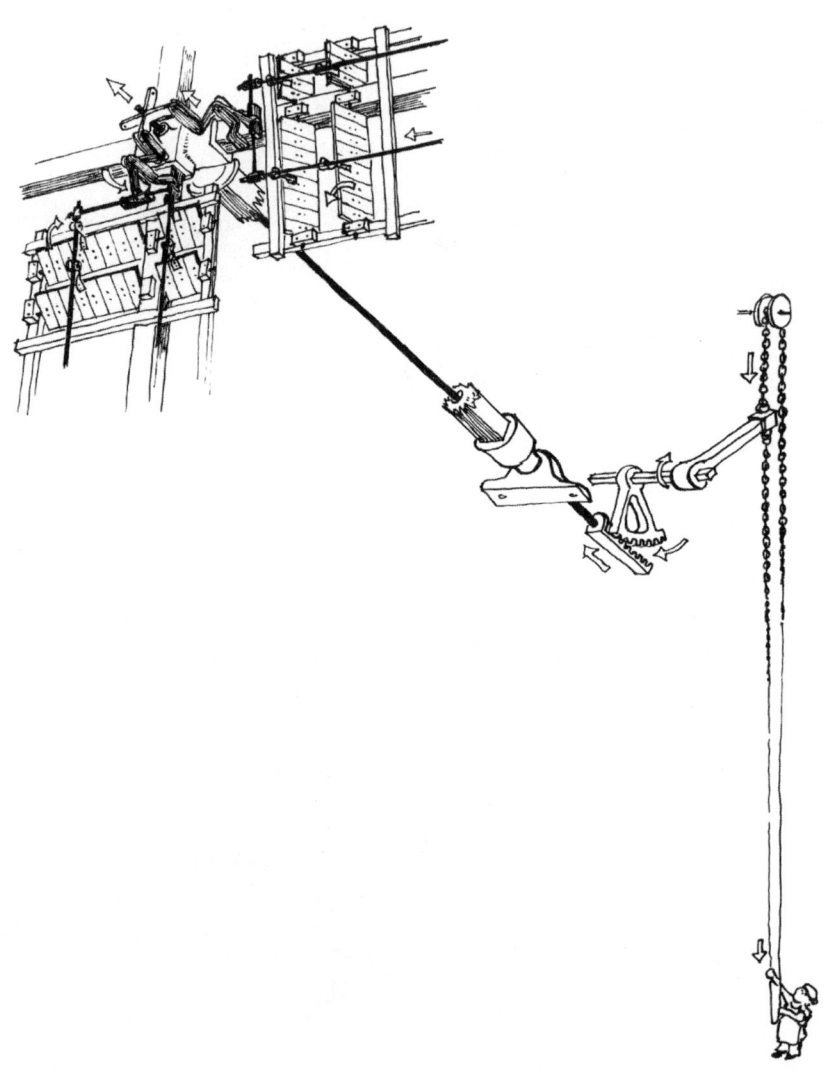

Mit diesem Hebelmechanismus ließen sich die Jalousieklappen ohne Unterbrechung des Betriebes auf die Windstärke einstellen

1. Geschichte (1840)

Der Brunnen
(auch als Gute-Nacht-Geschichte zum
Vorlesen für Kinder und Enkel geeignet)

◇◇◇◇◇

An einem heißen Augusttag des Jahres 1840 bewegte sich
auf dem staubigen Feldweg, der zu einer von Thüringens
Windmühlen führte, eine kleine Karawane. Voran ging
ein achtjähriger Junge, ihm folgte eine junge Frau mit
rotem Kopftuch, die einen mit zwei hölzernen Bottichen
beladenen Esel am Strick hinter sich her führte. An einem
steilen Stück des Weges hatte der Esel keine Lust mehr
und blieb einfach stehen. Nachdem die Frau durch langes,
kräftiges Ziehen am Strick und viele laute Worte endlich
einen Sinneswandel des Tieres bewirkt hatte, wischte sie
sich den Schweiß von der Stirn und sagte: „Hätte ich doch
nur den Wassermüller von Buchfart geheiratet, der mir
auch einen Antrag gemacht hat!" „Warum, Mutter", fragte
der Junge, „warum hättest du lieber den Wassermüller
von der Ilm genommen statt Vater?" „Weil wir dann
genug Wasser am Haus hätten", antwortete sie, „weil ich
mich dann nicht zwei oder drei Mal in der Woche plagen

müsste, mit den Bottichen das Wasser aus dem Dorf zu holen – gerade jetzt, wo ich jeden Tag die Windeln für dein Schwesterchen waschen muss. Und die Pflanzen in unserem Garten wären nicht so verdorrt, dass man kaum hinsehen mag."

„Ich will aber keinen anderen Vater!" rief der Junge. „Du sollst auch keinen anderen bekommen", beruhigte ihn die Mutter, „es war mir nicht ernst damit." Sie gingen ein Stück, dann fragte der Junge: „Warum haben wir nicht auch einen Brunnen wie die Leute im Dorf?" „Du weißt doch, wie hoch wir auf unserem Hügel über dem Dorf wohnen. Vater müsste sehr tief graben, bis er endlich auf Wasser stieße. Und wer weiß, wieviel Felsgestein er dabei zerschlagen müsste – nein, einen Brunnen werden wir wohl niemals haben." Als sie vor dem Wohnhaus neben der Mühle angelangt waren, goss die Mutter das Wasser in einen großen hölzernen Zuber. der Junge nahm dem Esel das Traggestell ab und brachte ihn in den Stall.

An diesem Tag erklärte der Junge plötzlich beim Abendessen, welches die Familie in der Küche einnahm: „Wenn ich groß bin, baue ich auf unserem Hügel einen Brunnen, damit es hier immer Wasser gibt und Mutter sich nicht so plagen muss!" „Sprich nicht mit vollem Mund, Reinhard!" ermahnte ihn die Mutter. Dann räumte sie den schweren Küchentisch mit der weißgescheuerten Platte ab. Der Vater nahm einen Holzspan, hielt ihn über den Glaszylinder der Petroleumlampe, bis der Span brannte und zündete sich damit eine Pfeife an. Er blies ein paar dicke Wolken Tabakrauch in die Luft der kleinen Küche und sah seinen Sohn an: „Junge, weißt du überhaupt, wieviel Mühe es macht, sich von der Spitze unseres Hügels bis zum Grundwasser durchzugraben? Das Grundwasser steht nicht überall gleich tief unter der Oberfläche. In den feuchten Niederungen stößt man oft schon nach zwei, drei Spatenstichen auf Wasser, aber bei einem Hügel folgt das Wasser der Steigung nicht, es bleibt weit zurück, so dass es fast unmöglich ist, zu ihm hinunter zu gelangen. Von hier aus sieht man an klaren Tagen den Kyffhäuser. Dort gibt es eine alte Burg, auf der in vergangenen Zeiten eine ganze Schar von Gefangenen viele Jahre graben musste, ehe sie mit ihrem Brunnen durch das Felsgestein auf Wasser stießen. Manche mögen darüber gestorben sein. Man sagt, der Brunnen sei so tief, dass man einen Stein hineinwerfen und dann ein Glas Wasser trinken könne, ehe man den Aufschlag hört." „Gibt es denn kein Mittel, vorher zu wissen, wie tief man graben muss?" Wieder zog der Vater bedächtig an seiner Pfeife und meinte dann: „Doch, mein Sohn, es soll Männer mit einer ganz ungewöhnlichen Fähigkeit geben. Man nennt sie Wünschelrutengänger, und sie spüren nur mit Hilfe einer Weidenrute, die sie in ihren Händen halten, die Tiefe und die Stärke des Wassers unter der Erde. In alten Sagen ist sogar davon die Rede, dass mit der Wünschelrute auch verborgene Schätze gefunden wurden." „So hole doch einen solchen Mann, Vater", rief der Junge, „damit wir das Wasser hier finden oder wenigstens einen Schatz!" Die Mutter lachte: „Wenn wir einen Schatz hier finden, dann ziehen wir weit fort und kaufen uns an einem nicht zu kleinen Fluss eine Wassermühle, deren Räder sich immer drehen, ob der Wind nun geht oder nicht." Der Vater paffte blaue Wolken vor sich hin und schwieg.

Lange Zeit sprach niemand mehr in der Familie des Müllers von einem Brunnen. Der Herbst war ins Land gekommen; die Schwalbennester im Stall waren leer – die Vögel hatten sich mit ihren Jungen auf den Weg nach dem warmen Süden gemacht – und es war Zeit, die Äpfel an dem Baum im Garten zu pflücken. Abends erwachte in den feuchten Wiesen der Nebel, reckte sich eine Weile und begann mit der hereinbrechenden Dunkelheit, das Dorf zuzudecken. Morgens brauchte die Sonne lange, ihn wieder zu vertreiben, und die Tage waren dann so windstill, dass der Vater mit kummervollem Gesicht herumlief, weil er nicht mahlen konnte. Reinhard saß an einem dieser Nachmittage auf dem Podest, das oben an der Kuppel wie ein kleiner Balkon aussah. Dicht über ihm befand sich die Achse mit den Windrosen, zwei kleinen Windrädern, nicht viel größer als er selbst, die über allerlei Zahnräder die ganze Kuppel drehen konnten, um die Flügel genau gegen den Wind zu stellen. Der Junge durfte an diesem Platz nur an völlig windstillen Tagen sitzen, wenn kein Hauch die Schaufeln der Windrosen bewegte. Reinhard hatte von hier oben einen weiten Blick über das herbstliche Land und fühlte sich ein wenig wie die große Gabelweihe, die ohne einen Flügelschlag ihre Kreise über die Stoppelfelder zog – es musste doch ganz leicht sein, fliegen zu lernen. Plötzlich wurde seine Aufmerksamkeit von einem einspännigen Gefährt in Anspruch genommen, das sich den Weg zur Mühle hinaufmühte. Es war ein Planwagen, den ein kleines, struppiges Pferd zog, das Reinhard noch nicht gesehen hatte. Er lief rasch über die Stiegen nach unten, um dem Vater zu sagen, dass ein Fremder zu ihnen kam. Nach einer Weile stand das struppige Pferdchen mit seinem Wagen vor der Mühle. Vom Kutschbock stieg ein kleiner Mann mit schwarzen Augen, der nach kurzem Gruß fragte: „Ist es wahr, Müller, dass ihr jemanden braucht, der Euch das Wasser in Eurem Hügel findet?" „Woher wisst Ihr das?" wunderte sich der Vater. „Nun, es geht die Rede davon in dieser Gegend", sagte der Fremde, „Ihr werdet es wohl in der Schankwirtschaft erzählt haben. Ich bin der, den Ihr sucht; vor mir und meiner Wünschelrute blieb noch kein Wasser verborgen, wie tief es sich auch unter der Erde versteckte." Der Vater musterte den Fremden, schließlich fragte er: „Was wollt Ihr dafür?" „Zehn Taler", war die Antwort, „außerdem fünf Erfurter Scheffel Hafer und Herberge für mich und mein Pferd für drei Tage." Der Vater runzelte die Stirn: „Zehn Taler sind sehr viel Geld!" „So grabt aufs Geratewohl", entgegnete der Mann mit den schwarzen Augen, „und seht, wie Euer Geldbeutel schließlich den Bauch verliert, wenn der Brunnen so trocken bleibt, wie mein Pfeifentabak. Für weniger macht es Euch keiner." „Nun gut, Ihr sollt das Geld haben", sagte der Vater. „Spannt das Pferd aus, der Junge kann es in den Stall bringen, und kommt mit ins Haus." Dann wurde der Junge mit einem Krug ins Dorf geschickt, um Bier zu holen. Er lief so schnell er konnte, denn der Fremde hatte begonnen, von fernen Ländern zu erzählen, von den hohen Bergen, über die der Weg nach Italien sich windet – vor allem aber von der Völkerschlacht bei Leipzig, an der er als junger Mann in der böhmischen Armee unter Feldmarschall Schwarzenberg teilgenommen hatte und in der er um ein Haar unter den mehr als neunzigtausend Gefallenen gewesen wäre. Reinhard lauschte an diesem Abend, bis ihm die Augen zufielen.

Der Fremde stand am nächsten Morgen mit den Müllersleuten auf, frühstückte und machte sich auf einen Spaziergang, der ihn kreuz und quer auf dem Mühlenhügel herumführte. Ab und zu beugte er sich hinunter und zerrieb prüfend etwas Erde zwischen den Fingern. „Warum tut Ihr das?" wollte Reinhard, der ihm gefolgt war, wissen. „Ich will sehen, was unter eurer Mühle ist", gab der Mann dem Jungen zur Antwort. „Und wann nehmt Ihr die Wünschelrute zur Hand?" „Sei nicht so ungeduldig, Kleiner!" So verbrachte der Mann mit den schwarzen Augen den ganzen Tag in der Nähe der Mühle, ging abends hinunter, um nach der Tiefe der Brunnen im Dorf zu fragen und saß schließlich in der Schänke, wo er den aufmerksam lauschenden Leuten ebenfalls von fernen Ländern erzählte, vom Weg nach Italien und von seiner eigenen bedeutenden Rolle beim Sieg über den Franzosenkaiser Napoleon.

Am folgenden Tag war der Fremde endlich bereit, seine Wünschelrute zur Hand zu nehmen und auf dem Mühlengrundstück nach dem verborgenen Wasser zu suchen. Reinhard war enttäuscht, als er die Wünschelrute sah – ein ganz gewöhnlicher gegabelter Weidenzweig. Der Mann fasste mit jeder Hand ein Ende der Gabel, hielt den Zweig mit ausgestreckten Armen vor der Brust und ging langsam über das Grundstück. Reinhard und sein Vater folgten ihm. Eine ganze Weile war nichts zu bemerken, doch als sie in die Nähe des großen Apfelbaumes kamen, der älter war als die Mühle, begann die Rute in den Händen des Wünschelrutengängers zu zucken, schließlich bog sie sich unübersehbar durch. „Hier ist Wasser", sagte der Fremde, „doch wollen wir noch einmal aus einer anderen Richtung auf diese Stelle zugehen." Und wirklich: Schon wieder schien der Weidenzweig in der Nähe des Apfelbaumes lebendig zu werden und krümmte sich schließlich, als peinige ihn ein starker Schmerz.

„Ihr habt Glück, Müller", meinte der kleine Mann, „eine Wasserader zieht sich durch Euren Hügel. Die Tiefe kann ich Euch nur ungefähr sagen, es mögen so an die fünfundzwanzig Fuß sein." Der Fremde bekam seinen Lohn und blieb noch eine Nacht, bevor er sich mit dem struppigen Pferdchen wieder auf den Weg machte, von dem er wohl selbst nicht wusste, wohin er ihn führen würde. „Wie tief sind fünfundzwanzig Fuß?" fragte Reinhard, als der Mann fort war. Der Vater wies auf seine Holzpantoffeln: „So lang ist ein Fuß in unserem Großherzogtum; anderswo mag er um ein Weniges größer sein." Eine Viertelstunde verging, da rief der Junge auf dem Hof: „Vater, Mutter, kommt, ich kann euch zeigen, wie tief der Brunnen sein wird!" Er hatte, an der Hausmauer beginnend, fünfundzwanzig Mal den Schuh des Vaters auf den Boden gesetzt und an das Ende dieser Strecke einen großen Stein gelegt. „Wann fängst du zu graben an, Vater, und haben wir zu Weihnachten schon Wasser aus dem Brunnen?" Der Vater sagte: „Wir wollen froh sein, wenn wir die Eier für das Osterfest schon mit Wasser aus dem Brunnen kochen können."

Und doch machte sich der Müller mit einem Eifer ans Werk, als wollte er unbedingt schon zu Weihnachten Wasser aus dem Loch schöpfen, das nun unweit des großen Apfelbaumes entstand. Hier arbeitete er in jeder freien Minute, oft im Schein von zwei Stalllaternen bis in die Nacht hinein. Die windstillen Tage, die ihm früher verhasst waren, weil sich die Säcke ungemahlenen Kornes türmten, freuten ihn nun, weil er dem ersehnten Wasser einen halben Fuß näher zu kommen hoffte. Zum Brunnenbau gehörte jedoch mehr als nur die schweißtreibende Arbeit mit Hacke und Schaufel. Vom Stellmacher des Dorfes hatte der Müller sich aus Eichenholz die Teile für einen Ring anfertigen lassen, der so groß war, dass Reinhard vier Schritte machen musste, um ihn zu durchqueren. Dieser Ring steckte nun schon mehr als mannstief in der Erde; auf ihm hatte Reinhards Vater die Steine einer Brunnenwandung gemauert, und auf seiner Innenfläche grub er den lehmigen Boden weg.

Immer, wenn er wieder zwei Fuß an Tiefe gewonnen hatte, schlug er einige kurze Eisenstangen unter die Steine in die Wand, so dass diese auch ohne den Ring nicht nachrutschen konnten. Dann entfernte er den verbliebenen Boden unter den Hölzern und setzte den Ring tiefer. In der Mitte des Loches hing ein Strick mit einem Senkblei nach unten, damit der Brunnen nicht schräg in die Erde käme. Oben war am Rand der Grube eine Seilrolle aufgestellt, deren Kurbel Reinhard und die Mutter gemeinsam drehten, bis der schwere Korb mit Steinen und Erde endlich oben war. Dann mussten sie ihn vorsichtig zur Seite ziehen – es durfte dem Vater ja nichts auf den Kopf fallen – bis sie ihn in eine Schubkarre entleeren konnten, mit deren Inhalt sie das nach Norden abfallende Mühlengrundstück einebneten. Von Zeit zu Zeit mussten sie mit ihrem vom Esel gezogenen Wägelchen hinunter ins Dorf fahren, um neue Steine zu holen. An jedem Sonntag stellte der Vater

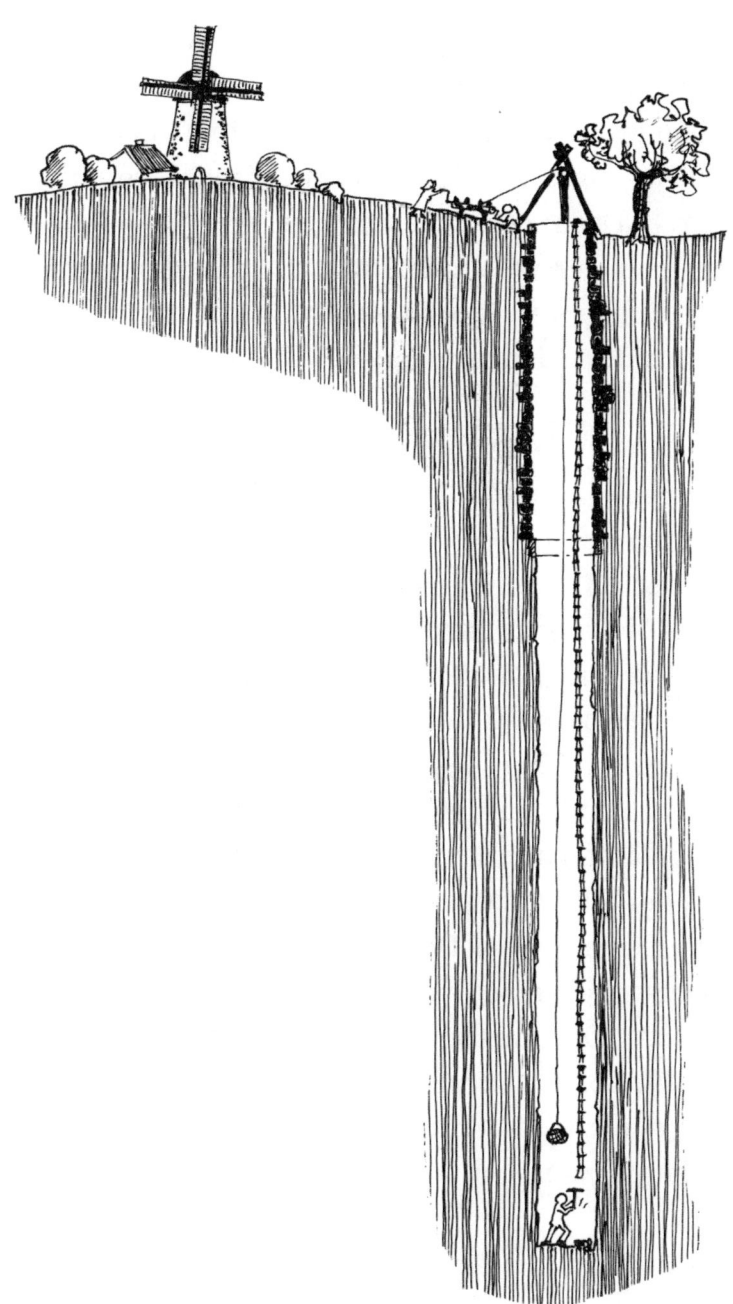

genau die Tiefe fest, zu der er schon vorgestoßen war, dann rückte Reinhard auf der Linie zwischen Hausmauer und dem großen Stein einen kleinen Stein ein Stückchen weiter und sagte oft: „Es ist gar nicht mehr weit bis zum Wasser!". Doch die Arbeit wurde immer mühevoller. Immer häufiger stieß der Vater auf Kalksteinschichten, die den Boden durchzogen und mit Hammer und Meißel zerschlagen werden mussten.

Weihnachten stand vor der Tür. Auf dieses Fest hatte der Junge sonst immer voll Sehnsucht gewartet: wegen der kandierten Äpfel, des Backwerks, des Festtagsessens und wegen der mit Strohblumen geschmückten Fichte, unter der stets ein kleines Geschenk für ihn lag. In diesem Jahr jedoch war alles von der Ungeduld überschattet, endlich das von dem Wünschelrutengänger versprochene Wasser zu finden. Zwischen dem kleinen und dem großen Stein lagen noch fünf Fuß. Als die Weihnachtsgans knusprig braun gebraten auf dem Tisch in der guten Stube stand, meinte der Vater: „Dies ist die letzte Gans, für deren Soße das Wasser aus dem Dorf herangeschleppt wurde. Für die nächste haben wir dann Wasser aus unserem eigenen Brunnen." „Das Wasser für den Braten wollte ich gern von unten holen", antwortete die Mutter lachend, „wenn ich nur genug Wasser für das Gänschen in der Wiege dort hätte, das immer noch seine Windeln schmutzig macht."

Der Januar fegte mit eisigem Wind Schnee in das Brunnenloch, der unten schmolz und den Beginn der erhofften

Wasserader vortäuschte. Wenn der Müller dann tiefer grub, war der Lehm wieder trocken. Er arbeitete fieberhaft, stieg sogar an Tagen mit gutem, gleichmäßigem Wind die selbstgefertigte Strickleiter zur Brunnensohle hinab. Manch ein Bauer musste mit seinen Kornsäcken die sechs Meilen zu nächsten Mühle fahren. Es waren schon vierundzwanzig und ein halber Fuß. Reinhard und die Mutter warteten voller Spannung auf jeden Korb voll Lehm mit Mergel und Steinen, der am Seil nach oben kam. Sie nahmen den Aushub in die Hände in der Hoffnung, dass er vor Feuchtigkeit fettig glänzen würde. Sechsundzwanzig Fuß – und noch immer nichts. Es war an einem klaren, kalten Februarnachmittag, der Vater grub in einer Tiefe von achtundzwanzig Fuß, als sie ihn rufen hörten: „Der Boden wird feucht!" Und wirklich: Der Lehm des nächsten Korbes war nicht mehr trocken und krümelig. Geschmeidig und glänzend gab er ihren prüfenden Fingern nach. Reinhard vollführte einen wilden Freudentanz um die glückstrahlende Mutter, dann rief er nach unten: „sieh dich nur vor, Vater, dass du rechtzeitig auf die Strickleiter kommst, wenn die Wasserader ganz aufbricht!" „Keine Angst", kam die Antwort, „ich kann doch schwimmen!" Doch das Wasser schien die Kunst des Schwimmens noch nicht zu verlangen – es ließ sich noch nicht einmal wirklich blicken. Nur der Lehm blieb Korb um Korb gleichmäßig feucht an diesem Tag, an dem sie fast bis Mitternacht arbeiteten. Auch die beiden folgenden langen Arbeitstage brachten keine Veränderung; sie mussten – der Erschöpfung nahe – einen Tag pausieren, und als dann einunddreißig Fuß erreicht waren, da wurde der Lehm wieder so trocken wie in den Wochen zuvor. Das Wasser, das sich irgendwo in dem Hügel unter der Mühle verborgen hielt, hatte sie nur in einem langen kräftezehrenden Versteckspiel genarrt.

Reinhard weinte sich abends in den Schlaf. Der Vater grub in den folgenden Tagen nicht mehr weiter. Wortkarg ging er der Arbeit in der Mühle nach und band die vollen Säcke für die Kunden zu. Diese schienen besonders zahlreich zu kommen, um das tiefe, vergeblich gegrabene Loch neben dem Apfelbaum zu besichtigen. Ihre Meinungen dazu waren recht unterschiedlich. Manche hatten angeblich gleich gewusst, dass man im Mühlenhügel niemals Wasser finden könne, andere forderten den Müller auf, doch ein paar Fuß weiter zu graben, damit die Schinderei noch ein glückliches Ende nähme. Der Müller schien auf ihre Reden nicht zu achten. Nur einmal hörte Reinhard, wie er jemand wegen des Brunnens um Rat fragte. Es war ein alter, weißhaariger Mann, der ihm zur Antwort gab: „Sicher wirst du irgendwann auf Wasser stoßen, wenn du weitergräbst, Müller. Aber nur Gott weiß, ob dein Brunnen so tief sein muss, wie dein Hügel hoch ist."

Als die Familie wieder am Küchentisch zusammen saß, fragte Reinhard: „Wann graben wir weiter?" „Niemals mehr, es hat keinen Sinn." „Nein, Vater", rief der Junge, „du darfst nicht aufgeben! Wir sind doch schon so tief, und du hast doch gehört: Irgendwann müssen wir auf

Wasser stoßen!" „Junge", sagte der Vater, „wir verhungern, wenn ich meine Zeit im Brunnenloch verbringe statt Korn zu mahlen. Die Kunden laufen mir weg. Es ist sehr traurig, aber wir müssen uns darein fügen, unser Wasser aus dem Dorf zu holen." Reinhard sagte nichts mehr, doch er weinte.

In der Nacht darauf weckte die Mutter den Vater: „Wach auf, der Junge ist fort!" Der sprang aus dem Bett und half der Mutter suchen. Im Haus, im Stall und in der Mühle riefen sie nach dem Jungen. Im Garten schließlich hörten sie ein Geräusch wie von Schlägen mit dem Hammer auf einen Meißel, das aus dem Brunnenloch zu kommen schien. Sie rannten dorthin und sahen einen Lichtschein. „Junge, bist du etwa dort unten?" schrie der Vater. Dann war er auch schon im Brunnen und brachte den Jungen nach oben. Reinhard weinte wieder. „Ich wollte doch den Brunnen weiter bauen, wenn der Vater schon keine Zeit hat." Der Müller nahm seinen kleinen Sohn in die Arme. „Reinhard, ich verspreche dir, in jeder freien Stunde zu graben, und du kannst wieder die Körbe mit nach oben kurbeln. Und sei nicht traurig, wenn es noch sehr lange dauert, bis wir das Wasser finden!"

Er hielt sein Versprechen. Immer, wenn es die Arbeit in der Mühle zuließ, war er unten im Brunnenloch. Die Wandung auszumauern hatte er aufgegeben; sie schien auch so in den Schichten aus Ton und Mergel fest zu stehen. Die Gefahr war zwar größer, doch er sparte Zeit. Fünfunddreißig Fuß, vierzig Fuß, fünfundvierzig Fuß – die Monate vergingen. Die Schwalben waren zurückgekommen und wieder fortgezogen, der Boden des Brunnens blieb trocken. Fünfzig Fuß. Reinhard wäre gern einmal in die dämmrige Tiefe hinabgestiegen, um zu schauen, wie die kreisrunde Brunnenöffnung von dort unten aussah. Doch der Vater erlaubte es nicht. Niemand in der Familie sprach mehr davon, dass man ja bald auf das Wasser stoßen müsse. Das Schwesterchen konnte schon laufen, machte keine Windeln mehr schmutzig und durfte beim Wasserholen auf dem Eselskarren mitfahren.

Der September des Jahres 1841 war sonnig und windstill, er ließ dem Müller viele Tage für die Arbeit im Brunnen. Dort zerschlug er nun in einer Tiefe von fünfundfünfzig Fuß den Kalkstein, der wieder einmal in einer dünnen Schicht den Lehm durchzog. Es war für Reinhard und die Mutter sehr mühsam geworden, den vollen Korb auf Zuruf des Vaters nach oben zu kurbeln. Diesmal mussten sie besonders lange auf den Ruf warten. Sie hörten nur die Hammerschläge. „Was ist, Vater, sollen wir nicht den Korb nach oben ziehen?" „Wartet noch!" klang dumpf die Antwort von unten. Die Hammerschläge hörten auf, dann straffte sich die Strickleiter, und nach einer Weile kam der Vater selbst nach oben. Als er über den Brunnenrand stieg, sahen sie, dass seine Hose und die Ärmel seiner Jacke ganz nass waren. „Das Wasser", sagte er, „es strömt aus der Kalksteinschicht und steht schon fußhoch im Brunnen." Als er sie umarmte, waren auch seine Wangen nass, nicht vom Brunnenwasser, sondern von Freudentränen. Doch noch war nicht alles geschafft. Um aus dem Brunnen wirklich schöpfen zu können, musste er noch vertieft werden. Jetzt kamen auf einen Korb mit Aushub vier Eimer Wasser, die so schnell wie möglich hochzuziehen waren. Auf Reinhard und seine Mutter warteten noch drei Tage einer beinahe übermenschlichen Anstrengung. Die Kraft dafür gab ihnen die tiefe Freude, welche sie beim Anblick des Wassers in jedem einzelnen Eimer empfanden.

Im Frühjahr darauf tränkte ein Bauer die Pferde seines mit Korn beladenen Gespanns vor der Windmühle mit Wasser aus dem Brunnen, nahm selbst einen Schluck und fragte den Müller: „Was würdest du mit dem Wünschelrutengänger machen, diesem Scharlatan, der dich für zehn Taler belogen hat, wenn er wieder hierher käme?" Der Müller zog an seiner Pfeife. „Ich würde ihm danken", antwortete er, „dass er mir nicht die Wahrheit gesagt hat. Ich hätte sonst nie den ersten Spatenstich getan."

1.1

Die Wünschelrute – Scharlatanerie oder geheimnisvolle Sensorik?

◇◇◇◇◇

Es ist durchaus beeindruckend, zu sehen, wie sich ein Weidenzweig in der Hand eines Rutengängers plötzlich verbiegt, um auf diese Weise die genaue Position einer unterirdischen Wasserader anzuzeigen. Dabei kommt es auf das Material der Wünschelrute gar nicht an; sie darf auch aus Birke, Ahorn und anderen Hölzern, ja sogar aus Stahldraht, Kupfer, Messing oder Kunststoff bestehen, ohne dass ihre geheimnisvolle Funktion dadurch beeinträchtigt wäre. Im Versandhandel ist sie zu Preisen ab 5,50 € zu haben; wem das noch zu teuer ist, der kann einfach zwei Drahtstücke zurechtbiegen. Damit ist sie unangefochten der einfachste, billigste und robusteste Sensor, den die Menschheit je erfunden hat. Sie dürfte auch der älteste sein, denn schon 1430 wollte der Goslarer Bergmeister Andreas de Solea damit Metalle aufspüren. Auf die ebenfalls rekordverdächtige Vielseitigkeit ihrer Anwendung wird weiter unten noch eingegangen; zunächst soll ihre wichtigste Bestimmung betrachtet werden: die Detektion von Wasseradern. Vermag die Wünschelrute das tatsächlich? Es stellt sich zunächst die Frage, was eine „Wasserader" eigentlich ist. Unterirdisches Wasser strömt üblicherweise nur dann konzentriert in „Adern", wenn der Mensch es verrohrt hat. Ansonsten existiert es flächenhaft als Schichtenwasser oder Grundwasserspiegel. Die wenigen Fälle der Existenz von unterirdischen natürlichen Flüssen in Karstgebieten oder Klüften magmatischer Gesteine kann man wegen ihrer Seltenheit getrost vernachlässigen. So zeigt die sich biegende Wünschelrute etwas als vermeintliche „Wasserader" an, das es praktisch gar nicht gibt. Auch der Windmüller zu Hopfgarten hatte keine Chance, in den Sedimenten des Hügels eine „Ader" zu finden. Stattdessen stieß er auf einen Schichtenwasserhorizont, der sich auf einer wasserundurchlässigen Tonschicht staute. Beim Abteufen seines Brunnens hat er übrigens diese Tonschicht durchstoßen und damit unabsichtlich einen Durchflussbrunnen geschaffen, bei dem der angestaute Wasservorrat ständig erneuert wird. Das kommt dessen Eignung als Trinkwasserreservoir noch heute zugute.

Geht die Trefferwahrscheinlichkeit der Wünschelrute über den bloßen Zufall hinaus? Es gab dazu zahlreiche wissenschaftlich begleitete Experimente, die negativ verliefen. Besonders bekannt wurde der von der Gesellschaft zur wissenschaftlichen Untersuchung von Parawissenschaften 1990 durchgeführte „Wünschelruten-Test Kassel". Dabei bewarben sich zwanzig Wünschelrutengänger um ein Preisgeld von 20.000 DM mit der Behauptung, fließendes Wasser in künstlichen Leitungen mindestens mit der geforderten Trefferquote von 80 % mittels Wünschelrute feststellen zu können. Um eventuelle Störquellen auszuschließen, konnten sie sich in offenen Vorversuchen auf das Gelände einstellen. Der eigentliche Test verlief jeweils als Doppelblindversuch; d. h. weder der Versuchsleiter noch die Rutengänger wussten, durch welche Rohre das Wasser floss. Im Ergebnis der mehr als 700 Einzelversuche konnte keiner der Bewerber die behauptete Fähigkeit nachweisen; ihre Zufallstreffer wären auch durch einfaches Würfeln erreichbar gewesen.

Aber schon vorher gab es massive Zweifel am Nutzen der Wünschelrute. So findet sich in Heft 16/1950 des Nachrichtenmagazin DER SPIEGEL eine (unvollständige) Liste der Schäden, die durch von Wünschelrutengängern veranlassten Fehlbohrungen über 25 Jahre entstanden; ihre Gesamtsumme beläuft sich auf mehr als 8,6 Millionen DM. Die Wissenschaft sah sich bereits damals zu einer offiziellen Stellungnahme veranlasst. Auf der Direktorenkonferenz der geologischen Landesämter und der Landesämter für Bodenforschung der Bundesrepublik Deutschland wurde am 23. März 1950 eine Erklärung der teilnehmenden Professoren veröffentlicht:

„Die Geologie fast aller Kulturstaaten, besonders in Deutschland, hat sich seit langen Jahren, um nichts unversucht zu lassen, mit zahlreichen exakten Prüfungen

der Wünschelrute (des Pendels und Apparaten nach Art der Wünschelrute) beschäftigt. Sie hat keine Gelegenheit unterlassen, Angaben von Wünschelrutengängern mit den tatsächlichen Verhältnissen des Untergrundes zu vergleichen. Das klare Ergebnis ist, dass ein Zusammenhang zwischen Wünschelruten-(Pendel-)Ausschlag und Untergrund nicht erwiesen, ja noch nicht einmal wahrscheinlich gemacht worden ist.

Die Direktoren der genannten geologischen Landesämter müssen daher nachdrücklichst darauf aufmerksam machen, dass die Wünschelrute zum Aufsuchen von Bodenschätzen jeglicher Art, einschließlich Wasser, völlig unbrauchbar ist. Vor allem muss bei allen Arbeiten, die ganz oder teilweise durch öffentliche Mittel finanziert werden, aufgrund der wissenschaftlichen Erkenntnis die Verwendung der Wünschelrute entschieden abgelehnt werden."

Es bleibt die Frage, weshalb die Wünschelruten in der Hand ihres Trägers plötzlich ausschlagen. Auslöser scheinen kleine, unbewusste Muskelbewegungen zu sein. Bei diesem als „Carpenter-Effekt" bezeichneten Phänomen führt allein die Vorstellung einer Bewegung zu Impulsen in den Muskeln, die man für die Ausführung der Bewegung benutzen würde. Auch das sogenannte Kohnstamm-Phänomen wirkt wohl mit ein. Es besagt, dass Muskeln krampfartig zucken können, wenn sie nach langer, starker Anspannung wieder entspannt werden.

Die klare ablehnende Haltung der Wissenschaft hat der Rutengänger-Szene ganz offenbar nicht die Geschäftsgrundlage entzogen – sie präsentiert sich mit einer breiten Palette von Angeboten im Internet und ist dabei sogar berufsständisch organisiert. Doch es fällt auf, dass die alte Wünschelrute nur noch selten für die Suche nach Wasseradern angepriesen wird; stattdessen muss sie Erdstrahlen aufspüren oder die für den Menschen höchst gefährlichen Kreuzungspunkte globaler Netze finden. Man hat sich in eine esoterische Fantasiewelt zurückgezogen und versteckt sich im Irrgarten verschwurbelter pseudowissenschaftlicher Begriffssysteme vor möglicher Kritik der Naturwissenschaft. Für das Verständnis einer Aussage wie „Der Kenntnis der Expadären-Polaritäten verdanken wir das Wissen um die Abweichungen der Störzonenverläufe zwischen Wünschelrutenausschlägen und der korrekten Gestalt der Erdstrahlen!" reicht ein abgeschlossenes Physik-Studium eben nicht aus. Auch wenn es im Internet dazu sehr stark voneinander abweichende Aussagen gibt, sollen hier ein paar zentrale Themen der Radiästhesie oder Geopathie – wie die Benutzung der Wünschelrute jetzt gern genannt wird – vorgestellt werden. Sie sind auch Teil einer vierzehntägigen Ausbildung zum Wünschelrutengänger, die vom Forschungskreis Erdstrahlen und Elektrosmog e. V. angeboten wird.

Das **Global-Gitternetz (Hartmann-Netz)** war angeblich schon den alten Etruskern zwischen 2000 und 1000 v. Chr. bekannt. Dieses Forschungsergebnis ist wahrhaft beeindruckend – vor allem, weil die Historiker bislang nur von einem Zeitraum von 800 v. Chr. bis etwa 80 n. Chr. für die Existenz der etruskischen Kultur ausgingen! Nach deren Aufgehen im römischen Reich existierte das Netz offenbar ein paar Jahrtausende ungestört vor sich hin, bis es in den vierziger Jahren des vorigen Jahrhunderts von Dr. Ernst Hartmann wiederentdeckt wurde. Es soll aus „energetischen Linien" mit einer „Dicke" von etwa zwanzig Zentimetern bestehen, die einigermaßen orthogonal von Norden nach Süden und von Osten nach Westen verlaufen. Der Linienabstand beträgt in Deutschland 2,80 m in ost-westlicher und 3,20 m in nord-südlicher Richtung. Die Linien als solche stellen angeblich keine Gefahr für den Menschen dar, während die Kreuzungspunkte eine „äußerst starke Belastung" sind. Sie werden auch als Krebspunkte bezeichnet, weil man immer wieder sehen könne, „dass Menschen, die an Krebs erkrankt sind, im Bereich der Erkrankung einen solchen Globalgitter-Netzpunkt im Bettbereich haben." Die Positionierung des Bettes außerhalb der Hartmann-Netz-Kreuzungspunkte ist also geradezu überlebenswichtig! Geradezu unabdingbar ist die Untersuchung des Schlafplatzes durch einen Radiästheten, wenn der Schläfer unter mindestens einer der nachstehenden Krankheiten leidet:

Schlafstörung, starker Nachtschweiß, häufige Ermüdung, Migräne, Kopfschmerzen, Gereiztheit, Alpträume, metallener Geschmack, Rückenschmerzen, schlechte Träume, Leistungsverlust, geringe Belastbarkeit, Bettnässen,

Erschöpfung, am Morgen gerädert, Herzrhythmusstörungen, Frieren im Bett, Nackenschmerzen, unruhiger Schlaf, geschwollene Augenpartie, Körperzucken im Bett.

Fazit: Nur ein völlig gesunder Mensch, der weder im Bett friert oder zuckt und auch keine schlechten Träume hat, kann guten Gewissens auf die Untersuchung verzichten, deren Kosten im unteren bis mittleren dreistelligen Bereich liegen. Und wer könnte das schon von sich behaupten?

Auch das nach seinem Wiederentdecker Dr. Manfred Curry benannte **Curry-Gitternetz** war angeblich den Etruskern schon bekannt. Seine Linien verlaufen von Nord-Ost nach Süd-West und orthogonal von Süd-Ost nach Nord-West. Bei diesem Diagonalnetz haben die Linien einen Durchmesser von 20 bis 30 cm (nach anderen Quellen 60 bis 65 cm) und stellen wiederum nur in den auch als Krebspunkte bezeichneten Kreuzungspunkten eine Gefahr für die Gesundheit dar. Allerdings schreibt FB Zell Aktiv: „ Im Gegensatz zum Globalgitter (Hartmanngitter) ist das Diagonalnetz viel tückischer und auch schwieriger zu verstehen." Wir wagen gar nicht erst den Versuch, ein so tückisches Netz zu verstehen, sondern wenden uns dem nächsten Thema zu.

Das **Benker-Kubensystem** vervollständigt (derzeit) das Panoptikum erdstrahlerzeugender metaphysischer Raumstrukturen. Es geht auf den 1895 in Landshut geborenen Schreinermeister und Rutengeher Anton Benker zurück, der vermeintlich herausfand, dass die Erdoberfläche mit einem System von Würfeln mit einer Kantenlänge von 10 m bedeckt ist. Die Würfel sollen abwechselnd positiv und negativ geladen sein. Um keine Fehlinterpretation der Wirkung dieses dreidimensionalen Systems auf den Menschen zu riskieren, soll dazu die Webseite www.erdstrahlen-info.de wörtlich zitiert werden. *„Die positiven Felder können bei zu langem Aufenthalt schädlich wirken. Es kann zum Beispiel zu Überreizungen, Nervosität, Unruhe oder auch Entzündungen kommen. Die negativen Felder entziehen dem Körper Energie und wirkend schwächend. Diese Felder setzten nach Benker die Abwehr gegen Krankheiten herab. Das Benkergitter verläuft im Großen und Ganzen ähnlich dem Hartmanngitter, wobei es immer mal wieder geringfügige Abweichungen (geben kann). Das Benker Gitter hat zwar keine ausgesprochen schädlichen Strahlungen aber im Zusammenhang mit anderen Gegebenheiten wie Wasseradern, Verwerfungen, Gesteinsbrüchen, Currygitter usw. kann es sich doch negativ bemerkbar machen. Besonders stark werden die Auswirkungen, wenn die Knotenpunkte der verschiedenen Gitter zusammentreffen. Hier ist es durchaus sinnvoll, einen Rutengeher kommen zu lassen."*

Auch über das Kubensystem des Herrn Benker sollte man wohl besser nicht zu gründlich nachdenken. Denn schon die Grundannahme, dass positiv und negativ geladene Bereiche in der Luft dicht nebeneinander dauerhaft existieren, ist einigermaßen verstörend. Wie jeder weiß, der schon einmal ein Gewitter mit Blitz und Donner erlebt hat, gleichen sich solche Potentialunterschiede sehr schnell aus. Anton Benker wird als ausgesprochen humorvoller Mensch beschrieben – hat er sich vielleicht mit dem Postulat dieses Kubensystems auf der Erdoberfläche einen Scherz erlaubt?

Erdstrahlen sind Strahlungen aus dem Erdinneren, die zwar physikalisch mit keiner Messtechnik nachweisbar sind, aber „nachweislich" Krankheiten verursachen. Sie werden bewirkt durch Wasseradern, Gesteinsverwerfungen, Gesteinsbruch, Globalgitternetz (Hartmann-Netz), Curry-Netz und das Benker-Kubensystem. Besonders gefährlich ist die Stellung eines Bettes im Wirkungsbereich dieser Erdstrahlen. Als sinnvoll wird eine radiästhetische Untersuchung des Schlafplatzes bei folgenden Symptomen empfohlen:

Allergie, Fehlgeburt, Krebs, Ödem, Unfruchtbarkeit, Rheuma, EEG-Veränderung, Störung des Nervensystems, Depression, Potenzstörung, Multiple Sklerose, Vegetative Dystonie, Prostatabeschwerden, labiler Blutdruck, Diabetes, Herzrhythmusstörung, Bluthochdruck, Herzinfarkt, Asthma, Tumor, Hirninfarkt.

Abschließend sei noch hinterfragt, ob die Ortsveränderung der Schlafstätte die einzige Strategie des Umgangs mit den so schädlichen, aus verschiedenen Quellen gespeisten Erdstrahlen ist. Lassen sich Erdstrahlen umlenken, abschirmen oder in anderer Weise unschädlich machen? Es wird dazu eine fast unüberschaubare Vielfalt von Produkten und Techniken angeboten. Sie reicht von dem Verfahren der „Umpolung" einer Wasserader von linksdrehend (schädlich) auf rechtsdrehend (gesundheitsfördernd) über ganz spezielle Korkmatten, Edelsteine, Strahlenschutzantennen oder Geopathieplatten unter dem Bett bis zum Biofeldformer und Magnetic Field Generator. Korkmatten verlieren angeblich mit der Zeit ihre abschirmende Wirkung, doch bietet die Vereinigung deutscher Rutengänger für einen etwas tieferen Griff in die Tasche inzwischen eine „Gold-Edition" der Edelkorkmatte mit lebenslanger Garantie an. Mit dieser bahnbrechenden Entwicklung dürften die Erdstrahlen wohl endgültig ihren Schrecken verloren haben. Und mit dem Glauben an die Wirksamkeit einer solchen Matte unter dem Bett wird sogar die Frage bedeutungslos, ob die Wünschelrute nun funktioniert oder nicht.

2. Geschichte (1921)

Vom Wind allein

kann man nicht mehr leben

◇◇◇◇◇

Der Oktober des Jahres 1921 zeigte sich als kühler Monat mit recht viel Regen, doch der Wind wehte schwächer als sonst in dieser Jahreszeit üblich. Der Müller hätte lieber einen Herbststurm in Kauf genommen als die häufigen Stillstände des Mahlwerks, nach denen jedes Mal nur eine kräftige Brise den über die Königswelle angetriebenen schweren Läuferstein wieder in Drehung versetzen konnte. Wiedcr einmal blieb das Flügelkreuz trotz vollständig geschlossener Jalousien stehen, und der Müller ging seufzend nach draußen, um nach dem Wetter zu schauen. Dort erblickte er einen der Mühle sich nähernden Wanderer in einer derben Jacke mit schwarzem Hut, Halstuch und Stock, der sein spärliches Reisegepäck in einem ledernen Ranzen auf dem Rücken trug. Kein Zweifel, das war ein Müllergeselle auf der Walz! Herangekommen legte der Fremde Stock und Ranzen am östlichen Eingang der Mühle nieder und sprach den Müller mit einer altertümlichen Grußformel an, welche dieser schon lange nicht mehr gehört hatte:

„Mit Gunst Meister! Ich wollt Ihn einmal sprechen zu
und bei ihm nehmen die Abendruh.
Ich hoffe von ihm nach Handwerksgebrauch
er wird mir zwischen zweien Tagen
nicht die Nachtherberge versagen!"

Nach den alten Zunftvorschriften konnte der Müller den Ankömmling nun entweder in Dienst nehmen, oder ihm Verköstigung und Unterkunft für die Nacht gewähren. „Selbst wenn der Wind ordentlich wehte, hätte ich keine Arbeit für dich", sagte er, „du weißt sicher, wie die Lage bei den kleinen Mühlen in Zeiten wie diesen ist! Doch weil du unsere Tradition hoch hältst, sollst du ein Abendessen und Übernachtung bekommen." Der Fremde bedankte sich artig, und der Müller ging ins Haus, um seine Frau von der Verpflichtung zu unterrichten, die ihnen die Ankunft des Wandergesellen auferlegte. „Warum verlangst du das schon wieder von mir?" fragte sie, „Weshalb müssen wir immer wieder die veralteten Vorschriften eines Handwerks beachten, das uns kaum noch ernährt? Sollen deine Töchter keine Schulbücher bekommen, damit wir mit dem ersparten Geld ständig Wanderburschen durchfüttern können?" Der Müller versuchte sie zu beruhigen: Der Wanderer sei offenbar ein gesitteter Mensch, und in Zukunft wolle er Gesellen auf der Walz abweisen, auch wenn ihm dies schwer falle.

Nach Einbruch der Dunkelheit saßen sie an dem von einer Petroleumlampe beleuchteten Küchentisch, aßen frischgebackenes Brot und Rührei mit Speck, wovon die Müllerin eine große gusseiserne Pfanne zubereitet hatte. Der Fremde war offenbar sehr hungrig, doch griff er erst herzhaft zu, nachdem sie ihn ermuntert hatte. Höflich sprach er den Müller mit „Sie" an, obwohl er von diesem geduzt wurde. Nach seiner Lehre auf einer Windmühle im Fränkischen und kurzer Dienstzeit musste er schon in den Krieg, den er mit zwei Verwundungen und dem Eisernen Kreuz Zweiter Klasse überlebte. Seit dem nun drei Jahre zurückliegenden Kriegsende war er auf der Walz, auf der er nur selten längere Anstellungen gefunden hatte. Dieser Geselle mochte das fünfundzwanzigste Lebensjahr kaum überschritten haben, wirkte aber sehr ernst und nachdenklich, und es schien, als sei er mit seiner Wanderschaft auf der Suche nach der verloren gegangenen Zeit, wie sie vor dem großen Kriege einmal gewesen war.

Der Müllermeister erzählte, wie er im August 1914 zum Kriegsdienst eingezogen wurde. In Frankreich kam er bis zur Marne, dann stellte man ihn plötzlich frei, damit er an der „Heimatfront" sein kriegswichtiges Handwerk ausüben konnte. Die Zuweisungen der Kriegsgetreidegesellschaft hatten ihm dort bis zum Herbst 1918 ein regelmäßiges Einkommen gesichert. Doch nach dem Ende der staatlichen Getreide-Zwangswirtschaft war ein besorgniserregender Schwund an Kundschaft eingetreten. Die Konkurrenz der von Elektromotoren angetriebenen Kunstmühlen in Weimar und Erfurt machte sich immer stärker bemerkbar. Diese erzeugten ein außerordentlich feines Mehl zu günstigsten Preisen, und mit den neuen Lastkraftwagen war es auch kein Problem, das Korn zu ihnen zu transportieren. Außerdem hatten sich schon zwei Großbauern in Hopfgarten elektrische Schrotmühlen angeschafft, womit für den Müller ebenfalls ein wesentlicher Teil des Geschäftes weggebrochen war. „Du bist ja nun weit herumgekommen und hast schon viel vom Müllerhandwerk gesehen", wandte er sich jetzt an den Wandergesellen, „was meinst du, werden die Windmühlen überleben?" Der Angesprochene schwieg eine Weile, dann sagte er: „Meister, so gerne ich Ihnen eine andere Antwort geben möchte und so sehr ich selbst die Windmühlen liebe – ich glaube nicht, dass sie eine Zukunft haben. Mindestens jede vierte hat in den letzten Jahren schon aufgegeben. Andere haben das Flügelkreuz stillgelegt und treiben die Königswelle mit einem Benzinmotor an. Aber das ist teuer, und die Mahlleistung geht über zwanzig Zentner am Tag kaum hinaus; es soll Kunstmühlen geben, die Tag und Nacht laufen und dabei das Hundertfache schaffen." Nach diesem Gespräch begaben sie sich zur Nachtruhe, die Müllersleute in ihr Schlafzimmer und der Wandergeselle in die Kammer über dem Stall.

Am nächsten Abend, als die beiden Töchter schon im Bett waren und sie allein in der Küche saßen, klang die düstere Prognose des Gastes noch in ihnen fort. Die Müllerin ergriff zuerst das Wort: „Du weißt, ich habe heute im Krämerladen von Niederzimmern das Nötigste eingekauft, und ich war entsetzt über die Teuerung. Ein Pfund Margarine hat sechsundzwanzig Mark gekostet; vor drei Jahren waren es kaum mehr als zwei Mark! Und für einen Liter Essig musste ich vier Mark und fünfundzwanzig auf den Ladentisch legen statt eine Mark und siebzig wie vor einem Jahr. Du nimmst immer weniger durch das Mahlen ein, und das, was wir auf unseren paar Morgen Ackerland anbauen können, reicht auch nicht zum Leben – was soll nur aus uns werden?" Der Müller stand auf, ging an den Schrank im Wohnzimmer und holte ein Buch heraus, das er auf den Küchentisch legte: „Das Ganze des Seidenbaues oder theoretisch-praktische Anweisung zur Maulbeerbaum- und Seidenraupenzucht". „Ich habe mir auch schon seit langem Gedanken darüber gemacht, wie es mit uns weitergehen soll", erwiderte er. „Du hast recht, wir brauchen einen Erwerb, mit dem wir den Niedergang der Müllerei ausgleichen können, und der Anbau von Feldfrüchten reicht auf unserer kleinen Fläche dazu nicht aus. Doch auf einem Treffen der Innungsmeister im Frühjahr habe ich gehört, dass ein Wassermüller im Coburgischen sein Gewerbe an den Nagel gehängt hat und stattdessen Seidenraupen züchtet. Man erzählt sich, er hätte schon so viel Geld damit verdient, dass er ein ausländisches Auto kaufen wolle. Hier habe ich nun ein Buch über den Seidenanbau, welches ich in der Stadt günstig gebraucht kaufen konnte. Verfasser ist Gustav Heinrich Haumann, ein Pfarrer aus dem nordthüringischen Großkörner, der alles so haarklein beschrieben hat, dass wirklich keine Fragen offen bleiben. Wir könnten sofort anfangen, indem wir vor dem Winter eine Maulbeerhecke pflanzen. Dafür sollten wir unseren Notgroschen nehmen, ehe das Geld noch weiter an Wert verliert." Die Müllerin hatte erstaunt zugehört, nun fragte sie: „Wenn du das Buch gebraucht gekauft hast, muss es ja jemand verkauft haben. Hat sich bei ihm der Seidenanbau doch nicht gelohnt?" „Wenn man genug Erfahrung gesammelt hat, braucht man das Buch nicht mehr", entgegnete ihr Mann, „dann können auch wir es wieder verkaufen!" Sie redeten noch lange miteinander, und wenige Tage später bestieg der Müller auf dem Bahnhof von Hopfgarten einen Personenzug, um zu einer Pflanzschule zu fahren. Beladen mit mehreren Bündeln von Setzlingen des weißen Maulbeerbaumes kam er am darauffolgenden Tag wieder zurück.

Es vergingen etwas mehr als zweieinhalb Jahre – eine Zeit, in der Deutschland das Trauma der Hyperinflation erlebte. Zur Finanzierung des Krieges waren von der Reichsregierung Schulden in Höhe von 164 Milliarden Reichsmark in Form von Anleihen und Schuldverschreibungen mit den wohlklingenden Namen „Schatzwechsel" oder „Schatzanweisungen" bei der eigenen Bevölkerung aufgenommen worden. Am 15. November 1923, dem Tag der Währungsumstellung auf die Rentenmark, hatte die Regierung diese Summe auf 16,5 Pfennige herunterinflationiert. Eine ganze Generation zahlte mit der Vernichtung all ihrer Ersparnisse für die Erkenntnis, dass dem Papiergeld kein wirklicher Wert innewohnt, und dass das aufgedruckte Zahlungsversprechen jederzeit von den Mächtigen gebrochen werden kann.

Die Müllerfamilie hatte diese schwere Zeit vergleichsweise gut überstanden; schon 1922 nahm der Müller von den Kunden kaum noch Bargeld an, sondern ließ sich mit Korn oder Mehl bezahlen. Die Währungsreform erreichten sie mit einer Scheune voller Vorräte, für die es jetzt wieder werthaltiges Geld gab. Die im Herbst 1921 erworbenen Maulbeer-Setzlinge waren gut gediehen und bildeten auf der Nordseite der Windmühle nun schon eine kleine Hecke, die nach Meinung des Müllers für einen ersten Versuch der Seidenraupenzucht bereits ausreichte. Doch wieviel der teuren Raupeneier sollte er kaufen? Er wusste, dass sich die Raupen vier Mal häuten würden und nach jeder dieser Häutungen ihr Appetit auf Maulbeerblätter gewaltig anstieg. Im Buch des Pfarrers Haumann gab es dazu eine hilfreiche Tabelle, welche den Nahrungsbedarf der Larven in den einzelnen Lebensaltern zwischen den Häutungen als Vielfaches ihres Eiergewichtes angab; besonders beruhigend mutete die Entwicklung der Raupenfreßlust allerdings nicht an:

Im ersten Alter	.... das 112-fache
Im zweiten Alter	.... das 336-fache
Im dritten Alter	.... das 1.120-fache
Im vierten Alter	.... das 3.860-fache
Im fünften Alter	.... das 20.496-fache.

Der Müller glaubte der Hecke insgesamt ungefähr zweihundert Kilogramm Blätter entnehmen zu können, die nach der Tabelle für Raupen aus einer viertel Unze (ungefähr sieben Gramm) Eier reichen würden. Und diese Menge ließ er sich wohlverpackt mit der Post aus einer Rauperei zusenden, der er zuvor einen Wechsel über den Rechnungsbetrag geschickt hatte. „Wieviele Eier sind das denn?" fragte seine Frau. „Ungefähr zehntausend." „Und wieviel Seide liefern die?" „Es reicht für ein langes Abendkleid." „Dessen Trägerin sicher nicht weiß, dass zehntausend Würmchen für ihren Fummel sterben mussten", meinte die Müllerin.

„Wir müssen die Eier nun ausbrüten", sagte der Müller zu seiner Frau, „und dazu nimmst du sie am besten in Leinensäckchen verpackt mit ins Bett." „Wieso um Himmels Willen ich?" entsetzte sich die Müllerin, „Bin ich eine Glucke? Du kannst das doch genauso machen!" „Pfarrer Haumann schreibt, dass die Personen, die sich mit dem Brutgeschäft abgeben, noch nicht zu alt, von gesunder Leibesbeschaffenheit und nicht zu sehr zum Schweiß geneigt sein müssen. All dies trifft genau auf dich zu; ich bin vielleicht schon etwas zu alt, jedenfalls schwitze ich nachts zu häufig." „Und wer brütet tagsüber?" fragte die Müllerin. „Ich hatte schon an die Kinder gedacht", antwortete der Müller, „aber die müssen ja in die Schule. In Italien tragen die Weibsbilder die Säckchen mit den Eiern während des Tages an ihrem Busen mit sich." „Dann solltest Du gleich nach Italien auswandern; ich kann mir nicht vorstellen, dass sich eine deutsche Frau zu so etwas hergibt!" Sie einigten sich darauf, die notwendige Bettwärme mit Wärmflaschen aufrecht zu erhalten, die alle zwei Stunden gewechselt werden mussten.

Mit dieser Art von Brutgeschäft vergingen zwei Wochen, in denen der Müller den gesamten freien Raum des Wohnzimmers mit selbst gebauten Regalen anfüllte, deren wagerechte Bretter er auf der Oberseite mit einem Handhobel geglättet hatte. Der Raum war danach für Wohnzwecke nicht mehr nutzbar. Am Morgen des vierzehnten Tages entdeckte die Müllerin auf ihrem Kopfkissen drei winzige, kaum drei Millimeter lange Räupchen, was beim Müller Freude und bei ihr einen Entsetzensschrei auslöste, mit dem sie aus dem Bett sprang. Der Müller eilte nach draußen, um von der Maulbeerhecke Bätter abzustreifen, die er klein hackte und auf einigen Regalbrettern im Wohnzimmer verteilte. Dann leerte er die Beutel mit geschlüpften Räupchen und noch unausgebrüteten Eiern auf diesen Brettern aus. Nach zwei Tagen waren auch die letzten Seidenraupen geschlüpft. Jetzt wurden anstelle von zerkleinertem Futter ein paar kurze Zweige mit Blättern auf die Bretter gelegt, auf denen sich die Raupen nach kurzer Zeit versammelt hatten. Man konnte sie nun an eine andere Stelle legen, um die Bretter zu reinigen.

Es kam jetzt darauf an, die Temperatur in dem zu einer Rauperei umfunktionierten Wohnzimmer möglichst zwischen 22 und 23 Grad zu halten, wofür eigens ein Thermometer angeschafft worden war. Das draußen herrschende warme Juli-Wetter begünstigte dieses Vorhaben; die Müllersleute brauchten nicht zu heizen. Weil der Müller wegen des guten Windes in der Windmühle zu tun hatte, musste seine Frau mehrmals am Tage die Seidenraupen füttern und die Regalbretter sowohl von Kot als auch von Resten des Futters reinigen, welche die Tiere verschmäht hatten. Sie tat das nicht gerne, denn je größer die Raupen wurden, desto stärker verbreitete sich im Raum ein Geruch, von dem ihr Mann nicht wollte, dass sie ihn als Gestank bezeichnete. Am Ende des vierten Tages begannen die ersten Raupen in eine Art Schlaf zu verfallen, und einen Tag später waren schließlich alle eingeschlafen. Aus diesem Häutungsschlaf erwachten sie mit einem Appetit, der größer war, als es ihnen die Tabelle des Pfarrers Neumann eigentlich erlaubte. Die für das nächste Lebensalter sorgfältig abgewogenen Portionen hatten sie schon vor dessen Ende vertilgt und krochen nun auf der Suche nach Nahrung unruhig auf den Brettern herum, wobei etliche auch auf den Fußboden fielen und mühsam wieder eingesammelt werden mussten. Der Müller erntete weitere Maulbeerblätter, servierte den gierigen Fressmaschinen einen Nachschlag und schaute noch einmal in das Standardwerk über die Seidenraupenzucht. Darin fand er eine Passage, die er bislang übersehen hatte: In den angegebenen Futtermengen waren die Stiele und Rippen der Blätter

sowie „Rostflecken und andere zufällige Mängel, welche
Teile der Blätter ungenießbar machen" nicht inbegriffen.
Und das konnte zwanzig Prozent der Gesamtmasse ausmachen! Mehr als zweihundert Kilogramm Blätter gab die
junge Maulbeerhecke auf keinen Fall her – musste er als
Folge seiner Nachlässigkeit nun ein Fünftel aller Seidenraupen töten, damit die anderen überlebten? Er zögerte,
und schon bald sollte sich etwas ereignen, das ihn dieser
schweren Entscheidung enthob.

Das Wetter hatte sich inzwischen hochsommerlich entwickelt; die Temperaturen stiegen draußen über dreißig
Grad. Die Müllersleute hielten die Läden vor den beiden
nach Süden zeigenden Wohnzimmerfenstern geschlossen, dennoch stieg die Temperatur im Raum auf mehr als
fünfundzwanzig Grad, was den anspruchsvollen Raupen

vermutlich nicht gefiel. Um den Raum zu kühlen, wurden die Fenster nachts ein wenig geöffnet. Als die Müllerin am nächsten Morgen zur Fütterung in das Wohnzimmer kam, erstarrte sie vor Schreck: Die Zahl der Raupen hatte sich verringert, dafür lagen auf den Regalbrettern viele Gebilde, die wie kurze Stücke eines grau-grünen Zwirns aussahen. Sie erkannte, dass dies nur Darmkanäle der Raupen mit darin enthaltenen Futterresten sein konnten. Aber wer hatte den schrecklichen Massenmord verübt? Es kamen dafür nur Mäuse infrage, die es trotz zweier Katzen auf ihrem Gehöft reichlich gab und von denen mehrere nächtens den Weg durch das offene Fenster ins Wohnzimmer gefunden haben mussten. Sie überbrachte ihrem Mann die Hiobsbotschaft, und sie überlegten beide, wie man die Überlebenden des Massakers vor weiteren Angriffen der Nager schützen könnte. Den Gedanken, die beiden Katzen in das Wohnzimmer zu sperren, verwarfen sie sofort wieder; die Vorstellung, was die Tiere durch das Herumturnen auf den Regalen anrichten würden, war zu abschreckend. Zudem konnte es auch sein, dass die Katzen selbst Geschmack an den Seidenraupen fänden. Also machte sich die Müllerin zu Fuß auf den Weg zum Nachbardorf, in dessen Krämerladen sie zehn Mausefallen erstand. Die wurden mit Speckstückchen geladen, welche vorher über einer Kerze angeschmolzen worden waren. Dann verteilte sie der Müller im Wohnzimmer, dessen Fenster nunmehr geschlossen blieben. Obwohl bis zum nächsten Morgen fünf Mäuse in die Fallen gingen, waren immer noch Opfer unter der Raupenschar zu beklagen.

Erst die folgende Nacht überlebten sämtliche Raupen. Fünfunddreißig Tage waren vergangen. Die Raupen hatten eine Größe von ungefähr neun Zentimetern erreicht, und die Maulbeerhecke erschien völlig kahl – ungewiss, ob sie die Tortur überleben würde. Wenn die Seidenraupen jetzt noch weiteres Futter verlangten, war alles verloren. Doch zur großen Erleichterung der Müllersleute hörten die Tiere auf zu fressen. Sie saßen mit erhobenem Oberteil auf den Blättern und bewegten den Kopf hin und her, als wenn sie etwas suchten. Höchste Zeit, ihnen die Spinnhütten zur Verfügung zu stellen, die der Müller aus Weidenruten und Bast schon hergestellt hatte. Anderenfalls würden sie die Regale auf der Suche nach einem Platz verlassen, an dem sie sich zum Einspinnen festmachen könnten. Die kleinen Spinnhütten wurden gut angenommen. Die Tiere hängten sich darin auf und begannen, sich durch ständiges Hin- und Herbewegen des Kopfes mit einem einzigen ununterbrochenen Faden einzuspinnen. Der Müller wusste, dass dessen Länge einen Kilometer durchaus übertreffen konnte. Nach vier weiteren Tagen war das Einspinnen der Raupen vollendet; verborgen in ihren leicht gelblichen Kokons wollten sie nun das Zauberstück der vollständigen Auflösung ihrer Körpersubstanz und deren Umwandlung in einen Schmetterling vollbringen. Doch die Müllersleute hinderten sie daran, indem sie die Kokons einsammelten und eine halbe Stunde in den auf hundert Grad erhitzten Backofen steckten.

Am nächsten Tage reiste der Müller mit der Bahn nach Erfurt, um in der dortigen Seidenspinnerei einen Korb voller Kokons abzuliefern. Als er am Nachmittag zurückkehrte, fragte ihn seine Frau gespannt: „Wieviel hast du dafür bekommen?" „Ich möchte es gar nicht sagen", antwortete er, „sie haben auch noch zwanzig Prozent abgezogen, weil die Kokons nicht nach Qualität sortiert waren. Angeblich befanden sich sogar ganz unbrauchbare darunter." „Und", drängte sie, „wieviel war es denn nun?" „Wir könnten davon doppelt soviel Raupeneier kaufen wie das erste Mal." „Nein", erklärte die Müllerin entschieden, „das mache ich kein zweites Mal mit! Bei unseren geringen Möglichkeiten ist die Seidenraupenzucht kein Erwerb, sondern eine Tortur!" „Und wovon wollen wir in Zukunft leben? Es kommen kaum noch Mahlkunden, und der Acker gibt's nicht her." „Doch", entgegnete die Müllerin, „man muss nur das Richtige anbauen!". „Was meinst du damit?" fragte ihr Mann unsicher. „Blumensamen! Ich habe mich in den letzten Wochen ganz genau erkundigt, wieviel Geld die Erfurter damit machen. Du weißt, dass mein Schwager bei Chrestensen arbeitet; sie exportieren bereits wieder nach Amerika." „Man brauchte dazu Kapital, um erst einmal Samen zu kaufen, und wir haben keines mehr." Die Müllerin sah ihren Mann lange an. Dann sagte sie: „Ich habe noch die beiden von meinen Eltern ererbten Goldringe. Und die werden wir jetzt verkaufen."

Der erfolglose Versuch der Seidenraupenzucht hinterließ auf dem Mühlengrundstück seine Spuren. Ein paar

Triebe der Maulbeerhecke überlebten das Ablauben vor mehr als neunzig Jahren und sind seitdem zu imposanten Bäumen herangewachsen. Während der Monate Juni und Juli lassen sie ihre weißen, hellroten und dunkel-violetten Früchte in einer Menge von mehreren Dezitonnen auf den Boden fallen. Diese essbaren Beeren haben wenig Säure, keinen intensiven Eigengeschmack und sind für den Verzehr deshalb nur wenig geeignet. Der Gemeine Ohrwurm *(Forficula auricularia)* sieht das anders. Soll seine Population nicht explodieren, so müssen die Beeren recht mühsam im Gras zusammengeharkt und entsorgt werden.

Fast hundert Jahre nach seiner Anpflanzung hat dieser Setzling der Maulbeerhecke heute einen Stammumfang von 2,10 m

2.1

Seidenraupen im Arbeiter- und Bauernstaat

◇◇◇◇◇

Die Geschichte der Seidenproduktion begann in China, wo man vermutlich schon dreitausend Jahre vor Christus die Kunst beherrschte, die kilometerlangen Seidenfäden von den Kokons abzuwickeln, in die sich die Raupe des Seidenspinners einspinnt, wozu sie ungefähr 250.000 Umdrehungen benötigt. Mehrere dieser nur 20 Mikrometer starken Fäden wurden dann zu einem Garn verzwirnt, dessen Reißfestigkeit die von Stahl übertrifft. Mit Androhung der Todesstrafe für das Verbringen von Raupen oder Eiern außer Landes behielt China für lange Zeit das Monopol an der schimmernden Seide, die man in Europa mit Gold aufwog. Erst um 500 n. Chr. sollen zwei persische Mönche in präparierten Wanderstäben die ersten Eier des Seidenspinners nach Westen gebracht haben, wo daraufhin im byzantinischen Reich die Seidenproduktion begann. Im 12. Jahrhundert wurde schließlich für lange Zeit Italien führend in der Produktion europäischer Seide. In Deutschland gab es einen ersten Versuch des anscheinend so lukrativen Seidenbaus – wie man den gesamten Prozess der Erzeugung von Naturseide nennt – im 17. Jahrhundert mit der Anpflanzung von weißen Maulbeerbäumen in Preußen im Jahre 1663 durch Friedrich Wilhelm I. Sein Sohn Friedrich II. (der Große) erweiterte die Pflanzungen auf eine Stückzahl von drei Millionen und investierte zwei Millionen Taler in das Projekt einer autarken Versorgung des Landes mit Seide. Doch die Empfindlichkeit der aus wärmeren Gefilden stammenden Raupen gegen das Klima sowie Krankheiten, aber auch die Unwissenheit der Untertanen verhinderten einen

Erfolg des Vorhabens; mit dem Tod des Königs im Jahre 1786 war der erste große Anlauf zur Integration der Seidenraupe in Deutschland gescheitert.

Als hundertfünfzig Jahre später das nationalsozialistische System seine Liebe für die Seidenraupen entdeckte, geschah dies nicht aus wirtschaftlichem Interesse, sondern diente der Vorbereitung des zweiten Weltkriegs: Nur die Naturseide mit ihrer geradezu unglaublichen Reißfestigkeit erlaubte die Herstellung von Fallschirmen mit erträglichem Gewicht. Schon ab 1935 arbeitete die „Reichsfachgruppe Seidenbauer" an der Ankurbelung des Seidenbaus, und 1939 wurde jede Schule verpflichtet, fünfhundert bis tausend Maulbeerbäume anzupflanzen. In der Ausgabe der Weimarischen Zeitung vom 25.07.1941 lesen wir: *„Der Bedeutung der Kokonerzeugung entsprechend haben verschiedene Organisationen der Partei zur Mitarbeit aufgerufen, so die Reichsjugendführung, die NS-Frauenschaft und die NSV. In fast allen Schulen wird Seidenbau im Unterricht durchgeführt, und viele Schulen haben gerade im Seidenbau beachtliche Erfolge erzielt. Wenn auch die Bezahlung der abgelieferten Seidenkokons nicht schlecht ist – für 1 Kilogramm Frischkokons werdem 4M bezahlt – so ist doch gerade bei den kleinen Züchtern nicht der Verdienst das Entscheidende, sondern die Tatsache, dass sie zu ihrem Teil dazu beitragen, den Bedarf des wertvollen Rohstoffes Seide decken zu helfen."* Doch mit dem Verlust der militärischen Lufthoheit in den beiden letzten Kriegsjahren nahm dieser Bedarf rapide ab, mit immer weniger benötigten Fallschirmen ging auch der zweite obrigkeitliche Versuch zu Ende, den Seidenbau als Wirtschaftszweig in Deutschland zu implementieren. Nach dem zweiten Weltkrieg war Seidenbau in der Bundesrepublik kein Thema mehr. Anders jedoch in der Deutschen Demokratischen Republik; dort startete man den historisch längsten und hartnäckigsten Versuch, der Seidenraupe in Deutschland eine dauerhafte Heimstatt zu verschaffen. Er begann schon 1946 und wurde durch die sowjetische Militärverwaltung in der damaligen SBZ (Sowjetische Besatzungszone) angeordnet: Im Juni hatte die Thüringische Landesanstalt für Tierzucht in Jena auf ihren Befehl bereits 300 Gramm Seidenraupenbrut gewonnen, die im Folgejahr für ganz Thüringen ausreichen sollte. Über die Absicht, die auf sowjetischer Seite hinter dieser sehr speziellen Anordnung stand, lässt sich nur spekulieren. Wollte sich die Sowjetunion einen zuverlässigen Lieferanten von Fallschirmseide für die Aufrüstung im langsam heraufdämmernden Kalten Krieg heranziehen? Im Grunde war dies unnötig, denn die synthetischen Fasern für die viel billigere Kunstseide standen längst zur Verfügung. Der junge ostdeutsche Verwaltungsapparat, der eigentlich mit ganz anderen Problemen zu kämpfen hatte, tat alles, um den Willen der sowjetischen Genossen zu erfüllen. Die Seidenbauer-Tagung am 12.11.1948 in Plauen stand unter dem Motto *„Gewinnung von Seide für Technik- und Textilversorgung – eine absolute Notwendigkeit"*. Sollten die Werktätigen der SBZ in Seide gekleidet werden? Jedenfalls konnte schon mit Stolz über eine Jahresernte von 847 Kilogramm Kokons in Thüringen berichtet werden. Sie war von 135 Schulen und 45 „Privatzüchtern" erbracht worden, unter denen sich auch zwei Strafanstalten und ein Altersheim befanden. 132 Seidenbauinteressenten waren in Jena geschult worden. Und man betonte auch den erzieherischen Wert der Seidenraupenzucht: Die Kinder sollten lernen, die Tiere zu pflegen und zu lieben. Aber die erhoffte Tierliebe setzte nicht ein, stattdessen blieben in der Folgezeit die Schwierigkeiten enorm. Bei dem katastrophalen, durch Kriegszerstörungen und Flüchtlingszuzug bedingten Mangel an Wohnraum war es praktisch nicht möglich, separate Bruträume zu nutzen, es gab keine Bretter für Regale, anstelle von Brutrahmen sollte Holzwolle verwendet werden und die Futterversorgung war problematisch, weil man Maulbeerplantagen zur Gewinnung von Brennholz abgeholzt hatte. Außerdem lieferte die Naturseidenspinnerei Plauen die abgestorbenen Puppen den Züchtern – die sie gerne als Geflügelfutter gehabt hätten – nicht zurück, diese unterlagen der „Bewirtschaftung". Immerhin erhielten die Seidenbauern für die Beheizung der Bruträume eine streng geregelte Zuweisung von 150 kg Kohle, davon 75 % als Briketts und 25 % als Rohbraunkohle. Doch die vorgegegebenen Planziele wurden immer deutlicher verfehlt. Der Bezirk Erfurt erreichte 1953 bei einem Soll von 1.200 kg Kokons noch ein Ist von 968,4 kg; 1955 lieferten die Seidenbauer statt geforderter 935 kg nur 445 kg ab. In den von den Räten der Kreise geforderten Erklärungen werden Maulbeeranlagen in schlechtem Zustand, Interesselosigkeit der Bürgermeister sowie Mangel an Züchtern

als Ursachen genannt. Eine gewisse Originalität kenn-
zeichnet die Meldung des Haftkrankenhauses Eisenach,
es könne keine Seidenraupen mehr züchten, weil die
Häftlinge für die Futterbeschaffung zu krank seien. Die
dirigistischen Maßnahmen, mit denen der Rat des Bezirkes reagierte, entfalteten keine Wirkung. Weder konnten
in allen Haftanstalten Großzuchten eingerichtet werden,
noch wurden während der Sommerferien in den Schulen
genügend freie Klassenräume zur Seidenraupenzucht genutzt. Auch das vorgegebene „1:1.500-Ziel" (ein Gramm
Brut erbringt 1,5 Kilogramm Kokons) ließ sich nicht erreichen. Die grundsätzliche Achillesferse des Seidenbaus,
dass er lediglich während zweier Monate im Jahr betrieben werden kann und damit nur als Nebenberuf geeignet
ist, verhinderte in Verbindung mit einer schlechten Bezahlung der Kokons den Erfolg; zu Beginn der 60er Jahre
war Seidenbau auch in der DDR kein Thema mehr.
Die Sparte Seidenbau des Verbandes der Kleingärtner,
Siedler und Kleintierzüchter erkannte die Misere schon
frühzeitig und empfahl ihren Mitgliedern eine alternative Einkommensquelle: Sie sollten Weinbergschnecken
sammeln – das Kilogramm für 10 Pfennige. Heute steht
die Weinbergschnecke streng geschützt auf der Roten
Liste der gefährdeten Arten. Weshalb man trotzdem in
manchen Restaurants welche angeboten bekommt? Diese
Delikatessen hatten das Pech, in Zuchtbetrieben zur Welt
zu kommen.

3. Geschichte

Vom Hörensagen:

die Zeit von 1930 bis 1975

◇◇◇◇◇

Für die Zeit ab 1930 werden in diesem Buch über die Holländermühle zu Hopfgarten keine Geschichten mit frei gestalteten Inhalten erzählt – es leben noch Nachkommen ihrer einstigen Bewohner, die es vielleicht besser wissen könnten. Weil auch die Ortschronik die Windmühle nicht thematisiert, wird hier nur wiedergegeben, was uns im Dorf über die letzten Jahre ihrer ursprünglichen Nutzung und den folgenden Verfall erzählt worden ist.

Der auf den gescheiterten Versuch der Seidenraupenzucht folgende Blumensamenanbau war eine Geschäftsidee, die zwar ebenfalls einen hohen Aufwand an Handarbeit erforderte, sie sicherte aber den Lebensunterhalt der Müllerfamilie. Frau Franziska Oertel, die zu den letzten Bewohnern der Mühle gehörte, überließ uns ein Foto, welches die Windmühle inmitten eines Meeres von Astern zeigt; das Gebäude diente nunmehr dem Trocknen der Pflanzen und

Noch hat sie ihr Flügelkreuz: die Windmühle in einem Meer von
Astern (um 1930)

Samen. Später wurde sein Flügelkreuz demontiert, ehe es
dem Sturm zum Opfer fiel. Ein Anschluss des Mühlen-
grundstücks an das bereits 1911 in Hopfgarten installierte
Stromnetz erfolgte merkwürdigerweise nicht, obwohl
man eine Telefonleitung auf hölzernen Masten dorthin
verlegte. Dennoch gab es etwas Elektroenergie, denn die
Nutzung des Windes ging in verringertem Umfang weiter.
Ein schnelllaufender kleiner Rotor trieb einen Generator
an, von dem Bleiakkumulatoren aufgeladen wurden. Wir
stießen fünfzig Jahre später bei Schachtarbeiten auf das
Blei dieser Akkus, dessen Verkauf zu DDR-Zeiten die Kosten des Baggerns deckte – Bodenschätze der besonderen
Art.

Hier sind die Flügel schon demontiert (um 1932, Bild ebenfalls von Frau Franziska Oertel)

Der Zweite Weltkrieg forderte von der Familie keine Opfer an Leib und Leben: Der alte Müller wurde seines Gichtleidens wegen nicht eingezogen, und der zum Wehrdienst einberufene Sohn kehrte unversehrt heim. Ihrem Gehöft wäre ein Ereignis im Frühjahr 1945 jedoch fast zum Verhängnis geworden. Wir lesen dazu in der Chronik: *„Im Frühjahr d.J. hatten zwei amerikanische Bomber den Ort ins Visier genommen. Während sie über der Ortschaft kreisten, hielt ein aus Richtung Weimar kommender Munitionszug am Güterbahnhof, der Lokführer wollte den Zug verlassen und sich in Sicherheit bringen. Ein Treffer der Munitionswagen an dieser Stelle hätte für den Ort verheerende Folgen gehabt und wahrscheinlich einen gro-*

ßen Teil der Ortschaft ausgelöscht. Der Hopfgärtner Arno Rückert, der in der Nähe des Güterbahnhofs wohnte, erkannte die Gefahr; zusammen mit dem Lokführer schaffte er es, den Zug auf die freie Strecke zwischen Hopfgarten und Utzberg zu bringen, ehe er von den Tieffliegern getroffen wurde. Viele Häuser wurden durch die gewaltige Explosion beschädigt, Dächer abgedeckt, fast alle Fensterscheiben im Ort gingen durch die Druckwelle zu Bruch, durch herumfliegende Glasscherben wurden einige Einwohner verletzt. Auch beide Tiefflieger wurden von der Explosion erfasst und gingen ebenfalls in Flammen auf, einige Trümmer der Maschinen wurden viele hundert Meter weit geschleudert." Sogar der mehr als zwei Kilometer von der Explosionsstelle entfernte Kirchturm von Utzberg war in Mitleidenschaft gezogen worden und musste zum Teil neu gedeckt werden. Auf dem Weg dorthin hatte die Druckwelle der Explosion bis zum völlig frei auf dem Feld liegenden Windmühlengrundstück kaum siebenhundert Meter zurückzulegen; es grenzt an ein Wunder, dass sie dort nur geringe Schäden anrichtete.

„Kurz nach dem Krieg haben die Russen den Müller ins Bein geschossen, dann hatte er die Schnauze voll und ist rüber nach dem Westen." So lautete die uns gegenüber geäußerte dörfliche Kurzfassung über das Ende der Wohnnutzung auf dem Windmühlenhügel. Doch sie stellte sich später als Legende heraus. Tatsächlich hatte sich in der zweiten Aprilhälfte 1945 auf dem Gehöft ein anderes Drama abgespielt, mit einer Enkelin des Müllers

als Augenzeugin. Von lauten Schreien in der Küche aus dem Schlaf geschreckt, stürzte das Mädchen dorthin und sah ihren Großvater auf einem Stuhl sitzend sowie zwei fremde, abgemagert aussehende Männer, von denen einer ihm eine Pistole in den Rücken drückte. Dem Kind taten sie nichts, forderten aber mit Nachdruck und slawischem Akzent die Herausgabe aller Wertgegenstände. Bevor sie mit dem Pelz und Schmuck der Großmutter das Haus verließen, zerstörten sie noch die Telefonleitung.

Auch wenn dieser Vorfall für die Betroffenen ein sehr traumatisches Erlebnis war, so ist doch zu bezweifeln, dass er die Flucht nach Westdeutschland veranlasst hat, denn sie erfolgte erst 1953. Danach übernahm in Ahndung der kriminalisierten Republikflucht die Gemeinde Hopfgarten das Eigentum an der Immobilie im Außenliegenden. Zunächst wurde auf ihr ein Stützpunkt der Maschinen-Ausleih-Stationen (MAS) eingerichtet. Solche Stationen hatte man in der sowjetischen Besatzungszone schon ab 1948 nach sowjetischem Vorbild gegründet und mit landwirtschaftlichen Geräten bestückt, die bei der Enteignung von Großgrundbesitzern im Rahmen der Bodenreform angefallen waren. Sie sollten zentral den Neubauern und kleinen landwirtschaftlichen Betrieben leihweise zur Verfügung gestellt werden, um diese ökonomisch zu stärken. Nach einiger Zeit bemerkten die neuen Nutzer, was sie schon vorher hätten erkennen können: die mangelnde Eignung des Mühlengrundstücks für ihre Zwecke, weil es keinen elektrischen Strom gab. Sie zogen wieder aus.

Das Objekt auf dem Hügel über dem Flachstal war nun herrenlos und unbehütet. Doch seine zum Teil wiederverwendungsfähige Bausubstanz weckte in diesen Zeiten des extremen Mangels Begehrlichkeiten in den benachbarten Dörfern. Und bereits nach wenigen Monaten waren die Dächer der Gebäude des Gehöftes abgedeckt und deren Holzkonstruktion zurückgebaut, man „barg" Fenster, Türen, Deckenbalken und Dielung, Fachwerkelemente und einen Teil der gebrannten Mauerziegel. Das war kein Akt des Vandalismus – wir zweifeln nicht daran, dass all dies woanders eine sehr sinnvolle Verwendung gefunden hat. Doch außer der sehr stabil konstruierten Windmühle, deren Dach noch erhalten blieb, waren die Baulichkeiten dem raschen Untergang geweiht. Der Regen wusch die ungeschützten Mauerwerksfugen aus; noch vorhandene Wände fielen zu Schutthaufen zusammen. Sie wurden schon bald von Heckenrosen und den vitalen Büschen des Holunders erobert, die mit wilden Zwetschgenbäumen um das Sonnenlicht konkurrierten. Auf lange Frist war allerdings auch der das Ganze überragende Mühlenturm in Gefahr, das Schicksal von ungezählten Windmühlen in Deutschland zu teilen und zur Ruine zu verfallen.

Das verlassene Objekt 1955 kurz vor seiner Ruinierung, von der
nur die Windmühle verschont blieb (Foto: P. Wächter)

3.1

Niedergang einer jahrhundertealten Technologie: das große Windmühlensterben

◇◇◇◇◇

Die zweite Hälfte des 19. Jahrhunderts war das Goldene Zeitalter der Müllerei. Der „Mühlenzwang" für Bauern und Bäcker, die ihr Getreide bei Strafandrohung nur in einer bestimmten Mühle mahlen lassen durften, war überall in den deutschen Landen abgeschafft worden. Die Befreiung von Zunftzwängen und die Einführung der Gewerbefreiheit ließ die Zahl der Mühlenbetriebe zwischen 1855 und 1895 (nach Jan Wiedenroth) von 54.000 auf 72.891 ansteigen, von denen 18.362 den Wind und 54.529 das Wasser als Energiequelle nutzten. Zwar weist eine Statistik des Jahres 1895 für das Deutsche Reich auch schon die Existenz von 58.503 arbeitenden Dampfmaschinen aus, doch vermochten diese aufwändig zu bedienenden Maschinen es noch nicht, die von der Laune des Wetters abhängigen Windtriebwerke zu verdrängen; dies blieb im ersten Drittel des 20. Jahrhunderts dem Elektromotor vorbehalten. Mit ihm ließen sich an beliebigen Standorten frei wählbare Leistungen freisetzen und das auch noch bei weitaus höheren Drehzahlen, als sie die Flügelwellen der Windmühlen und die Achsen der Wasserräder abgeben konnten – energieverzehrende Getriebeübersetzungen waren entbehrlich geworden. Die alten Wind- und Wassermühlen verloren plötzlich Geschäftsanteile an ganz unterschiedliche Konkurrenten. Zum einen hatte die aus den USA stammende „Kunstmühle" jetzt ihr optimales Antriebsaggregat. Als Mahlkörper fungierten in ihr nicht mehr die langsam um ihre Achse kreisenden Mühlsteine, sondern schnell rotierende, geriffelte Walzen aus Gusseisen oder Porzellan, die ein Mehl von bis dahin nicht gekannter Feinheit erzeugten. Ihre Walzenstühle ermöglichten in Verbindung mit Plansichtern, die als leistungsfähige Siebe die alten Beutelwerke ersetzten, Durchsätze an Mahlgut in einer völlig neuen Größenordnung. Während die alten Windmühlen mit ihren Tagesleistungen auch bei gutem Wind unter einer Tonne blieben, konnte die Kunstmühle Vogt in Kassel schon 1875 in 24 Stunden mehr als hundert Tonnen Getreide vermahlen – die Entwicklung zur Großmühle war nicht mehr aufzuhalten. Aber auch an einer anderen Front gab es schmerzliche Verluste für die überkommene Müllerei: Sie verlor weitgehend das technologisch simple Geschäft des Schrotens von Getreide. Der Elektromotor ermöglichte es in Verbindung mit einer kleinen Schrotmühle anderen Dienstleistern, diese Leistung kostengünstig anzubieten; wohlhabende Bauern legten sich auch selbst solche Aggregate zu.

Während viele Wassermühlen ihr Wasserrad stilllegten und die Mahltechnik mit einem Elektromotor betrieben, war die Situation bei den außerhalb der Ortschaften auf einem Hügel stehenden Windmühlen komplizierter. Sie waren meist – wie auch die Holländermühle von Hopfgarten – nicht an die Stromnetze der benachbarten Dörfer angeschlossen und konnten höchstens einen Benzinmotor als Antriebsaggregat installieren, dessen Betrieb teurer als der des Elektromotors war. Die kaum befestigten Zuwegungen zu den Windmühlen stellten einen weiteren Nachteil in dem gnadenlosen Verdrängungswettbewerb dar, der vor allem nach dem Ersten Weltkrieg entbrannte. Eine im Jahre 1882 auf dem Gebiet des damaligen Deutschen Reiches durchgeführte Zählung von Windmühlen ergab einen Bestand von 19.900. Drei Jahre später waren es nur noch 18.362 Mühlen, und der Rückgang setzte sich über 17.933 im Jahre 1907 und 8.170 bei der Zählung von 1925 unaufhaltsam fort. In die zwanziger Jahre des vorigen Jahrhunderts fällt aber auch ein ernstzunehmender Versuch, durch eine technische Innovation das Überleben der Windmühlen zu sichern: die Entwicklung der Bilauschen Ventikantenflügel. Der Erfinder Kurt Bilau entwickelte zusammen mit dem Physiker Albert Betz zweiteilige Windmühlenflügel, die aus einem aerodynamisch optimierten Vorderzeug („Ventikante") und einem über eine Hebelmechanik verstellbaren Hinterzeug („Drehheck") bestanden. Bei geschlossenem Spalt zwischen den beiden aus Aluminium hergestellten Teilen erzeugte das Drehheck einen Teil der Antriebskraft, bei geöffnetem

Spalt wirkte es wie die Landeklappe eines Flugzeugs bremsend. Damit ließ sich während des laufenden Betriebes die Drehzahl des Flügelkreuzes auch bei hohen Windgeschwindigkeiten mit einem Fliehkraftregler automatisch begrenzen – man konnte noch mahlen, wenn Mühlen mit herkömmlichen Flügeln schon längst aus Angst vor einem „Durchdrehen" mit der Bremse am Kammrad stillgelegt waren. Wichtigster Vorteil der Neuerung war aber eine Steigerung der an der Welle abnehmbaren Leistung auf das Dreifache. Mit den Ventikantenflügeln standen dem Windmüller also bei mäßigem bis frischem Wind Leistungen um die 60 Kilowatt zur Verfügung. Eine solche Leistung ist bei Wassermühlen nur mit modernen Turbinen zu erzielen. Technologisch – und damit vom Wirkungsgrad her – stehen die Bilauschen Flügel den „Auftrieb nutzenden" Rotorbättern heutiger Windräder schon sehr nahe. Doch hatten sie für die damalige Zeit zwei Nachteile, die einer weiten Verbreitung im Wege standen: eine vergleichsweise hohe Masse von mehr als zehn Tonnen und ein aufgrund des Metallwerkstoffes recht hoher Preis.

Ventikantenflügel

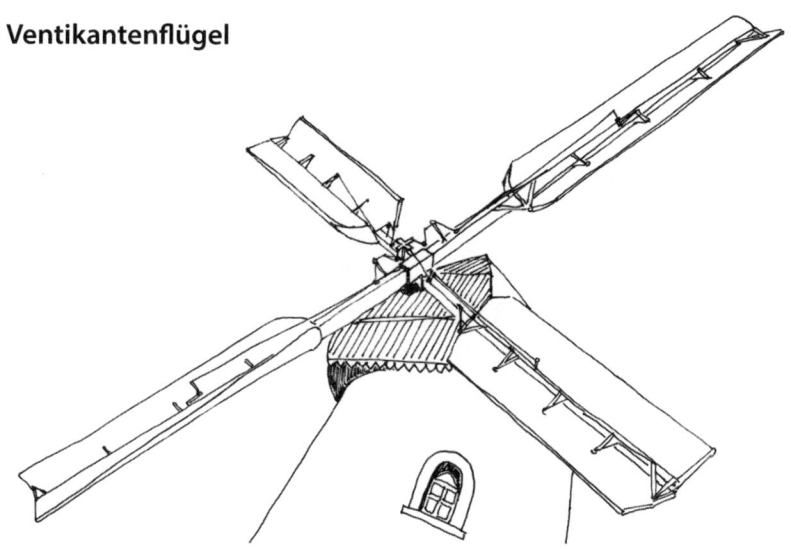

Die Ausrüstung von ungefähr 150 Windmühlen mit Ventikantenflügeln (zehn davon sollen heute noch existieren) vermochte das allgemeine Windmühlensterben nicht zu verhindern, denn der Niedergang war eben nicht nur eine Frage der Nennleistung – diese konnte ja nur bei entsprechenden Windgeschwindigkeiten erreicht werden. Im Gegensatz zur aufkommenden Nutzung des Elektromotors standen alle Terminvereinbarungen mit den Kunden unter dem Vorbehalt „Wenn der Wind weht", einer Tatsache, welcher Wilhelm Busch als Kenner seiner heimatlichen Windmühlen humorvollen Ausdruck verliehen hat:

Aus der Mühle schaut der Müller,
der so gerne mahlen will,
stiller wird der Wind und stiller,
und die Mühle stehet still.
„So geht's immer, wie ich finde",
rief der Müller voller Zorn.
„Hat man Korn, so fehlt's am Winde,
hat man Wind, so fehlt das Korn."

Zu den grundsätzlichen Wettbewerbsnachteilen kamen auch noch besondere Erschwernisse für den Müller bei seiner Arbeit: das Schleppen der Säcke, die immer wieder erforderlichen händischen Eingriffe in die Mahltechnik, der Kampf gegen Sturm und gelegentliche Vereisung der Flügel; vor allem aber die völlig ungeregelte Arbeitszeit. Bezeichnend ist, dass sogar eine christlich geprägte Gesellschaft, die den Feiertag noch heiligte, den Müllern offiziell eine Ausnahme vom dritten der Zehn Gebote gewährte. Im Handbuch des Mühlenrechts von Schilling aus dem Jahre 1829 lautet der Paragraf 135: *„Windmühlen gehen nicht beständig, sondern sind von der mehr oder weniger starken Bewegung der Luft abhängig. Daher nimmt man auch an, dass das Mahlen der Windmüller an Sonn- und Feiertagen nicht für verboten geachtet werden kann."* Es war wirklich kein leichtes Leben für den Windmüller, und so findet sich im Wappen eines Mühlenbauers aus Frankfurt am Main die Inschrift:

O eisenharter Müllerstand!
O felsenhartes Leben!
Wie lieblich schienst du mir zu sein,
Eh ich mich dir ergeben.
Nun aber kenn ich deinen Stand
Und kenn auch deinen Orden,
Wenn ich das hätt zuvor gewusst,
Wär ich kein Müller geworden.

Nur während des ersten Weltkrieges gab es beim Mühlen-
sterben eine Atempause durch staatliche Zuweisung von
errechneten Getreidemengen durch die Kriegsgetreidegesellschaft. Eine dramatische Beschleunigung erfuhr die
Marktbereinigung dann in der Bundesrepublik ab 1957
mit dem „Gesetz über die Errichtung, Inbetriebnahme,
Verlegung, Erweiterung und Finanzierung der Stilllegung
von Mühlen" und seinen Novellen: Bis 1989 sank der Bestand produzierender Mühlen (aller Antriebsarten) um
95 Prozent. In der DDR verlief die Entwicklung ähnlich.
Auf das vereinigte Deutschland sind 1.400 historische
Wind- und Wassermühlen überkommen, von denen nur
ein sehr kleiner Teil noch mahlen kann. Diese technischen Denkmale erfreuen sich jedoch einer außerordent-
lichen Beliebtheit. Am Pfingstmontag eines jeden Jahres
sind zehntausende von Interessierten unterwegs, um am
„Deutschen Mühlentag" rund tausend geöffnete Mühlen
zu besuchen. Und die „Deutsche Gesellschaft für Mühlen-
kunde und Mühlenerhaltung" hat mehr als dreitausend
Mitglieder. Warum sind so viele Menschen von den Tech-

nologien vergangener Zeiten fasziniert? Vielleicht erfüllen sie in unserer Zeit, in der sich so vieles schon in virtuellen Räumen einem tieferen Verständnis entzieht, ein wachsendes Bedürfnis: die Anschaulichkeit einer sinnreichen Konstruktion zu erleben, deren Funktion sich aus dem bloßen Betrachten erschließt.

4. Geschichte (1974)

Die Innovation des

Hofbaurats oder: Warum man in eine

ruinöse Windmühle zieht

◇◇◇◇◇

1974 war mitten im kalten Krieg weltgeschichtlich ein recht ruhiges Jahr: In Moskau regierte Staats- und Parteichef Leonid Breshnew unangefochten über die Sowjetmenschen, in Washington trat Richard Nixon wegen der Watergate-Affäre zurück, und in Zaire boxten Muhammad Ali und George Foreman gegeneinander. Westdeutschland wurde Fußball-Weltmeister; in der DDR feierte man den 25. Geburtstag der Pionierorganisation „Ernst Thälmann" und ersetzte die Bezeichnung „Mark der Deutschen Notenbank" durch „Mark der DDR". Doch für mich war das Jahr recht bewegt, denn ich brauchte wegen des Verlustes meiner bisherigen Bleibe eine neue Wohnung.

Für Wohnraum existierte im Arbeiter- und Bauernstaat kein durch Angebot und Nachfrage bestimmter Markt –

dieses überaus knappe Gut wurde den Werktätigen durch Wohnraumlenkungskommissionen zugeteilt, deren Tätigkeit sich unter einer strengen Kontrolle der Partei abspielte. Für mich war die Wohnungskommission der Hochschule für Architektur und Bauwesen in Weimar zuständig, und meine Chancen, eine gute Wohnung zu bekommen, standen nicht zum Besten. Ich hatte es zwar ohne Mitgliedschaft in der SED immerhin bis zum wissenschaftlichen Oberassistenten gebracht, war aber bei meinen Vorgesetzten nicht beliebt, sondern eher gerade noch gelitten. Grund dafür war eine gewisse politische Unangepasstheit, die beispielsweise in Büttenreden beim Hochschulfasching zum Ausdruck kam. Meine Darbietungen mussten sogar vor dem Fasching zur Kontrolle bei der Parteileitung eingereicht werden, die sämtliche Pointen herausstrich, so dass ich schließlich eine andere Büttenrede vortrug. Konfliktträchtig war ebenfalls die sogenannte „Rote Woche" zu Beginn jedes Herbstsemesters, in der alle Lehrkräfte vor den Studenten zentral vorgegebene politische Themen abhandeln mussten. In solchen Wochen war ich überproportional oft krank, und wenn gesund, verfehlte ich meist das Thema, indem ich Lichtbildervorträge über – streng genommen illegale – Unternehmungen in den mittelasiatischen Gebirgen der Sowjetunion hielt. Vor allem aber musste ich mir den schwerwiegenden Vorwurf gefallen lassen, den Kampf um den Ehrentitel „Kollektiv der sozialistischen Arbeit" nicht ernst genommen zu haben. Man hatte mich mit der Ausarbeitung des Kampfprogramms für die Gewerkschaftsgruppe des Instituts für Physik (in der selbstverständlich alle Mitarbeiter organisiert waren) zur ständigen Verbesserung der Leistungsfähigkeit und Effektivität der Arbeit beauftragt, und in Ermangelung zündender Kampfideen formulierte ich im Programm ein recht ziviles Projekt: „Kollege Bennert und Kollege Völksch treten in einen Wettbewerb um das Erscheinungsbild ihrer Grünpflanzen in den Arbeitsräumen. Schiedsrichter ist der Kollege Ulrich." Außerdem nahm ich eigenmächtig in das Kampfprogramm die Verpflichtung des Kollektivs auf, bis 1977 das Plumbikon zu erfinden. Ich hatte geglaubt, kein Mensch würde sich der Mühe einer Lektüre meiner Ausarbeitung unterziehen, aber irgendjemand las sie doch, und ich wurde zum Rektor bestellt. Zu seiner herben Kritik an meinem Werk gehörte auch die Frage, was das Plumbikon denn sei. Meine Antwort, das könne ich noch nicht sagen, weil dessen Erfindung ja erst noch bevorstünde, muss das Humorgefühl von Magnifizenz deutlich überfordert haben, denn neben der Erteilung einer strengen Rüge wurde eine für mich eigentlich anstehende Gehaltserhöhung gestrichen.

So hegte ich denn keine unangemessen hohen Erwartungen, als ich mich aufmachte, die auf einem Schein der Kommission bezeichnete Teilwohnung im Erdgeschoss eines Hauses an der Weimarer Ackerwand zu besichtigen. Ich fürchtete, das System würde die Gelegenheit nutzen, mir meine kleinen Unbotmäßigkeiten heimzuzahlen. Mit dieser Befürchtung sollte ich Recht behalten. Das Haus lag nicht allzu weit von Goethes Wohnhaus entfernt und hatte offenbar auch seit seiner Erbauung in der Goethezeit jedem Versuch einer Renovierung erfolgreich widerstanden. Von den beiden mir auf der Nordseite zugewiesenen, nicht miteinander verbundenen kleinen Zimmern war nur eines mittels Kachelofen heizbar, es gab außerdem eine Art Bad mit Kohlebadeofen und ein Räumchen, das man als ziemlich kalte Küche nutzen konnte. Doch wirklich frustrierend war ein geradezu bestialischer Gestank, der alle Räume durchzog und dessen Ursache ich nicht gleich ermitteln konnte. Ich fand sie schließlich in einem recht geräumigen Gelass am Ende des langen Flures, das mitten im Raum von drei mindestens siebzig Zentimeter starken senkrechten Tonrohren durchzogen wurde und in dem sich ein dunkelbraunes Keramikgebilde befand, das die Toilette sein musste. Der Blick hinein offenbarte einen ebenfalls siebzig Zentimeter breiten Schlund, der alles, was man ihm überantwortete, direkt und ohne Siphon in eine unter dem Haus befindliche Grube einleitete. Wie ich erst später erfuhr, war die kühne Toilettenkonstruktion ein Projekt des Oberbaudirektors im Großherzogtum Sachsen-Weimar-Eisenach Clemens Wenzeslaus Coudray (1775 – 1845), der damit die in seiner Zeit meist außerhalb der Wohnhäuser befindlichen Toiletten in innovativer Weise in das vierstöckige Gebäude integriert hatte. Bei seiner Planung sah der mit Goethe eng befreundete Herr Hofbaurat wohl nicht voraus, dass ein gegen das Haus gerichteter Westwind die über der offenen Grube wabernden Düfte mit besonderer Intensität in die Wohnungen drücken würde. Das Fehlen des Siphons musste man ihm nachsehen – sein Prinzip hätte bei dem Trockenklo ohnehin nicht funktioniert. Dieser Gedanke war für mich allerdings nicht tröstlich; ich überlegte stattdessen, ob man sich an den Gestank eventuell gewöhnen könnte – immerhin war das Haus ja bewohnt – hatte aber vor allem Angst vor der Reaktion meiner Freundin Eva, von der ich mir eigentlich eine häufige Anwesenheit in der neuen Behausung wünschte. Eine Ablehnung der zugewiesenen Teilwohnung war undenkbar; Obdachlosigkeit wäre die Alternative gewesen.

Eva zog trotz allem mit mir ein. Wir verbanden die beiden Zimmer über einen aufwändigen Durchbruch in der Mauer miteinander, die aus Lehm mit großen Bruchsteinen bestand, machten Küche und Bad benutzbar, bauten selbst ein paar Möbel, schleppten Braunkohlenbriketts in einen Schuppen hinter dem Haus und hofften stets, dass kein Westwind aufkam. Die häufige Vergeblichkeit dieser Hoffnung machte mich bald erfinderisch. Ich besorgte mir den stärksten in der Mangelwirtschaft der DDR erhältlichen Fensterlüfter und setzte ihn in die Tür ein, welche vom Flur in den Toilettenraum führte. Dann ließ ich ihn ununterbrochen laufen, so dass er ständig frische Luft aus dem Flur ansaugen und in die Toilette drücken konnte. Die zu erwartenden Stromkosten ersetzte ich im Voraus den protestierenden Mitmietern unserer Parterrewohnung, in deren Riechorganen ich übrigens die Existenz einer soliden Hornhaut vermutete. Die Installation erwies sich als voller Erfolg. Der Ventilator war jedem Westwind gewachsen und verwehrte sämtlichen Gerüchen aus der Grube das Eindringen in die Wohnung, in der man nunmehr atmen konnte, ohne dabei einen unterschwelligen Ekel zu empfinden. Doch dieses Glück währte nur wenige Tage. An einem Abend klingelte es Sturm. Vor der Tür stand ein Hüne, den ich als Mieter aus einer der oberen Etagen identifizierte. Ohne sich mit Begrüßungsformali-

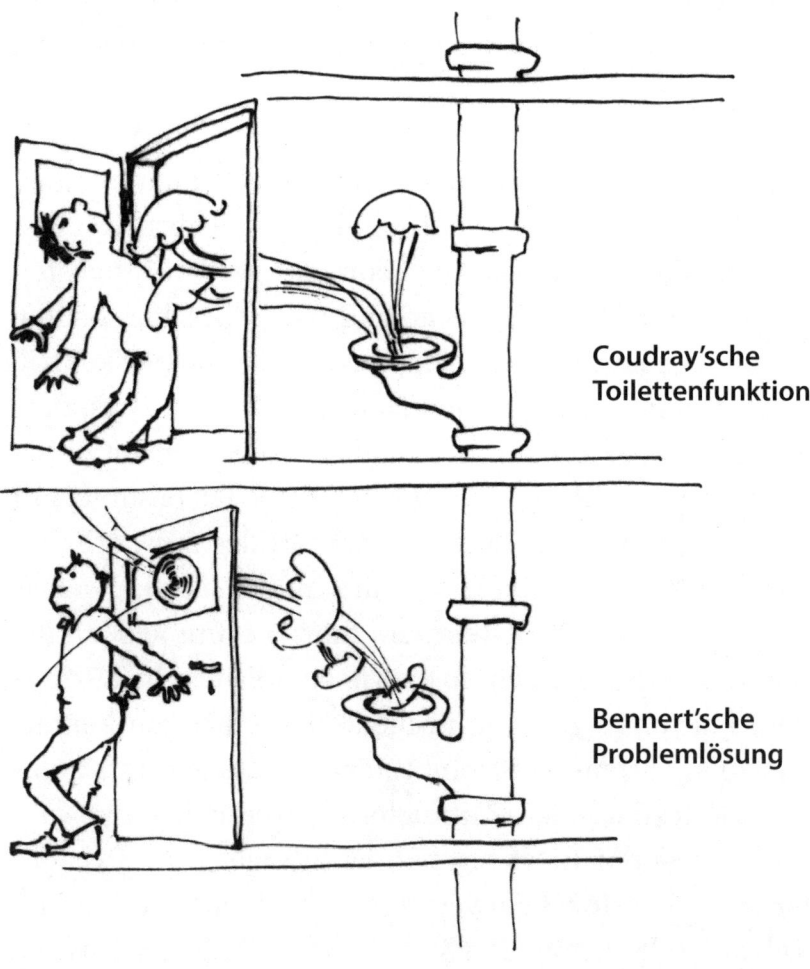

Coudray'sche
Toilettenfunktion

Bennert'sche
Problemlösung

täten aufzuhalten, fragte er mich, ob ich das Arschloch sei, das mit seinen Erfindungen das ganze Haus verstänkere. An einer Antwort war er nicht wirklich interessiert, sondern erklärte mir, wenn ich nicht sofort mein verdammtes Gerät abstelle, könne ich etwas erleben, und dazu brauche er keine Volkspolizei. Ich schloss die Tür ohne den Versuch einer Gegenrede, ging ziemlich deprimiert den langen Flur nach hinten und schaltete den wackeren Lüfter aus. Er hatte zwar die Fäkalgase aus dem Erdgeschoss vertrieben, dafür aber offenbar Kollateralschäden in den anderen Etagen verursacht, in denen sich der Gestank erheblich verstärkt haben musste.

Waren wir nun den Gerüchen des Coudrayschen Wohnklos ohne weitere Gegenwehr ausgesetzt? Nicht ganz, es gab noch einen technischen Ausweg, der wenigstens etwas Milderung versprach. Ich baute den Lüfter aus der Tür aus und setzte ihn in das Fenster des Toilettenraumes ein. Es war zu hoffen, dass er in dieser neuen Position nicht nur die Grubengase ansaugte, sondern auch ein wenig Luft aus dem Flur ins Freie zog. Das tat er denn auch – aber zu welchem Preis! Der Toilettenraum war eigentlich nur noch mit Gasmaske zu betreten, und wenn man Toilettenpapier in den Schlund des Beckens warf, schwebte es einem munter wieder entgegen. Abhilfe brachte schließlich ein neben der Toilette baumelnder Schnurschalter, mit dem man den Lüfter während der Benutzung und für die Entsorgung des Papiers ausschalten konnte; trotzdem kostete jeder Toilettengang Überwindung. Und wir mussten noch eine weitere Belastung unseres Geruchssinnes ertragen: In Abständen von einigen Tagen stank es im Flur nicht nur nach Fäkalien, sondern zusätzlich ausgesprochen unangenehm. Die Mitmieter kochten dann aus Fettabfällen Vogelfutterbällchen; ihre Schamottenasen waren auch diesem Härtetest gewachsen.

Ein Dreivierteljahr war seit dem Bezug der Teilwohnung im Haus an der Ackerwand vergangen, als Eva eines Tages äußerte, einem Kind seien derartige Verhältnisse nicht zuzumuten. Ich erkannte, dass ein Ausweg aus unserer Wohnsituation gefunden werden musste. Gleichzeitig wurde es mir schwer ums Herz – war die Suche nach einer Alternative nicht aussichtslos? Wo gab es eine Nische, auf welche das omnipräsente System, in dem wir lebten, noch nicht seine schwere Hand gelegt hatte? Und Hilfe konnte ich von seinen Strukturen schon gar nicht erwarten. Nach Tagen des Grübelns ging ich zu einem guten Bekannten, von dem ich wusste, dass er die Schlüssel zu einer leerstehenden Windmühle besaß, die ihm ein paar Notsicherungen verdankte. Meine Frage, ob man in der Mühle vielleicht wohnen könne, quittierte er mit einem Kopfschütteln und übergab mir dann die Schlüssel. Ich hatte Eva noch nichts von meiner Idee gesagt und überlegte, ob es wohl besser wäre, erst einmal allein hinauszufahren und sich eine Meinung zu bilden.

Doch der nächste Tag war ein strahlender Sonntag im Mai, und ich lud sie zu einer Fahrt mit dem Auto nach

Hopfgarten ein. Wir durchquerten den Ort und verließen die Landstraße nach Utzberg auf einem Feldweg, der auf einen Hügel über dem Flachstal führte. Die Kuppe der Erhebung war von einem riesigen Feld mit weiß, rosa, dunkelrot und violett blühenden Bartnelken bedeckt. Inmitten der bis zum Horizont reichenden bunten Pracht gab es eine grüne Insel: ein von Holunder und wilden Zwetschgen überwuchertes Grundstück, in dessen Zentrum sich der steinerne Turm einer Holländerwindmühle erhob. Seine Haube war von einer alten Wetterfahne bekrönt, auf deren Luvseite ein Greif seine Pranken kühn dem Wind entgegenstreckte. Ein auf der Fahne sitzender Turmfalke erhob sich bei unserer Ankunft und segelte über die Felder. Einstmals hatte die Mühle zwei Eingänge besessen, damit man bei jeder Flügelstellung herein und hinaus kam; einer war inzwischen zugemauert. Vor dem verbliebenen Mühleneingang gab es in der romantischen Wildnis eine kleine Wiese mit Aussicht auf den Ettersberg und die weite Landschaft rundum. Die Sonne schien, und die Luft war erfüllt vom Duft der Nelken und Holunderblüten, dem Summen von Hummeln und dem vielstimmigen Gesang von Feldlerchen. Ich schloss die Tür auf, wir betraten das Innere. Drei Stiegen führten auf die notdürftig ausgebesserten Böden der Etagen; Mahltechnik gab es außer ein paar Mühlsteinen nicht mehr. Die kleinen Fenster ließen sich auf allen vier Seiten öffnen, und trotz der offenbar langen baulichen Vernachlässigung roch es im Inneren der Windmühle nicht muffig, sondern in einer sehr spezifischen Weise angenehm. Wir gingen wieder nach draußen und ich sagte: „Es gibt hier zwar keinen Strom und kein fließendes Wasser, aber einen Brunnen, der fünfzehn Meter tief sein soll. Die Mühle hat keine Heizung, und der Weg zu diesem Grundstück ist nicht befestigt. Wollen wir trotzdem hierherziehen?" Eva überlegte eine kleine Weile, dann antwortete sie: „Wo es Wasser gibt, kann man auch leben, außerdem riecht es hier so gut. Ja, wir ziehen hier ein." Der Spiritus loci, der an diesem bezaubernden Flecken wohl mit „Duft des Ortes" zu übersetzen war, hatte uns eingefangen und sollte unserem Leben fortan eine ganz neue Richtung geben.

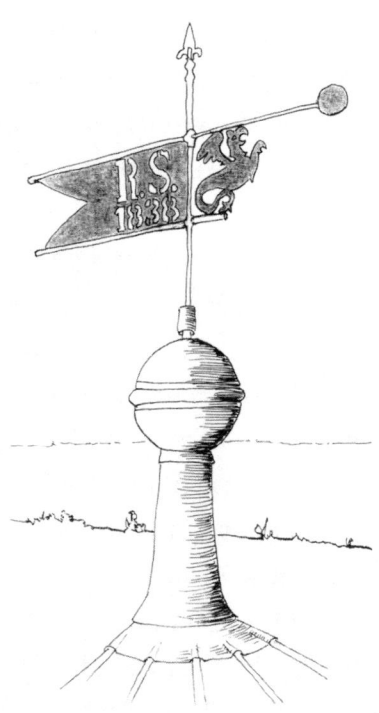

4.1

Kleine Toilettenkunde

◇◇◇◇◇

Um die große Bedeutung des stillen Örtchens mit den vielen Namen (Toilette, Klosett, WC, Lokus, Abort, Abtritt, oo) für unser Leben zu erfassen, genügen wohl zwei Fakten:

• Wir (Mitteleuropäer) verbringen einen Teil unserer Lebenszeit darauf, der zwischen sechs Monaten und einem Jahr liegt.
• In den letzten 150 Jahren ist unsere Lebenserwartung um 35 Jahre gestiegen. Davon werden 30 einer verbesserten Toilettenhygiene zugeschrieben.

Anlagen zur organisierten Entsorgung menschlicher Ausscheidungen existierten schon im Altertum. Entsprechende Funde in Mesopotamien datieren auf 2800 v. Chr., Toiletten mit Wasserspülung soll es um 2000 v. Chr. im Palast von Knossos auf Kreta gegeben haben. Aus dem alten Rom wird eine Toilettenhochkultur berichtet, die man wohl nicht unbedingt wieder aufleben lassen möchte.

Es gab prächtige öffentliche Latrinenanlagen für bis zu 60 Benutzer mit Mosaiken, Fußbodenheizung und Marmorsitzen; ohne Trennwände saß man nebeneinander und beschäftigte sich während der Verrichtung der individuellen Notdurft ungeniert mit Spielen, musizierte, plauderte oder schloss Geschäfte ab. Was man während des antiken Multitaskings unter sich fallen ließ, wurde von fließendem Wasser mitgenommen und in die Cloaca Maxima, Roms großen Abwasserkanal befördert.

Wie andere Errungenschaften der Antike auch, ging diese Toilettenkultur im Mittelalter verloren. In den Städten benutzte man Nachttöpfe, deren Inhalt einfach aus dem Fenster gekippt wurde, und sogar im Pariser Louvre soll sich zu Zeiten von Louis XIV unter mehr als 2000 Räumen nur ein einziges eingebautes Klo befunden haben. Die zahlreichen Gäste der vielen rauschenden Feste konnten sich im Schlosspark erleichtern, aber nicht nur dort, sondern auch in Einfahrten, Fluren und Raumecken. Den Prachtbau muss damals ein penetranter Gestank durchzogen haben. An den hoch aufragenden Außenmauern von Burgen und Schlössern finden wir noch heute viele Toilettenerker, aus deren Öffnung Flüssiges und Festes in den meistens darunter befindlichen Graben fiel. Die These einiger Denkmalpfleger, die Fallstrecken seien aus ästhetischen Gründen verbrettert gewesen, darf übrigens getrost bezweifelt werden.

Immerhin erließ man schon um 1500 in München eine Verordnung, dass ein jeglicher Bürger seine Exkremente noch am gleichen Tag wieder von der Straße zu entfernen habe. Gegen Ende des 18. Jahrhunderts gab es in einigen europäischen Städten sogenannte Abtrittsanbieterinnen, unter deren lange Mäntel sich die Kunden hocken konnten, um ihre Notdurft in mitgebrachte Eimer zu verrichten – Vorläuferinnen der Mobiltoilette.

Die Neuzeit der Toilettenkultur brach bereits 1775 mit der Patentanmeldung für ein Wasserklosett durch den englischen Erfinder Alexander Cummings an. Sein Patent umfasste auch schon das doppelt gekrümmte Abflussrohr, den geruchsverschließenden Siphon. Doch es dauerte bis in die sechziger Jahre des 19. Jahrhunderts, bis sich seine bahnbrechende Erfindung im Städtebau Englands und auf dem Kontinent durchsetzte. In der DDR waren zahllose Trockenklos in den Altbauten noch bis zur Wende Standard – so auch in Weimar. Um Geruchsbelästigungen wie die in unserer Geschichte beschriebene zu minimieren, befanden sie sich im Treppenhaus „auf halber Treppe". Ihre Abzweige banden in ein gemeinsames Fallrohr ein, dessen Öffnung sich über einer Tonne im Keller befand. Die Tonnen mit der gesammelten Hinterlassenschaft wurden in regelmäßigen Abständen aus den Häusern gerollt und auf ein Fahrzeug gewuchtet, was mit deutlichen Spuren auf dem Gehsteig und weitreichendem Gestank verbunden war. Wenn ich als kleiner Junge Augenzeuge dieser Prozedur war, hatte ich nicht nur großes Mitleid mit den Männern, die sie verrichteten, sondern auch Angst, ich müsste später selbst einmal so etwas machen.

Wenn man heutzutage in Deutschland für seine Wohnung ein neues Toilettenbecken benötigt, muss man stets die Frage beantworten: *„Soll es ein Tiefspüler oder ein Flachspüler sein?"* Für die Antwort sei hier eine kleine Entscheidungshilfe gegeben.

Beim Tiefspüler fällt der Stuhl (das Wort steht hier nicht für ein Möbelstück) sofort in ein kleines Becken mit ca. anderthalb Liter Wasser. Der Vorteil: Er hat so gut wie keine Möglichkeit mehr, an der Luft zu stinken. Der Nachteil: Es spritzt beim Auftreffen auf die Wasseroberfläche. Beim Flachspüler dagegen bleibt der produzierte Haufen auf einem kleinen Plateau liegen und wird erst durch den Spülvorgang in den Siphon befördert, wo er dann verschwindet. Der Vorteil: Es spritzt nicht. Der Nachteil: Der Haufen stinkt, bis gespült wird.

Die Entscheidung ist damit eine Frage der individuellen Sensibilität. Wenn man ein paar temporäre Spritzer auf der Unterseite des Thorax für tolerabel hält, wird man sich für einen Tiefspüler entscheiden. Wem dagegen einige Minuten der Belästigung durch immerhin körpereigene Gerüche nichts ausmachen, wird zum Flachspüler greifen, der übrigens auch noch die Entnahme einer Stuhlprobe für medizinische Zwecke zulässt.

Beide Varianten der Wasserspülung sind leider mit einem Skandal verbunden, der für Umweltschützer eigentlich unerträglich sein müsste: Wir benutzen zur Entsorgung unserer Exkremente ein Lebensmittel von hoher Qualität – Trinkwasser. Auch wenn moderne Toiletten nicht mehr 10 bis 16 Liter für einen einzigen Spülvorgang verschwenden, wie die Spülkästen früherer Jahrzehnte, sind es immer noch 6 bis 8 Liter für das große Geschäft und 3 bis 5 Liter mit Spartaste für das kleine. Abhilfe kann die Vakuumtechnologie schaffen, bei der die Fracht in der Kloschüssel unter Zusatz von weniger als einem Liter Wasser mittels Unterdruck durch ein Absaugventil abgeführt wird. Bisher finden wir diese Zukunftstechnologie allerdings fast ausschließlich in den Verkehrsmitteln Flugzeug, Bahn und Schiff; Anwendungen im Wohnungsbau besitzen Modellcharakter.

In unserer kleinen Toilettenkunde muss kurz auf eine Handlung eingegangen werden, welche den Abschluss eines jeden großen Geschäftes (hier kein kaufmännischer

Begriff!) bildet und möglicherweise den einzig zuverlässig gültigen Unterschied zwischen Mensch und Tier darstellt: die Reinigung der Analöffnung. Auch dieser Vorgang war im Laufe der Menschheitsgeschichte einem kulturellen Wandel unterworfen. Während die Römer außer den Fingern der linken Hand (mit der rechten begrüßte man sich ja) Stöckchen mit Schwämmen benutzten, waren im Mittelalter Pflanzenblätter, Moos, Stroh und Stofffetzen gebräuchlich. 1875 produzierte Joseph Gayetty in den USA das erste kommerziell erhältliche, in Schachteln verpackte Toilettenpapier; erst 1928 folgte mit Hakle eine Fabrik in Deutschland. Vor allem in der DDR hielt sich noch bis in die 80er Jahre der Gebrauch von zerschnittenen, auf einen spitzen Haken gespießten Zeitungen. Dass sich dabei Stücke mit dem Bild des Staatsratsvorsitzenden besonderer Beliebtheit erfreut hätten, ist vermutlich nur eine Legende.

Heute verbraucht jeder Einwohner Deutschlands im Durchschnitt 15 Kilogramm Klopapier im Jahr. Dass der Anteil des feuchten Toilettenpapiers ständig steigt, ist geradezu ein Alptraum für die kommunalen Entsorgungsbetriebe. Das duftende Produkt verstopft gnadenlos die Abwasserkanäle und würgt mit seinen Strängen die stärksten Pumpen ab. Ausgereifte technische Lösungen des Problems sind noch nicht in Sicht.

Den Schluss des Kapitels zur Analreinigung soll eine Episode bilden, die ich vor Jahren in den menschenleeren

Hochgebirgen Mittelasiens erlebte. Wir waren auf einer Ebene über der Baumgrenze unterwegs und wurden von einem befreundeten ukrainischen Bergsteiger mit Rufnamen Sascha und einem Tadschiken begleitet, welcher mit zwei Eseln einen Teil unseres Gepäcks beförderte. In einer Pause ging letzterer ein wenig zur Seite. Plötzlich rief uns Sascha zu: „Schaut nur, schaut nur, er nimmt Erde dafür!" In seiner Stimme war der Unterton kultureller Überlegenheit unüberhörbar. Doch welche Alternative gab es für unseren tadschikischen Begleiter, wenn an diesem vegetationslosen, trockenen Platz die nächste Rolle Toilettenpapier fünf Tagesmärsche und zwei Flugstunden entfernt war?

5. Geschichte (1975)

Was man zum Wohnen braucht –

erste Schritte in ein neues Leben

◇◇◇◇◇

Die materiellen Grundbedürfnisse des menschlichen Lebens sind schnell definiert: Nahrung, Kleidung und Wohnung. Was aber braucht es mindestens, damit man von einer Wohnung sprechen kann? Die übliche Antwort auf diese Frage umfasst auch nur drei Begriffe: ein Dach über dem Kopf, Wasser und eine Wärmequelle. Nach den Erfahrungen, die wir im Coudrayschen Experimentalbau gewonnen hatten, möchten wir allerdings noch hinzufügen: eine Möglichkeit der Entsorgung menschlicher Ausscheidungen, welche die Sinne nicht überstrapaziert. Das Dach der alten Windmühle war trotz problematischer Geometrie anscheinend regendicht. Und an den heißen Tagen im warmen Sommer des Jahres 1975 freute man sich über die Kühle innerhalb der dicken Sandsteinmauern des Mühlenturms und mochte an Heizung gar nicht denken. So wandten wir uns der vorerst wichtigsten Voraussetzung für einen dauerhaften Aufenthalt auf diesem

Hügel zu: Wasser. Am nördlichen Rand des Grundstücks fanden wir eine verwitterte kleine Betonplatte mit den verrosteten Resten einer Schwengelpumpe über einem gusseisernen, mit altem Vorhängeschloss gesicherten Deckel. Unter Anwendung von ein wenig Gewalt ließ sich das Schloss öffnen, und wir leuchteten mit einer Taschenlampe in die kreisrunde Öffnung. Von sehr weit unten reflektierte ein bewegter Wasserspiegel den Schein der Lampe. Das sollten nur fünfzehn Meter sein? Und warum gab es ein deutliches dunkles Muster auf der Wasseroberfläche? Es konnte sich nur um Hölzer handeln, die irgendwer irgendwann in einem Akt des Vandalismus hineingeworfen hatte. Wenn wir diesen Brunnen nutzen wollten, mussten wir sie herausholen – und zwar vollständig, denn faulende Reste waren der Qualität unseres zukünftigen Trinkwassers gewiss nicht zuträglich. Eva schien meine Gedanken zu ahnen, denn sie sagte: *„Vielleicht bekommen wir sie doch mit einem Haken am Seil heraus."* Nein, so viel Anglerglück war nicht vorstellbar; ich musste schon selbst dort hinunter und die Holzstücke, oder was sonst noch alles in dem Brunnen schwamm, anbinden, damit Eva sie hochziehen konnte. Wie gelangt man in einen mindestens fünfzehn Meter tiefen Brunnen? Heute, da ich diese Zeilen schreibe, würde man im Internet eine Strickleiter passender Länge bestellen und könnte zwei Tage später damit nicht nur bequem nach unten steigen, sondern käme mit an Sicherheit grenzender Wahrscheinlichkeit auch wieder hoch. In der damaligen Zeit war jedoch an einen Kauf von Strickleitern gar nicht zu denken. Und

der Eigenbau wäre zwar unter Verwendung von Schaufel-
stielen möglich aber auch sehr aufwändig gewesen. Mit
Tiefe hatte ich keine Erfahrung, dafür aber mit Höhe. Und
weil Tiefe ja eigentlich nur negative Höhe ist, erwiesen
sich bergsteigerische Seiltechniken in dem dämmerigen
Brunnenschacht als durchaus anwendbar. Der Abstieg
konnte am Seil mit einem einfachen Abseilgerät Marke
Eigenbau erfolgen, das in unter 13.1 noch eine besondere
Würdigung erfahren soll. Wieder ans Tageslicht wollte
ich mit Hilfe zweier Seilschlingen gelangen, die mittels
Prusikknoten am Bergsteigerseil zu befestigen waren.
Wie er zu knüpfen ist, zeigt die untenstehende Abbildung.
Dieser von Karl Prusik 1931 erfundene Knoten hat in der
Bergsteigerei schon viele Leben gerettet. Er ist ein Klemm-
knoten, der sich unter Belastung unverrückbar zuzieht
und sich bei Entlastung wieder leicht verschieben lässt.

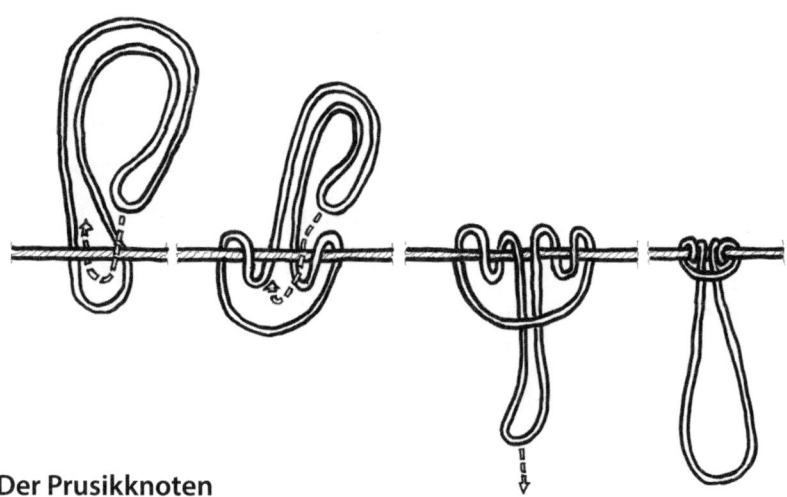

Der Prusikknoten

Damit bietet er die Möglichkeit, mittels zweier Seilschlingen von ungefähr einem Meter doppelter Länge an einem fixen Seil nach oben zu steigen, indem man abwechselnd in eine der beiden Schlingen steigt und die andere dabei ein Stück nach oben schiebt. So kann sich ein Bergsteiger beispielsweise selbst aus einer Gletscherspalte retten – vorausgesetzt, er hängt noch an einem Seil.

Mit am Hals baumelnder Taschenlampe sowie Seilschlingen ausgerüstet und begleitet von Evas Ermahnungen, ja vorsichtig zu sein, glitt ich langsam am Seil in den Brunnen nach unten. Auf den ersten sechs bis sieben Metern war die Brunnenwandung solide ausgemauert. Danach hatte der Erbauer auf jegliche Sicherung der Wandung verzichtet, obwohl diese nicht aus wirklich festem Gestein bestand; Ton- und Mergelhorizonte wechselten sich ab und waren von dünnen Kalksteinschichten durchzogen. Ungefähr zwei Meter über dem Wasserspiegel wurde es ziemlich feucht. Aus der Wand tropfte es immer stärker, bis schließlich unmittelbar über der Oberfläche ein ständiger Zufluss aus einem wasserführenden Horizont den Brunnen speiste. Am Grund des Brunnens, in einer Wassertiefe von knapp zwei Metern musste es eine zweite leitfähige Schicht geben, in der das Wasser wieder abfloss. Es war beim Abteufen also ein Durchflussbrunnen entstanden, dessen Füllung sich ständig erneuerte. Sein Wasser war ohne faulende Äste sicher keimfrei und damit als Trinkwasser geeignet. Bereichert um diese Erkenntnis, ansonsten aber schon bis auf die Haut durchnässt, machte ich mich mit den Beinen im Wasser daran, glitschige Hölzer an ein Transportseil zu binden und kleine Holzstücke in einen Korb zu sammeln. Das Wasser mochte eine Temperatur von zehn Grad haben, ich fror erbärmlich, wollte aber vor dem zweifellos sehr mühsamen Aufstieg mein Werk unbedingt vollenden. Dann war ich dank der Erfindung des Musiklehrers Prusik schließlich wieder oben und verzichtete vorerst auf trockene Sachen, um möglichst rasch den ersten verzinkten Eimer voll Brunnenwasser zu erleben. Doch der tanzte erst einmal lange an seinem Seil tief unten auf der Oberfläche herum, ohne sich zu füllen. Wir haben später an einer Stelle des Eimerrandes ein Gewicht angeschraubt, mit dem er dann gleich ins Wasser kippte. Bei unserer Reise in die Vergangenheit der Zivilisation mussten wir sogar das Wasserholen erst lernen.

Ein unbestreitbarer zivilisatorischer Fortschritt war dagegen das hölzerne Trockenklo, das wir wenig gebraucht als Spende eines Baubetriebs erhielten und nach dem händischen Ausheben einer ausreichend großen Grube an einer Stelle unserer Wildnis postierten, die sogar Aussicht auf den fernen Ettersberg bot. Wir waren entzückt darüber, dass es – unabhängig von Wind und Wetter – auf der Freiluft-Toilette niemals stank. Der Weg zu diesem Entsorgungstempel war ein wenig lang, vor allem später, als wir in der Kuppel schliefen, führte er hin und zurück über die vier Stiegen der Mühle mit insgesamt 48 Stufen. Vielleicht verweilte man manchmal auf dem Örtchen etwas länger als notwendig, wenn man einmal darauf saß. Der Grund für die längere Verweildauer war im Sommer bei geöffneter Tür einfach die Lage mitten in der Natur. Von wilden Heckenrosen umgeben und von Schmetterlingen umflattert, konnte man den Melodien von Lerchen, Staren oder abends von Nachtigallen lauschen, und in manchen Nächten des Frühsommers waren die Büsche ringsum erfüllt vom märchenhaft anmutenden Funkeln der Glühwürmchen. Mit etwas Glück gab es von dem hölzernen Ansitz aus auch größere Tiere zu sehen: Einmal schoss unmittelbar vor meinen Füßen ein brauner Blitz vorbei, den ich als Feldhasen identifizierte; ihm folgte genauso schnell etwas Rotes, das ein Fuchs sein musste. In kalten Winternächten verlangte die Benutzung des Häuschens zwar zunächst ein wenig Überwindung, aber wenn man dann die Tür vor dem eisigen Ostwind geschlossen und im Schein der mitgenommenen Stalllaterne Platz genommen hatte, vermittelte das winzige Holzbauwerk sogar das Gefühl von Geborgenheit.

In das Erdgeschoss der Windmühle stellten wir einen Gasherd und konnten mit der angeschlossenen Propangasflasche nicht nur ihn, sondern auch eine Glühstrumpflampe betreiben, deren Licht den Raum einigermaßen erhellte. Um bei der Beleuchtung der anderen Etagen nicht nur auf Kerzen angewiesen zu sein, mussten wir auf den Stand der Lichttechnik vor dem Siegeszug der Elektrizität zurückgreifen, und das war die Petroleumlampe. Sie hatte allgemein als Stalllaterne sowie bei der Reichsbahn als Rücklicht für Züge und Signallaterne noch lange Zeit überlebt. Die schönen Lampen, deren Gestaltung im 19. Jahrhundert ein Teil der bürgerlichen Wohnkultur gewesen war, gab es nur noch bei Antiquitätenhändlern. Wir kauften zwei Stück und wollten dabei wissen, ob sie noch funktionierten. „Müssen Sie selbst ausprobieren", war die lakonische Auskunft des Händlers. Die Lampen funktionierten nicht. Ihre Dochte ließen sich nicht mehr verstellen; sie waren verkohlt und mürbe. Neue Dochte gab es nicht zu kaufen. Eva löste das Problem, indem sie mehrere Stoffstreifen übereinander nähte und dann zurechtschnitt. Nach dem Auffüllen von Petroleum, das es ganz billig gab, saugte sich der Eigenbaudocht voll, wir entzündeten ihn oben und setzten den Glaszylinder auf. Die Lampe brannte gleichmäßig und gab durch ihren Schirm ein mildes Licht ab, bei dem man durchaus lesen und schreiben konnte. Gewonnen!

Für einen rußfreien Betrieb der Lampen ist übrigens eine Regel zu beachten, die wir auch erst lernen mussten: Man darf niemals den Docht unmittelbar nach dem Anzünden bis zur größtmöglichen Helligkeit hochdrehen. Wer das tut, riskiert nach wenigen Minuten eine Rußfahne, die nicht nur hässlich, sondern auch ungesund ist. Die Lampe braucht eine gewisse Zeit, um auf Betriebstemperatur zu kommen. Danach lässt sie sich problemlos auf maximale Leuchtkraft einstellen.

Wir kauften und reparierten noch weitere Petroleumlampen und erfuhren von einem alten Antiquitätenhändler, es habe kurz vor der Einführung des elektrischen Lichtes einen Lampentyp mit einem besonderen Brenner gegeben, dessen enorme Leuchtkraft einer heutigen 50-Watt-Birne entspräche. In der Folgezeit habe ich dann lange versucht, diese Wunderlampe irgendwo zu ergattern. Es war vergeblich, und ich glaubte nicht mehr an ihre Existenz. Erst zwanzig Jahre nach der Wende fand ich sie zufällig als neues Produkt im Katalog eines auf Petroleumlampen spezialisierten Herstellers. Auch wenn die stromlosen Zeiten für uns vorbei waren, musste ich sie unbedingt haben – vielleicht kommen solche Tage ja noch einmal zurück.

Den warmen Sommer hatte inzwischen ein ziemlich regnerischer Herbst abgelöst, und es gab neue Herausforderungen, für die man damals noch das ehrlichere Wort „Probleme" benutzte. Der 700 Meter lange lehmige Feldweg zur Mühle war völlig unbefestigt. Er hatte ein Steilstück, das man bei Nässe mit dem Auto (Fabrikat Moskwitsch,

Hinterradantrieb, nicht so begehrt wie Wartburg oder Trabant, deshalb lediglich vier bis sechs Jahre Wartezeit) nur mit größtmöglichem Anlauf und Vollgas überwinden konnte – oder auch nicht. Im letzteren Fall zogen wir die stets mitgeführten Gummistiefel an, luden uns die Dinge auf, die zur Windmühle transportiert werden mussten und stapften zu Fuß dorthin. Das war manchmal ziemlich unangenehm, und unter dem Druck einer 10 Kilo-Propangasflasche auf meiner Schulter kam mir der Gedanke: Wir müssen den Weg befestigen. Offenbar hatte ich ihn laut geäußert, denn Eva erlaubte sich vorsichtige Zweifel an meinem Verstand. Ich wagte keine Widerrede, denn es war wirklich nicht voraussehbar, dass uns nur eine Woche später das Glück in unglaublicher Weise hold sein würde. Die Deutsche Reichsbahn begann nämlich, auf der Strecke von Hopfgarten nach Vieselbach den Bahnschotter zu erneuern! Für nur fünf Mark der DDR waren die mit der Abfuhr des alten, verschmutzten Schotters beauftragten Lkw-Fahrer bereit, ihre Ladung von etwa fünf Tonnen nicht bis zum viel weiter entfernten Zielort zu bringen, sondern auf „unserem" Feldweg abzukippen. Schon nach wenigen Tagen lag Schotter mit einer Gesamtmasse von mehr als vierhundert Tonnen in einzelnen Haufen auf dem Weg, der nun überhaupt nicht mehr befahrbar war. Nun war ich täglich am Feierabend bis zum Sonnenuntergang bei jedem Wetter damit beschäftigt, mit Kreuzhacke und Schaufel das ganze Material einzuebnen. Ich konnte Eva dazu bewegen, mir zeitweilig zu helfen, wobei sie die Frage stellte, ob das überhaupt eine Arbeit für Frauen sei.

„Gerade für Frauen!" antwortete ich. „Bei meinen Reisen in der Sowjetunion habe ich stets gesehen, dass beim Straßenbau die Frauen mit Hacke und Schaufel arbeiteten, während die Männer Traktor oder Walze fuhren. Und du weißt: Von der Sowjetunion lernen, heißt siegen lernen." Nach dieser ideologisch verbrämten Belehrung brauchte ich sehr viel Überredungskunst, um sie am sofortigen Verlassen des ungeliebten Arbeitsplatzes zu hindern.

Am Ende der ganzen Aktion war der Feldweg auch bei schlechtem Wetter befahrbar. Doch die schweren Fahrzeuge der LPG drückten den Schotter mit der Zeit in den weichen Boden, und es musste neues Material darauf verteilt werden. Das waren außer weiterem gebrauchtem Schotter große Mengen von Lesesteinen, die von den Feldern immer wieder durch die bei der landwirtschaftlichen Produktionsgenossenschaft beschäftigten Frauen (natürlich!) abgesammelt wurden. Bis zur Wende kamen auf diese Weise etwa 1.200 Tonnen zusammen, die einen standfesten Unterbau bildeten, auf den später ohne weitere Maßnahmen eine Asphaltschicht aufgebracht werden konnte.

Bedingt durch die Jahreszeit wurde es trotz der meterdicken Mauern langsam kalt in der Windmühle. Als reines Arbeitsgebäude war sie niemals beheizbar gewesen, doch hatte der Müller auch im eiskalten Winter darin durchaus nicht immer gefroren. Ihr Flügelkreuz nahm bei gutem Wind eine geschätzte Leistung von bis zu zwanzig

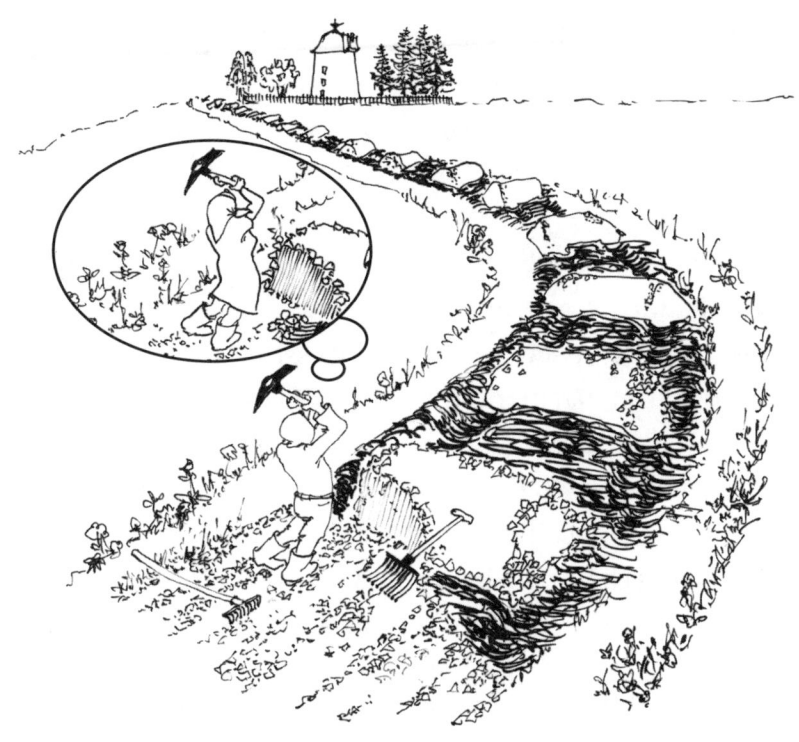

Kilowatt auf, die durch die Mahl- und Transportprozesse vollständig in Wärme umgewandelt wurde. Das reichte bei Kälte für angenehme Temperaturen aus; im Hochsommer dagegen musste es manchmal unerträglich heiß gewesen sein. Aber solche Betrachtungen waren in unserer Situation nicht hilfreich; wir mussten rasch eine Lösung finden, auch wenn es nur ein Provisorium war. Sie fand sich in Gestalt eines propangasbeheizten Radiators mit einem Blechschornstein zur Abführung der Verbrennungsgase. Damit ließ sich die als Wohnzimmer benutzte zweite Etage beheizen. Eine Durchführung des Schornsteins durch das mit Pappe gedeckte Dach betrachteten wir wegen der damit verbundenen Abdichtungsprobleme als zu aufwändig und ließen ihn einfach in der ungenutzten und gut durchlüfteten Kuppel enden. Dabei nahmen wir uns immerhin noch die Zeit, einen Treppenaufgang in dieses oberste Geschoss zu schaffen. Es diente dazu vor allem ein alter Firstbalken, den ich bei einem Abriss erbettelt und in abenteuerlicher Weise auf dem stabilen Dach der sowjetischen Automarke Moskwitsch antransportiert hatte. Wir richteten ihn schräg aus und sägten zu zweit freihändig mit einer Schrotsäge die Auflager für die Treppenstufen aus. Eva stellte inzwischen die Frage nach der Zumutbarkeit bestimmter Arbeiten für Frauen nicht mehr. Die Treppe ist heute noch unverändert in Benutzung, und man sieht ihr die unqualifizierte Technik ihrer Herstellung eigentlich nicht an.

Auch das Erdgeschoss hatte ich temperierbar gemacht und dazu eine gebrauchte Bus-Dieselheizung käuflich erworben. Ob der Verkäufer tatsächlich zur Veräußerung dieses Gerätes berechtigt war, entzog sich meiner Kenntnis. Notwendig für die Installation war das Stemmen eines Loches durch die Außenmauer der Mühle mit Hammer und Meißel – eine fast zwei Tage beanspruchende Tätigkeit, welche ich liebend gerne den nach sowjetischer Meinung viel belastbareren Frauen überlassen hätte. Die Heizung arbeitete, doch ihr Pferdefuß war die Batterie, die nur einige Stunden durchhielt und erst in Weimar wieder geladen werden konnte. Außerdem machte das Gebläse einen unangemessenen Lärm. Dies war also ein Irrweg unserer zivilisatorischen Evolution, den ich nach einem halben Jahr wieder ausbaute.

Weihnachten stand vor der Tür – unser erstes Weihnachtsfest in der Windmühle zu Hopfgarten. Zu den üblichen Vorbereitungen gehörte die Herstellung eines Weihnachtsbaumes. Zwar wurden auch in der DDR vor Weihnachten Fichten und Kiefern verkauft, doch handelte es sich dabei ausschließlich um missratene, fehlwüchsige Bäume mit nur wenigen Ästen, die man offenbar aus den für die Bundesrepublik bestimmten Exporten ausgesondert hatte. Zur üblichen Strategie des Umgangs mit diesem Phänomen gehörte der Kauf von zwei Bäumen, von denen einer nur als Astspender diente. Seine abgeschnittenen Äste wurden angespitzt und in Löcher eingesetzt, die man mit einem Nagelbohrer in den Stamm des anderen Baumes gebohrt hatte. Heute, im Zeitalter des spottbilligen Akku-Schraubers aus Fernost, gerät das altehrwürdige Werkzeug Nagelbohrer bereits in Vergessenheit; die untenstehende Abbildung ist seinem Gedenken gewidmet. Heiligabend. Die weihnachtliche Verschmelzung zweier Fichten war mit Kerzen bestückt; sie stand sehr ansehn-

Der Nagelbohrer

lich in der mit Propangas beheizten zweiten Etage. Im Herd des Erdgeschosses bräunte eine Gans, und die Busheizung tat ihr Möglichstes. Ich beobachtete das Thermometer im Raum und war stolz, als es nach zwei oder drei Stunden zehn Grad über Null anzeigte, wobei nicht klar war, welchen Anteil an dieser Wärme die Gans hatte. Als wir uns schließlich oben zum festlichen Essen hinsetzten, betrug die Raumtemperatur dort zwanzig Grad. Die brennenden Kerzen am Weihnachtsbaum waren nicht nur stimmungsvoll, sie schafften auch noch eine Temperaturerhöhung um ganze drei Grad zu wohliger Wärme im Raum. Als ich mich an diesem Abend auf die am Boden ausgebreiteten Sitzpolster zum Schlafen hinlegte, war ich vollständig glücklich.

5.1

Leuchtende Antiquität –
die Petroleumlampe

◇◇◇◇◇

In der Kulturgeschichte der Menschheit herrschte während der ersten zehntausend Jahre nächtens in den Häusern eine Dunkelheit, welche durch rußende Lämpchen mit Tierfetten oder Öl und Dochten aus Pflanzenfasern kaum nennenswert erhellt wurde. Obwohl die Römer schon im zweiten Jahrhundert die tadellos brennende Bienenwachskerze erfunden hatten, waren bis zum Ende des 18. Jahrhunderts in Europa rauchende und stinkende „Unschlittkerzen" aus Rinder- oder Hammeltalg außerhalb von Kirchen oder Adelshäusern die üblichen Leuchtmittel. Das einfache Volk konnte sich teure Lichter aus Bienenwachs nicht leisten. Die um ein Mehrfaches hellere, rußfreie (wenn sie richtig eingestellt ist) Petroleumlampe trat ihren Siegeszug in Europa und Amerika erst im 19. Jahrhundert an, nachdem eine ganze Reihe von Innovationen in ihre Komponenten Brenner, Glaszylinder und Docht geflossen waren und man diese Teile aufeinander abgestimmt hatte. Entscheidend für die größere Helligkeit war die vergleichsweise niedrige Viskosität des Petroleums, das damit viel schneller im Docht hochsteigen kann. Bei den Brennern setzten sich drei Bauformen für unterschiedliche Helligkeiten durch: Flachbrenner, Runddochtbrenner (Kosmosbrenner) und Flammscheibenbrenner (Idealbrenner, Matadorbrenner).

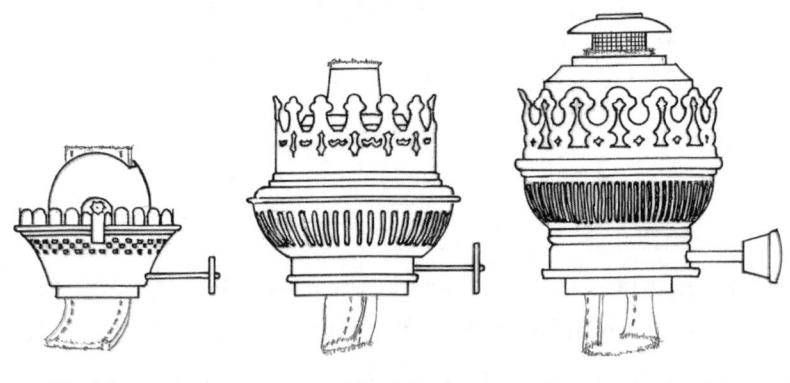

Flachbrenner   Runddochtbrenner   Flammscheibenbrenner

Beim Runddochtbrenner erhält die kreisförmige Flamme ihre Zuluft nicht nur von außen, sondern auch axial durch das „Brandrohr" von innen. Er verbrennt das Petroleum sauberer als der Flachbrenner, ist heller und dabei wirtschaftlich. Lampen mit diesem Brenner erhellten in der zweiten Hälfte des 19. Jahrhunderts millionenfach die Haushalte in Deutschland. Die Helligkeit des Runddochtbrenners ließ sich noch einmal steigern, indem man seine Flamme wenige Millimeter über dem Docht um den Außenrand einer kleinen Scheibe (Flammscheibe oder Brandscheibe) führte. Die hellen Lampen mit Flammscheibenbrenner hatten allerdings einen ziemlich hohen

Verbrauch an Brennstoff; es heißt, dass sie seinerzeit nur in reichen Haushalten zu finden waren. Zu jedem Brennertyp gehört der passende Glaszylinder, dessen Geometrie den richtigen Zug für die jeweilige Flamme bewirkt. Durch die Einschnürung am Kosmoszylinder wird seiner Flammenspitze besonders viel Luft zugeführt; die Ausbauchung des Matadorzylinders ist für die Führung der ausladenden Flamme unerlässlich.

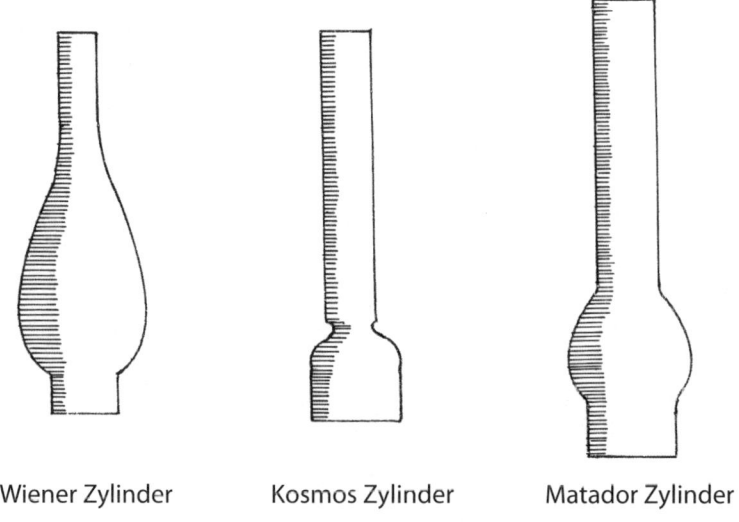

Wiener Zylinder   Kosmos Zylinder   Matador Zylinder

Für die Dochtbreiten gibt es mit der „Pariser Linie" eine sehr spezielle Maßeinheit, die etwa 2,25 mm entspricht und mit drei Hochstrichen (' ' ') symbolisiert wurde. Damit sind auch die anderen Zubehörteile normiert worden; man kann noch heute zu einem 14''' Brenner den passenden 14-linigen Docht, das 14-linige Glas und den Tank mit 14-linigem Schraubgewinde erwerben. Um sich die Lichtstärke verschiedener Petroleumlampen anschaulich vorstellen zu können, bewertet man sie am besten in der veralteten Maßeinheit der Hefnerkerze (HK), die ziemlich gut einer handelsüblichen Haushaltskerze entspricht. Unter *www.petroleumlampe.de* findet sich dazu eine interessante kleine Tabelle, die nachstehend (mit kleinen Änderungen) hier wiedergegeben wird.

	Brennermaß (in Linien)	Dochtbreite (in mm)	geschätzte Lichtstärke (in Hefnerkerzen)	geschätzte Lichtstärke (in Lumen)
Haushaltskerze				0,9
Flachbrenner	5‴	12	4	3,6
Flachbrenner	1″ (1 inch)	25	6	5,4
Kosmosbrenner	6‴	35	4	3,6
Kosmosbrenner	8‴	42	6,5	5,85
Kosmosbrenner	10‴	50	11	9,9
Kosmosbrenner	14‴	62	13	11,7
Flammscheibenbrenner (Matadorbrenner)	15‴	62	17	15,3
Flammscheibenbrenner (Idealbrenner)	20‴	88	30	27

In der Tabelle ist die im vorigen Text erwähnte Wunderlampe, deren Licht der Helligkeit einer elektrischen 50 Watt-Birne entsprechen soll, gar nicht enthalten. Es gibt sie zwar, doch als Petroleumglühlicht leuchtet sie in einer anderen Liga, weil bei ihr über dem Brenner ein zusätzlicher Glühstrumpf sitzt. Als Pendant sogar zu einer 60 Watt-Birne führt diese „Wunderlampe" in Anlehnung an die Märchen aus Tausend und einer Nacht den passenden Handelsnamen „Aladdinlampe".

Der Einsatz eines Glühstrumpfes ist ein Beispiel für das Streben nach höherer Lichtausbeute, das die gesamte Entwicklungsgeschichte unserer Leuchtmittel begleitet. Während bei Kerzen und Petroleumlampen der Löwenanteil ihrer Leistung als Wärme frei wird, markiert die elektrische Glühbirne einen deutlichen Sprung beim Wirkungsgrad. Nach Halogenlampe, Energiesparlampe und Leuchtstoffröhre stehen nun die LED-Lampen mit einer Lichtausbeute von ca. 40 Prozent der aufgewendeten elektrischen Leistung am vorläufigen Ende dieser Entwicklung. Die Glühwürmchen aus dem Gebüsch um die Windmühle scheinen der menschlichen Schöpfung LED allerdings uneinholbar weit voraus zu sein: Bei ihrem Paarungsflug funkeln sie mit einem Wirkungsgrad von 95 Prozent. Dabei sollen sie angeblich umso heller leuchten, je verliebter sie sind.

6. Geschichte (1976)

Preis der Wärme:
zehn Kubikmeter Stemmen mit
Hammer und Meißel

◇◇◇◇◇

Im Frühjahr 1976 waren wir auch polizeilich in der Windmühle gemeldet und hatten dabei von Hopfgartens Bürgermeister eine offizielle Postadresse bekommen: Auf der
Lücke 175. Der Bürgermeister war ein alter Kommunist,
der das Nachbardorf Niederzimmern als reaktionäres
Großbauernnest bezeichnete, daneben aber auch ein
pragmatisch handelnder Mensch. Er freute sich darüber,
dass das alte Bauwerk durch Nutzung erhalten würde und
kreierte die neue Adresse, indem er auf der Flurkarte von
der Mühle einen Strich bis zum Ortskern zog und fest-
stellte, welche Straße als erste von dieser Linie geschnit-
ten wurde. Es war „Auf der Lücke", die ungeachtet ihrer
sehr überschaubaren Bebauung über merkwürdig hohe
Hausnummern verfügte. Die letzte vergebene Zahl war
174, und so bekamen wir die 175.

Mit diesem behördlichen Segen ausgestattet, planten wir nun die Nutzung und Einrichtung des Gebäudes. Küche und Wohnzimmer standen schon fest; unser Schlafzimmer wollten wir in die Kuppel verlegen, aus deren Fenster man bei klarem Wetter in der Ferne den Inselsberg sehen konnte. Wir stellten uns das Erwachen in diesem außergewöhnlichen Räumchen ganz wunderbar vor. Doch noch fehlten darin nicht nur das Fenster, sondern auch eine Tür zum „Windrosenbalkon", die Dielung, Wärmedämmung rundum und eine Innenschalung des Daches aus hunderten mit dem Fuchsschwanz passend auf Gehrung zu sägenden Brettern. Zwischen Wohnzimmer und Kuppel befand sich eine fensterlose Etage, die nur als Lagerraum genutzt werden konnte. Das erste Geschoss sollte in bäuerlicher Tradition mit alten Möbeln als „Gute Stube" eingerichtet werden, in die man Gäste führen konnte, wenn das Wohnzimmer gerade einmal nicht aufgeräumt war.

Doch vor der Verwirklichung solch hochfliegender Pläne stand unabweisbar eine andere Aufgabe: Die gesamte Mühle beheizbar zu machen. Der Propangasofen in der zweiten Etage hatte uns geholfen, über den Winter zu kommen, aber eine Lösung für dauerhaftes Wohnen in der ganzen Windmühle war er nicht. Für ein Gebäude, in dem alle Räume übereinander liegen, bot sich eine Umluftheizung geradezu an. Der starke Schornsteineffekt in den Warmluftkanälen würde eine hervorragende Verteilung der Wärme in allen Etagen garantieren. Das System hatte außer der schnellen Aufheizzeit und der Entbehrlichkeit

von Heizkörpern in den oberen Etagen noch einen ganz
entscheidenden weiteren Vorteil: Umluftöfen wurden in
der DDR hergestellt und ließen sich ohne allzu anspruchsvolle Beziehungen beschaffen. Aus dem ersten und zweiten Obergeschoss sollte die Warmluft wieder zum Ofen
zurückgeführt werden; nur bei dem kleinen Volumen der
Kuppel verzichteten wir auf diese Energieeinsparung. Das
Verlegen der Luftkanäle auf den Wänden zogen wir gar
nicht erst in Betracht; sie hätten die Räume in unerträg-
licher Weise verschandelt. Stattdessen wollten wir sie in
die Sandsteinquader der Mauern einstemmen.

Und natürlich musste die Mühle auch mit einem Schornstein ausgestattet werden. Auch er sollte bis zur fensterlosen Etage in der Wand verlaufen und von dort frei bis
durch das Kuppeldach geführt werden. Die einstmals auf
einem Rollenkranz drehbare Kuppel war mit großen Bauklammern vermutlich schon in den dreißiger Jahren des
zwanzigsten Jahrhunderts fixiert worden. Wir hatten mit
dem Gedanken gespielt, sie vielleicht mit einem Kurbel-
trieb wieder zu drehen – nach der geplanten Schornstein-
installation musste sie dann endgültig in ihrer Position
verharren.

An einem Sonnabendvormittag begann ich frohgemut
mit den Stemmarbeiten, für die mir ein Fäustel und drei
unterschiedliche Meißel zur Verfügung standen. Der
grüne Keupersandstein, in den ich mich hineinarbeiten
musste, war zwar nicht besonders hart, ließ sich aber mit

dem Meißel kaum spalten und gab sein Material nur widerwillig kubikzentimeterweise her. Der mittags erreichte Fortschritt war einfach enttäuschend. „Eva", fragte ich, „du hast doch neulich nach dem Aufmessen das Gesamtvolumen ausgerechnet, das herausgeholt werden muss. Was ist denn dabei herausgekommen?" „Wenn man den Beton im Fußboden mitrechnet, ziemlich genau zehn Kubikmeter", war die Antwort. „Was?" rief ich entsetzt, „das sind ja zwanzig Tonnen, warum hast du mir das nicht gesagt?" „Ich wollte dich nicht entmutigen, wir brauchen die Heizung doch unbedingt." Es stimmte, der Bau der Heizung war unerlässlich. Ich machte weiter, und wenn ich nach Stunden eine Schubkarre mit Abbruch gefüllt hatte, entleerte Eva sie an der terrassierten Nordkante des Grundstücks. Allein schafften wir es nicht. Doch mit bezahlter und unbezahlter Hilfe von Freunden und schließlichem Einsatz eines Presslufthammers für den Fußboden waren die Abbrucharbeiten nach zweieinhalb Monaten beendet. Nun stand vor dem Einbau der Kanäle aus emaillierten Ofenrohren deren Wärmedämmung an. Ich hatte dafür auf Ausschussware aus dem Mineralwollewerk in Bad Berka gehofft, das bei der Bevölkerung wegen seiner bläulichen Schornsteinemissionen nur „die Dreckschleuder" hieß. Aber auch dieser Ausschuss war schon so weit verplant, dass ich mit Mark der DDR nicht an ihn herankam. Ein Entscheidungsträger des Werkes auf unterer Ebene, dem ich mit der eindrücklichen Schilderung meines dringenden Problems anscheinend auf die Nerven gegangen war, fragte mich: „Warum nimmste denn für den Quatsch keine Glaswolle?" Natürlich würde ich auch Glaswolle nehmen, wenn ich denn welche bekäme. Er gab mir eine Adresse und einen Namen. Der Tipp war sehr ergiebig, ich bekam so viel Glaswolle, wie ich nur wollte – sogar mit den Wünschen für viel Spaß bei der Verarbeitung. Das Dämmmaterial musste in einer fünf Zentimeter starken Schicht um die Ofenrohre gelegt, mit Bindedraht fixiert und dann mit einer Alufolie umgeben werden. Der „Spaß bei der Verarbeitung" basierte auf einem Anteil an Fasern mit eigentlich viel zu großem Durchmesser. Diese Nadeln bohrten sich sogar durch Handschuhe in die Haut, brachen dort ab und erzeugten einen starken Juckreiz. Selbstverständlich konnte man sie auch nicht wieder herausziehen. Ein Hautarzt, den ich ängstlich konsultierte, beruhigte mich mit der Behauptung, mein Körper würde diese Fasern irgendwie resorbieren. Na ja, was blieb dem Körper auch weiter übrig!

Als wir Anfang Oktober den Umluftofen aus grünen Napfkacheln das erste Mal anheizten und seine Wärme schon nach wenigen Minuten in den oberen Etagen spürbar wurde, waren sämtliche mit dem Aufbau verbundenen Mühen und Qualen vergessen. Klaglos verbrannte sein robuster Einsatz alles, was man in ihn hineinfüllte – vom gerade abgeschnittenen Ast bis zur Schaufel BHT-Koks. BHT – Braunkohlenhochtemperaturkoks war ein ausschließlich in der DDR aus dem einzig verfügbaren Energieträger Rohbraunkohle für die heimische Industrie hergestellter Koks. Nur ein kleiner Teil der Produktion fand seinen

Weg als Hausbrand zur Bevölkerung. Er ist offenbar mit der DDR untergegangen, denn im Internet landet man mit einem Klick auf „BHT-Koks gebraucht kaufen" bei dem Mischlingshund Koke, der ein neues Zuhause sucht.

Wenn in kalten Winternächten der eisige Ostwind leise im Schornstein heulte, empfanden wir das nicht als unheimlich; wir waren stattdessen diesem Ofen dankbar dafür, dass er den klirrenden Frost, der gleich hinter der Mühlentür lauerte, so zuverlässig draußen hielt. Auch heute, nach mehr als drei Jahrzehnten, versieht er übrigens seinen Dienst noch wie am ersten Tag.

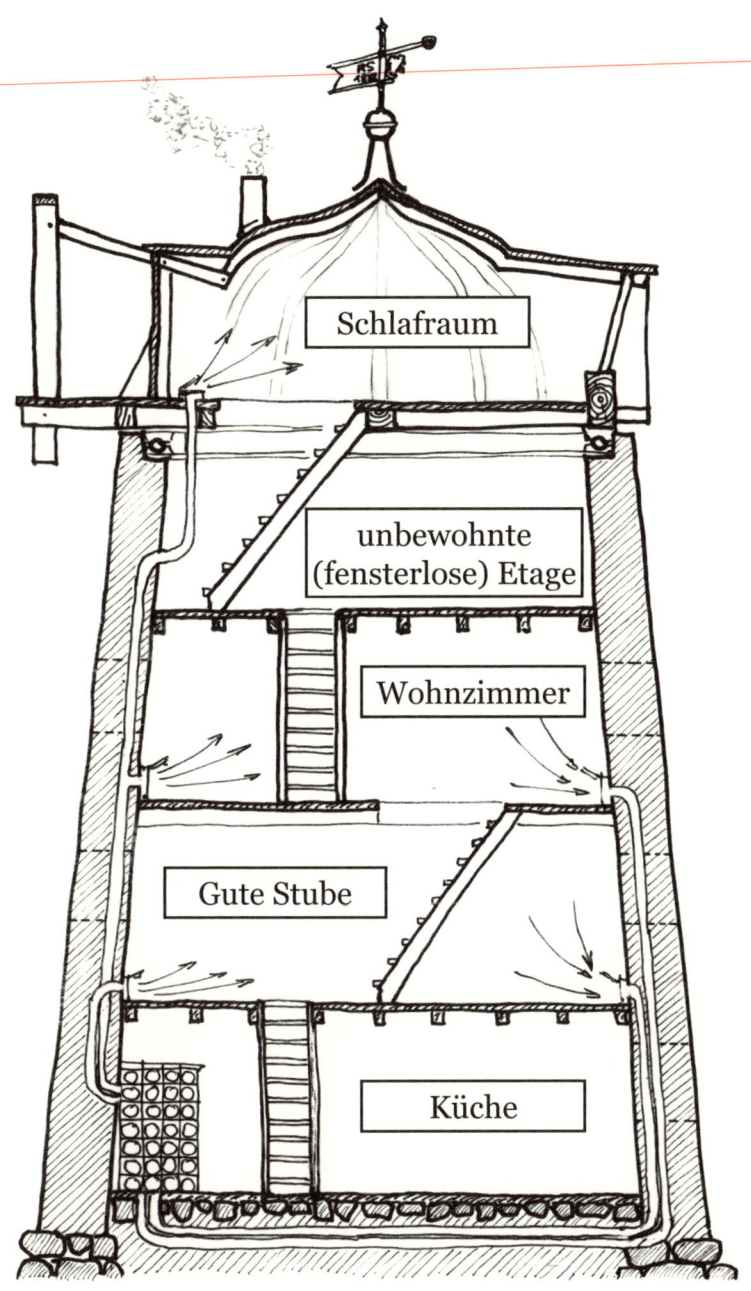

Das Prinzip der Umluftheizung in der Windmühle

6.1

Ein paar Bemerkungen zur Denkmalpflege in der DDR

◇◇◇◇◇

Durften wir eigentlich so mit der alten Windmühle umgehen? Wir hatten zehn Kubikmeter der originalen Mauersubstanz ausgebaut, ihr einen Schornstein verpasst und damit die Fixierung der ehemals drehbaren Kuppel dauerhaft festgeschrieben. Stand diesen Aktivitäten nicht die Denkmaleigenschaft des Objektes entgegen? Mit dem Begriff „Denkmal" werden zum einen Kunstwerke bezeichnet, die zur Erinnerung an Personen oder Ereignisse geschaffen wurden; zum anderen wird er auf Kulturgüter – insbesondere Bauwerke – angewandt, an deren Erhaltung ein öffentliches Interesse besteht. Dem Eigentümer eines Kulturgutes wird dieses öffentliche Interesse dadurch bekundet, dass man ihn über die Eintragung seines Objektes in eine Denkmalliste informiert. Über eine solche Eintragung in das Denkmalbuch (Öffentliches Verzeichnis der Kulturdenkmale Thüringens) wurden wir mit Schreiben des Thüringischen Landesamtes für

Denkmalpflege erst im September 1994 informiert. Seitdem gilt die Windmühle zu Hopfgarten im juristischen Sinne als Denkmal, was einen Umgang mit ihr wie oben beschrieben hochwahrscheinlich ausschließen würde.

Hatte es aber vielleicht schon zu DDR-Zeiten eine Denkmalausweisung der Windmühle gegeben, die uns nur nicht bekannt war? Denn nach § 9 des Denkmalpflegegesetzes von 1975 galt damals nur das als Denkmal, was von den zuständigen staatlichen Organen als solches erklärt worden war. Nachfragen bei der Unteren Denkmalschutzbehörde und sorgfältige, im Jahr 2018 im Kreisarchiv durchgeführte Recherchen ergaben dazu keine Erkenntnisse. Und in die Bezirksdenkmalliste des Bezirkes Erfurt aus dem Jahre 1980 wurden zwar unter dem Punkt „Denkmale der politischen Geschichte" 19 Objekte mit Bezug zur Arbeiterbewegung oder dem antifaschistischen Widerstand aufgenommen, aber als einzige Windmühle schaffte die Bockwindmühle von Ballstädt unter dem Begriff „Denkmale der Produktions- und Verkehrsgeschichte" den Sprung in diese Liste.

Denkmale und Denkmalpfleger durchlebten in der DDR gleichermaßen eine schwere Zeit. Das war nicht nur dem chronischen Mangel an Ressourcen geschuldet, sondern auch eine Frage der Staatsdoktrin. Ein System, dessen erklärter Wille es war, mit der Vergangenheit zu brechen und die gesellschaftlichen Verhältnisse grundlegend zu ändern, konnte schwerlich Sympathien für die baulichen

Zeugen früherer, auf der „Ausbeutung des Menschen durch den Menschen" beruhender Epochen entwickeln. So wurden nach dem Krieg Schlösser und Herrenhäuser als „abzutragende Zeugnisse feudaler Unterdrückung" betrachtet. Der Befehl Nr. 209 der Sowjetischen Militäradministration in Deutschland vom 9. September 1947 zur Schaffung von Neubauernhöfen bot den Feinden der „nutzlosen Zwingburgen" (die Besitzer hatte man enteignet) eine willkommene Grundlage für deren Zerstörung. Es wurden auf deutscher Seite Rundverfügungen zur Abtragung von Adelssitzen erlassen, obwohl der Wortlaut des Befehls dies gar nicht forderte. In der Folge erlebte das Land Sachsen einen dramatischen Aderlass seiner Kulturlandschaft durch den Verlust von mehr als 240 Herrenhäusern und Schlössern.

Später war die gesamte Ära Ulbricht von einer erbefeindlichen Haltung der SED und dem konsequenten Abriss ruinöser Denkmalobjekte geprägt. Als prominente Beispiele seien das Berliner Stadtschloss sowie Schloss und Garnisonskirche in Potsdam genannt. Auch vor der Beseitigung intakter Denkmalbauten schreckte die Partei nicht zurück; in Leipzig vermochten weder der Widerstand der Fachwelt noch Proteste aus der Bevölkerung die Sprengung der Universitätskirche zugunsten der Neugestaltung des zentralen Platzes zu verhindern. Erst unter Honecker wurde es leichter, bei den Funktionären Verständnis für die Erhaltung des kulturellen Erbes zu wecken. Unter der beharrlichen Überzeugungsarbeit engagierter Denkmalpfleger begann die Einsicht zu wachsen, dass ein Schloss nicht nur das Symbol feudalistischer Unterdrückung, sondern auch ein Zeugnis der Kunstfertigkeit seiner Erbauer ist. In Dresden unterstützte der Erste Bezirkssekretär Hans Modrow den Wiederaufbau des Residenzschlosses und der Semperoper, in Frankfurt/Oder konnte die große Marienkirche mit staatlicher Unterstützung wiederhergestellt werden. Im Denkmalpflegegesetz der DDR vom 19. Juni 1975 wurde allerdings die Erhaltung der Denkmale grundsätzlich einem politischen Zweck untergeordnet: *„Ziel der Denkmalpflege ist es, die Denkmale in der Deutschen Demokratischen Republik zu erhalten und so zu erschließen, dass sie der Entwicklung des sozialistischen Bewusstseins, der ästhetischen und technischen Bildung sowie der ethischen Erziehung dienen."*

Zwar hatten sich in den 70er und 80er Jahren die ideologischen Fesseln der Denkmalpflege deutlich gelockert, dafür wurden die mangelnde Leistungsfähigkeit der volkseigenen Bauwirtschaft und der Niedergang des qualifizierten Bauhandwerks immer mehr zum Hindernis für die Bewahrung der Denkmallandschaft der DDR. In dieser Situation gewann das Engagement der „Denkmalpflege von unten" an Bedeutung. Freiwillige Helfer bemühten sich um ihre von fortschreitendem Verfall bedrohte Dorfkirchen und hatten dabei oft den SED-Genossen Bürgermeister auf ihrer Seite. Ob dessen Motivation die Erkenntnis der identitätsstiftenden Funktion des Sakralbaus oder die Furcht war, an der Sache mit dem lieben Gott könne doch etwas dran sein, blieb in der Bevölkerung stets umstritten.

Doch vermochte guter Wille auf lokaler Ebene nur wenig gegen die gesamtwirtschaftliche Zerrüttung auszurichten, die auch das Schicksal der Denkmale bestimmte. Zum Zeitpunkt der Wiedervereinigung betrugen die Schulden der DDR nach einer Berechnung der Bundesbank zwar nur 19,9 Milliarden DM, während sich die Verschuldung der Bundesrepublik zum gleichen Zeitpunkt auf etwa 950 Milliarden DM belief. Dafür hatte der Arbeiter- und Bauernstaat aber seine gesamte Infrastruktur auf Verschleiß gefahren; in vielen Städten drohten ganze Wohnviertel wegen fehlender Bauunterhaltung einzustürzen – mitsamt den Denkmalbauten in ihrem Bestand. Ohne die Wende des Jahres 1990 gäbe es heute weder eine Welterbestadt Quedlinburg noch das schon seit 1978 denkmalgeschützte Andreasviertel in Erfurt.

Bei den Veränderungen, die für eine Wohnnutzung der alten Windmühle unerlässlich waren, wollten wir ihr äußeres Erscheinungsbild und die innere Raumstruktur nicht antasten. Insofern sahen wir auch keinen Grund, für unsere Aktivitäten eine Genehmigung einzuholen. Wenn die Mühle damals schon juristisch ein Denkmal gewesen wäre, hätte die Strafe für diese Unterlassung auch nicht allzu weh getan; sie war im Denkmalgesetz bereits fixiert: *„Wer vorsätzlich oder fahrlässig ... seiner Kennzeichnungspflicht nicht nachkommt, bei Arbeiten an Objekten* *seiner Meldepflicht nach § 13 nicht nachkommt, kann mit Verweis oder Ordnungsstrafe von 10 M bis 300 M belegt werden. "*

Ohne es zu wissen, waren wir übrigens der Kennzeichnungspflicht des Gesetzes nachgekommen, indem wir neben dem Eingang die in der DDR für die Kennzeichnung von Denkmalen gebräuchliche Plakette angebracht hatten. Sie ist ein Symbol der Haager Konvention zum Schutz von Kulturgut bei bewaffneten Konflikten aus dem Jahre 1954, und so erfreute uns die Vorstellung, dass wir, wenn der Kalte Krieg in einen heißen überginge, mit diesem Schild sowohl vor Bombenangriffen feindlicher Flieger als auch vor Plünderungen durch marodierende NATO-Truppen sicher wären.

Denkmalplakette der DDR

7. Geschichte (1977)

Die Mühle hat wieder ein Windrad

◇◇◇◇◇

Seit der Elektrifizierung Deutschlands ist gerade ein Jahrhundert vergangen. Die Gemeinde Hopfgarten wurde 1911 an das Stromnetz angeschlossen. Das ist wirklich bemerkenswert, denn in Berlin verfügten im Jahre 1914 nur fünf Prozent der Wohnungen über elektrischen Strom; bis zum Ende der zwanziger Jahre stieg ihr Anteil auf fünfzig Prozent. Strom war damals teuer und wurde anfangs als reiner Lichtspender und Luxusgut betrachtet; der Siegeszug elektrischer Haushaltsgeräte und Maschinen stand erst noch bevor. Heute ist unsere Gesellschaft auf Gedeih oder Verderb von dieser Energieform abhängig. Dagegen war der fehlende Netzanschluss unseres Haushalts auf der Windmühle inmitten einer elektrifizierten Gesellschaft vergleichsweise undramatisch. Wir heizten mit Braunkohlenbriketts, kochten mit Propangas, beleuchteten mit Petroleumlampen, hörten batteriebetriebenes Kofferradio und konnten unsere Wäsche noch in Weimar waschen. Von den zivilisatorischen Errungenschaften vermissten wir nur fließendes Wasser, einen Kühlschrank – und Fernsehen. Für alle drei Annehmlichkeiten schien uns das Vorhandensein von Strom eine unabdingbare Voraussetzung zu sein; dass man einen Kühlschrank auch ohne Strom betreiben kann, wurde mir erst später klar.

Auf einer Windmühle Strom durch Wind zu erzeugen, liegt nahe. Die Wiederherstellung des Flügelkreuzes in irgendeiner Form war allerdings ausgeschlossen, denn mit dem Bau des Schornsteins für die Umluftheizung konnte die Kuppel nicht mehr automatisch gegen den Wind gestellt werden. Stattdessen bot sich die Installation eines Windgenerators auf dem „Balkon" an, der früher die Windrosen getragen hatte. Das wichtigste Prinzip bei der Planung dieser Windmaschine lautete: Sie musste sich mit den für uns zugänglichen Ressourcen der DDR-Mangelwirtschaft auf qualifiziertem Bastlerniveau herstellen lassen! Aerodynamisch geformte Propeller schieden bereits aus, weil ihre Herstellung zu schwierig erschien. Der aus Western-Filmen bekannte Vielblattrotor (Farmerrotor), der bei der Erschließung des amerikanischen Westens eine bedeutende Rolle gespielt hatte, wäre geeignet gewesen, wurde aber verworfen, weil er auf der Windmühle zu befremdlich ausgesehen hätte. Ich entschied mich schließlich, einen dreiflügeligen Savoniusrotor zu bauen. Sein Prinzip hatte ich schon in vielen Exemplaren verwirklicht gesehen, allerdings recht klein und nur auf den Dächern von Bauwagen oder Kühlwagen der Eisenbahn zum Zweck der Entlüftung. Dieser Rotor, dessen Idee aus dem Jahre 1926 von dem finnischen Kapitän Savonius stammt, nutzt den unterschiedlichen Strömungswiderstand von konkaver und konvexer Seite der halbzylindrischen Schaufeln. Er ist ein Langsamläufer, der den maximalen Drehmomentenbeiwert bei der Drehzahl Null, also im Stillstand hat. Damit läuft er schon bei sehr geringen Windgeschwindigkeiten an, was ein wenig über seinen bescheidenen Wirkungsgrad hinwegtröstet.

Bei der Suche nach einem geeigneten Generator kam mir ein ganz außergewöhnlicher Glücksumstand zu Hilfe. Das Rechenzentrum der Hochschule für Architektur und Bauwesen verkaufte gerade Teile des ausgemusterten sowjetischen Rechners BESM-6, darunter auch drei Magnetbandmotoren. Jeder Motor wog 18 Kilogramm und kostete 10 Mark der DDR. Seine exorbitante Masse war – außer durch ein gusseisernes Gehäuse – dadurch bedingt, dass das magnetische Feld im Inneren durch kräftige Permanentmagnete aufrechterhalten wurde und keine Energie zu seiner Erzeugung benötigte. Ich war entzückt und kaufte gleich alle drei. Der Savoniusrotor mit 1,4 Quadratmeter Projektionsfläche pro Flügel wurde mittels zweifach gelagerter Achse an einem vorhandenen senkrechten Balken in 12 Meter Höhe befestigt. Er speiste sein Drehmoment über einen Motorrad-Zahnkranz in ein zweistufiges Getriebe ein, das die Drehzahl um den Faktor 42 erhöhte. Die zweite Stufe arbeitete mit Fahrradketten; Keilriemen hätten zu viel Walkenergie verzehrt. Der sowjetische Motor funktionierte nun brav als Generator und lud einen 12 Volt-Bleiakkumulator mit einer Kapazität von 135 Ah auf. Auf eine Beschreibung der äußerst komplizierten Beschaffung dieser Batterie soll hier verzichtet werden.

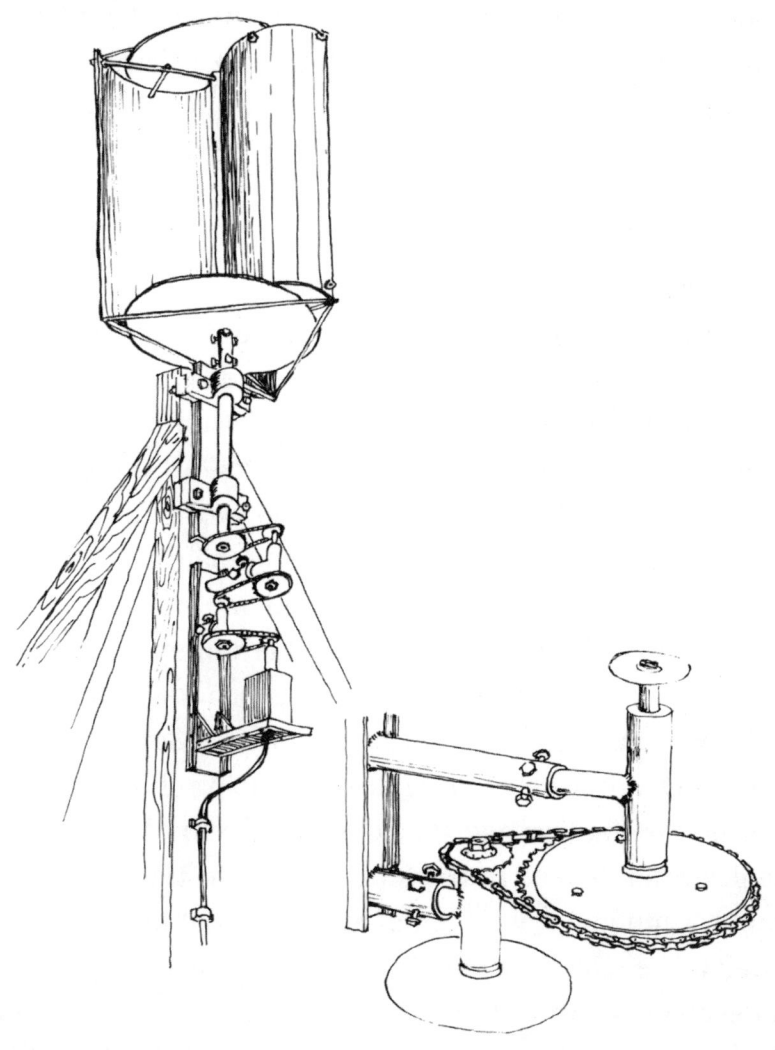

Eigenbau – Windenergieanlage mit Savonius-Rotor und Kettengetriebe

Bei frischem Wind (Windstärke 5) überschritt die von dem insgesamt ein wenig russisch anmutenden Aggregat abgegebene Leistung den Wert von 100 Watt. Um auch jede kleine Sommerbrise auszunutzen, schaltete eine selbstgebastelte Ladeautomatik die Zellen des Akkus einzeln an den Generator, wenn dessen Spannung unter 14 Volt sank. Wegen der mit anwachsendem Ladestrom steil ansteigenden Lastkennlinie änderte der Rotor im Betrieb seine Drehzahl nur in engen Grenzen um einen Wert von etwa 50 U/min, deshalb hielt ich ihn für sturmsicher und sah keine Bremseinrichtung vor – ein Fehler, wie sich später noch herausstellen sollte. Ich baute als Witterungsschutz einen hölzernen Kasten um das Getriebe, dann beschränkte sich die Wartung der Anlage auf das regelmäßige Ölen der Ketten und deren etwa zweijährliche Erneuerung.

Als die Kuppel der Mühle endlich nutzbar war, schliefen wir wenige Meter entfernt und nur durch eine dünne Verbretterung getrennt von unserem Windrad. Das Surren des Kettengetriebes begleitete uns beim Einschlafen – enger kann man mit der Erzeugung regenerativer Energie wohl nicht verbunden sein. Doch wir empfanden das Geräusch nicht als störend. Die Ursache für diese Toleranz war keine weltverbesserische grüne Gesinnung, sondern einfach die egoistische Genugtuung darüber, dass der Wind uns Energie lieferte, für die wir keinerlei Gebühren zu entrichten hatten. Mit dem Windstrom konnten wir nun elektrisch beleuchten, einen kleinen russischen

Blick aus der verfallenen Feldscheune auf die Mühle, die nun wieder den Wind nutzt

Schwarz-Weiß-Fernseher und sogar eine auf zwölf Volt Betriebsspannung umgerüstete Küchenmaschine betreiben. Der ständige Betrieb eines größeren Kühlschranks wäre allerdings eine arge Belastung der Energiebilanz gewesen. Doch in den siebziger Jahren konnte man noch Haushaltskühlschränke gebraucht kaufen, die nach dem nicht sehr effizienten Absorberprinzip funktionierten. Dabei muss ein Ammoniak-Wasser-Gemisch erwärmt werden, was bei den handelsüblichen Geräten elektrisch geschieht. Es war nicht besonders schwierig, einen solchen Schrank auf Beheizung mit Propangas umzustellen. Die dabei eingesparte kostbare Elektroenergie erfüllte bald einen viel wichtigeren Zweck.

Unser kleines Elektrizitätswerk arbeitete zuverlässig und ließ uns auch während der Wetterkatastrophe am Ende des Jahres 1978 nicht im Stich. Sie nimmt folgenden Verlauf: In der Nacht vom 28. zum 29. Dezember stürzt im Norden der DDR die Temperatur von zehn Grad über Null auf minus zwanzig Grad. Die nördlichen Bezirke versinken bei gefrierendem Regen binnen weniger Stunden unter einem dicken Eispanzer, dann setzt dort ein dreitägiger Schneesturm ein. Während Erich Honecker zu einem Freundschaftsbesuch nach Afrika aufbricht und seine Minister sich schon zur Silvesterfeier verabschieden, dringt die Kaltfront nach Süden vor und legt den Arbeiter- und Bauernstaat vollständig lahm. Bei der Bahn frieren die Weichen ein, Züge mit festgefrorener Braunkohle können nicht mehr entladen werden, und bei minus zwanzig

Grad müssen die Braunkohlentagebaue ihre Förderung einstellen, das energetische Herz der DDR steht still. Die auf ständigen Nachschub angewiesene Stromversorgung bricht zusammen, in der Silvesternacht ist es überall dunkel – und in vielen Behausungen auch kalt. Überall, nur nicht in der Windmühle zu Hopfgarten! Wir saßen angenehm warm vor dem Fernseher, schauten das Westprogramm und genossen unsere Autarkie. Am Neujahrstag machten wir einen Spaziergang zu Bekannten im Dorf, wo wir stolz erzählten, wie schön das Silvesterprogramm im Fernsehen gewesen war. In Berlin fand sich übrigens erst am zweiten Januar das Politbüro zusammen, um die Entsendung von 200.000 Einsatzkräften in die Tagebaue zu beschließen.

Das Windrad machte keine Probleme bis zu einer stürmischen Dezembernacht im Jahre 1979. Es hatte den ganzen Tag bei Temperaturen dicht über dem Nullpunkt geregnet, und in der Nacht erwachte ich von einem Rumpeln, das die ganze Kuppel erzittern ließ. Die Ursache konnte nur das Windrad sein. Aufgeregt stürzte ich mit einer Taschenlampe bewaffnet auf den Balkon, wo die Aluminiumschaufeln mit einer noch nie dagewesenen Drehzahl rotierten und dabei offensichtlich auch noch eine starke Unwucht hatten. Gefrierender Regen hatte eine dicke, ungleichmäßige Eisschicht auf dem Windrad entstehen lassen, die immer stärker wurde. Aber warum drehte sich der Savoniusrotor im Sturm so schnell, dass er durch die Zentrifugalkraft zu zerreißen drohte? Ich öffnete den hölzernen Witterungsschutz des Getriebes und sah zu meinem Schrecken, dass eine Fahrradkette gerissen war. Nun rächte sich die Leichtfertigkeit, mit der ich auf eine Feststellbremse verzichtet hatte – wie konnte man jetzt die um ihre Achse taumelnde, überschwere Konstruktion zum Stillstand bringen? Mir kam eine Idee, welche mich die 48 Stufen der Stiegen fast herunterspringen ließ. Im Erdgeschoss griff ich mir einen dort liegenden, ziemlich stabilen Schraubstock und jagte mit ihm die Stiegen wieder hoch. Dann schraubte ich seine Backen an die stählerne Welle des Rotors. Eisstücke platzten ab, es quietschte, und dann war Ruhe – der Rotor stand. Erst in diesem Moment wurde mir unter der Kälte des auf die Haut dringenden Eisregens bewusst, dass ich nur mit Schlafanzug und Hausschuhen bekleidet war. Doch das, was ich gerade erlebt hatte, war zweifellos völlig unbedeutend im Vergleich zu den Problemen, die derartige Wetterlagen dem Müller in früheren Zeiten bereiteten.

Fortan lief das Windrad mit einer Feststellbremse weiter, die jedoch niemals benötigt wurde. Erst im Jahre 1989 demontierten wir die Anlage, denn die Mühle war an das Stromnetz angeschlossen worden, und eine Zierde war der Rotor auf dem historischen Gebäude wirklich nicht. Aber das ist eine andere Geschichte.

7.1

Lohnt sich der Bau

eines Kleinwindrades?
(für technisch Interessierte)

◇◇◇◇◇

Wäre der Begriff „alternativlos" nicht durch politischen Fehlgebrauch so arg diskreditiert worden, könnte man ihn auf den mühsamen Bau unserer Kleinwindanlage für die Stromerzeugung in der Windmühle im Jahre 1977 anwenden. Denn Alternativen gab es damals wirklich nicht: Ein Anschluss an das Netz erschien undenkbar, an ein Notstromaggregat war nicht heranzukommen, und bis zum Siegeszug der Photovoltaik sollten noch zwei Jahrzehnte vergehen. Was vor mehr als vierzig Jahren das Ergebnis einer aufwändigen Bastelarbeit war, kann man heute käuflich erwerben und bekommt es in einer geradezu unüberschaubaren Vielfalt angeboten. Allein in Deutschland gibt es so viele Hersteller und Händler, dass sich die (vermutlich) seriösen unter ihnen im Bundesverband Kleinwindanlagen zusammengeschlossen haben. Dennoch stößt man gelegentlich auf Angebote, deren Versprechen nur mit einem Windrad zu erfüllen wären, das einen Wirkungsgrad von mehr als Eins hätte. Deshalb sollen hier ein paar Fakten als erste Orientierung für diejenigen benannt werden, welche die Anschaffung einer **Kleinwindanlage (KWA, Leistung unter 100 Kilowatt)** in Betracht ziehen. Zunächst gilt für Windräder mit horizontaler Achse: **Die Leistung einer Windanlage wird nicht durch den auf dem Generatorgehäuse stehenden Nennwert, sondern vom Rotorradius bestimmt.** Die maximal dem Wind zu entnehmende Leistung kann auch der Laie abschätzen; sie lässt sich (nach dem deutschen Physiker Albert Betz) mit der Formel berechnen, welche näherungsweise für die schnelllaufenden modernen Dreiflügler gilt:

$$P = (8/27) \cdot \pi \cdot R^2 \cdot \rho \cdot v^3$$

Darin bedeuten:

P		die an der Rotorwelle abnehmbare mechanische Leistung
π	$\approx 3{,}14$	Kreiszahl
R		Radius des Rotors
ρ	$\approx 1{,}12\,kg/m^3$	Dichte der Luft
v		Windgeschwindigkeit.

Gute Windstandorte im Binnenland weisen über das Jahr Mittelwerte der Windgeschwindigkeit von 5 m/s auf. Ein Rotor mit dem Radius von 3 m gibt dann (annähernd) eine mittlere mechanische Leistung von 1,17 Kilowatt ab, die in rund ein Kilowatt elektrische Leistung umgewandelt wird – unabhängig von der Leistungsfähigkeit des Generators, der allerdings in der Lage sein muss, auch die höheren Anströmgeschwindigkeiten bis zur sogenannten Abschaltgeschwindigkeit der Anlage zu verarbeiten. Durch Multiplikation der mittleren Leistung mit der Jahresstundenzahl lässt sich der **Jahresertrag** für ungestörten Betrieb grob abschätzen; in unserem Beispiel ergibt dies 8.760 Kilowattstunden. Der tatsächliche Wert könnte wegen der nichtlinearen Abhängigkeit der Leistung von der Geschwindigkeit höher sein; wird aber andererseits durch das notwendige Abschalten bei Anströmgeschwindigkeiten um 20 m/s wieder gemindert. Wenn die mittlere Jahreswindgeschwindigkeit nur 4 m/s beträgt, halbiert sich praktisch der Jahresertrag auf 4.485 kWh. Der Standort des Windrades und seine Höhe über dem Erdboden, von denen die mittlere Windgeschwindigkeit abhängt, üben daher enormen Einfluss auf den Ertrag aus.

Die entscheidende Kenngröße zur Beurteilung der Wirtschaftlichkeit einer Windenergieanlage und zum Vergleich mit Photovoltaikanlagen sind die **Stromgestehungskosten**, die eigentlich Energiegestehungskosten heißen müssten. Man ermittelt sie, indem über die Lebenszeit der Windenergieanlage (ca. 20 Jahre) der Wert aller Jahreserträge durch die Summe aller in diesem Zeitraum anfallenden Kosten geteilt wird. Weil gerade

bei der Benennung dieser Kosten oft Wunschdenken vor-
herrscht, seien sie hier (ohne Gewähr für Vollständigkeit)
für KWAs mit einer Leistung von mindestens 5 kW einmal
aufgelistet:

- Windrad (Anschaffung und Transport)
- Mast (Statik, Anschaffung und Transport)
- Fundament mit Blitzschutz (Statik und Herstellung)
- Montage der Anlage
- Inbetriebnahme der Anlage und Anschluss an das Netz
- Netzwechselrichter mit Steuerung und Schaltschrank
  im Außenbereich
- Verkabelung
- Zuwegung und Einfriedung (optional)
- Baugenehmigung
- Genehmigung für den Anschluss beim örtlichen
  Netzbetreiber
- jährliche Wartungspauschalen
- anfallende Reparaturen.

Streng genommen müssten auch noch die Kosten für den
Rückbau und die Entsorgung der Anlage am Ende ihrer
Lebensdauer dazugerechnet werden. Bei Windenergieanlagen hängen nun die Stromgestehungskosten – wie die
nachstehende Grafik zeigt – sehr stark von deren Größe
ab. Während die Anlagen im Megawatt-Bereich an guten
Standorten Strom für 5 Cent pro Kilowattstunde produzieren, können die Kosten bei Kleinstwindrädern den Wert
von einem Euro pro Kilowattstunde übersteigen. Das ist

ein wesentlicher Unterschied zur Photovoltaik, bei der nur eine minimale Abhängigkeit existiert. Nach Untersuchungen des Fraunhofer-Instituts für solare Energiesysteme liegen in Deutschland je Sonneneinstrahlung die Sonnenstromgestehungskosten zwischen 10 und 14 Cent pro Kilowattstunde. Stark unterschiedlich sind auch die Vergütungen für in das Netz eingespeisten Solar- und Windstrom. Für letzteren kann man aktuell kaum noch acht Cent pro Kilowattstunde erwarten: Die alleinige Einspeisung des Stroms in das Netz lohnt sich für den Besitzer einer KWA nicht. Erst wenn die prognostizierten Stromgestehungskosten unter den Gebühren liegen, die man selbst für Strom aus dem Netz zu entrichten hat, kann sich die Anschaffung einer KWA rentieren. In diesem Fall würde man natürlich Strom, für den man keine Verwendung hat, dennoch in das Netz einspeisen. Das ist immer noch günstiger, als mit ihm zu heizen. Denn die Kosten für die üblichen Brennstoffe Öl, Gas, Holz und Pellets liegen (bei vorhanderner Heizungsanlage) zum Teil deutlich unter sieben Cent pro Kilowattstunde. Also: Die Nutzung einer KWA für Heizzwecke lohnt sich im allgemeinen nicht.

Notwendig für die Berechnung der Wirtschaftlichkeit eines Windrades ist die – nicht ganz einfache – Abschätzung des Anteils am Eigenverbrauch, der durch Windstrom gedeckt werden kann, denn der launische Wind weht durchaus nicht immer, wenn man ihn gerade braucht. Die zukünftige Verbilligung elektrischer Speicher könnte dieses Problem

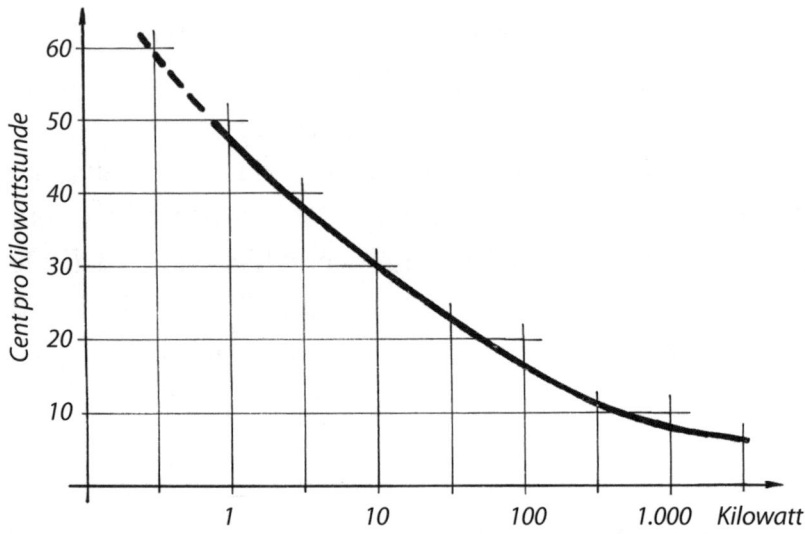

Abhängigkeit der Stromgestehungskosten von der Leistung der Windenergieanlage (nur Trend)

entschärfen, weil sie bei richtiger Dimensionierung eine vollständige Deckung des Eigenverbrauchs ermöglichte.
Und noch ein paar Tipps:

- Die registrierende Messung der Windgeschwindigkeit über den Zeitraum eines Jahres zur Beurteilung des Standortes kann sich lohnen.
- Windräder mit vertikaler Achse sehen interessant aus, haben aber einen deutlich schlechteren Wirkungsgrad als die dreiblättrigen Horizontalläufer.
- Nachbarn mögen im allgemeinen keine fremden Windräder. Erforderlichenfalls ist deren Zustimmung rechtzeitig einzuholen.
- Bei der Auswahl des Anbieters einer KWA sollte un-

bedingt auf dessen Erfahrung und die Marktreife des Produktes geachtet werden.

- Die Installation einer KWA kann auch an der Unteren Naturschutzbehörde scheitern!

Von der Gültigkeit des letzten Punktes konnten wir uns im Jahre 2017 selbst überzeugen. Als sinnvolle Ergänzung der häuslichen Solaranlage hatten wir schon seit längerer Zeit die Errichtung einer Kleinwindanlage geplant und dafür sogar ein kleines Stück Ackerland erworben – immerhin hatte die Nutzung des Windes auf unserem Hügel ja Tradition. Das Windrad sollte bei einer Nennleistung von 10 Kilowatt und einer Nabenhöhe von 18 Metern einen Rotordurchmesser von 13,2 Metern aufweisen. Das Angebot eines seriösen Herstellers lag schon lange vor, und auch der nicht zu unterschätzende Papierkrieg mit dem Netzbetreiber um Konformitätsnachweise, Erfassung der Energiewerte und Anlagenflickerbeiwert (?) schien schon gewonnen, nur der Bescheid auf den beim Landratsamt eingereichten Bauantrag verzögerte sich immer weiter. Als er endlich kam, enthielt er die Ablehnung unseres Gesuchs mit der Begründung, in einer Entfernung von weniger als einem Kilometer befände sich der Horst eines Schwarzen Milans. Bei Wikipedia kann man über Milvus migrans lesen: *„Die Art zählt zu den am weitesten verbreiteten Greifvögeln und ist gebietsweise die häufigste Greifvogelart. Obwohl regional Bestandsrückgänge zu verzeichnen sind, gilt sie weltweit als ungefährdet."* Wir haben dem Bescheid nicht widersprochen.

8. Geschichte (1978)

Wasser aus der Wand

◇◇◇◇◇

Den täglich mit Seil und Zinkeimer aus dem Brunnen ge-
holten Wasservorrat bewahrten wir in der Küche auf, und
meistens ging er kurz vor Mitternacht zur Neige, wenn
wir uns noch einmal die Zähne putzen wollten. Dann hieß
es, mit dem Licht einer Taschenlampe bei jedem Wetter
vierzig Meter bis zum Brunnen zurückzulegen, nach dem
Aufschließen des (im Winter oft zugefrorenen) Vorhänge-
schlosses den schweren gusseisernen Deckel zu öffnen,
nacheinander zwei Eimer am Seil fünfzehn Meter tief
hinunterzulassen, um sie dann voll Wasser Hand über
Hand wieder hochzuziehen und zurückzutragen. Gelegentlich von mir schüchtern vorgebrachte Vorschläge,
doch wegen des draußen gerade wütenden Schneesturms
ausnahmsweise auf das Zähneputzen zu verzichten, waren von Eva stets mit einem Anflug von Empörung in der
Stimme zurückgewiesen worden. In der Kulturgeschichte
der Menschheit hat es gewiss schon zahlreiche Männer
gegeben, die durch konsequente Frauen zu kreativem
Handeln veranlasst wurden; in diese Gruppe reihte ich

mich nun ebenfalls ein und entwarf das kühne Konzept einer Wasserversorgung, bei der man nur noch einen Hahn aufzudrehen brauchte. Energie stand durch das Windrad in begrenztem Umfang zur Verfügung. Benötigt wurde eine Pumpe, die bei geringer Förderleistung Wasser in eine Höhe von zwanzig Meter drücken konnte sowie ein Antriebsmotor, der sich mit einer Betriebsspannung von zwölf Volt begnügte. Ein solcher Motor befand sich bereits in meinem Besitz: der letzte von drei zum Schrottpreis erworbenen, 18 kg schweren ehemaligen Magnetbandmotoren des sowjetischen Rechners BESM-6. Nummer eins arbeitete inzwischen als Generator des Windrades, und mit Nummer zwei hatte ich eine recht voluminöse Küchenmaschine für 12 Volt gebaut. Diesem Motor mit seiner überaus robusten Bauweise konnte man auch den Betrieb in feuchter Atmosphäre zumuten – er hat das in ihn gesetzte Vertrauen tatsächlich niemals enttäuscht. Frank Hanke, ein begnadeter Mechaniker, baute dazu eine maßgeschneiderte Pumpe, die im Betrieb nur eine Leistung von 35 Watt aufnahm. Für die zwischen Windmühle und Brunnen zu verlegende Wasserleitung bemühte ich mich lange um verzinktes Rohr. Schließlich musste ich einsehen, dass meine Beziehungen für die Beschaffung einer solchen Rarität nicht ausreichten. Eine Alternative fand sich dann endlich in Gestalt einer Bierleitung aus Kunststoff, die ich von einem Thekenbauer erbettelte. Der Rest war Fleißarbeit: Stemmarbeiten in der Mühle, vor allem aber das Ausheben und Verfüllen eines vierzig Meter langen Grabens mit einer frostfreien Tiefe von achtzig Zentimetern. An dieser Stelle sei dafür den Studenten ausdrücklich gedankt, die mir mit Kreuzhacke und Spaten halfen, obwohl sie keine Prüfung bei mir mehr zu befürchten hatten. Ohne ihre Hilfe hätten mich die zähen Mergelschichten wohl zur Verzweiflung gebracht.

An einem Abend im Oktober war es soweit. Über einem Spülbecken, dessen Abfluss in eine Sickergrube außerhalb der Windmühle mündete, ragte in der Küche ein verchromter Wasserhahn aus der Wand. Ich öffnete ihn und schaltete den Strom für die nun tief im Brunnen dicht über dem Wasserspiegel hängende Pumpe ein. Die Minuten, die auf diese Handlung folgten, gehören zu den spannendsten meines Lebens. Wir warteten. Es war klar, dass nicht sofort Wasser aus dem Hahn fließen konnte, weil die Pumpe ja erst die lange Bierleitung füllen musste –

doch würde das Ganze überhaupt funktionieren? Und dann kam plötzlich aus dem Hahn ein dünner Strahl, der sich langsam verstärkte – Wasser aus der Wand! Eva behauptete später, mir hätten in diesem Moment Tränen in den Augen gestanden; vielleicht hatte sie damit ja recht.

Unsere Wasserversorgung erfuhr noch eine kleine Erweiterung. Damit die Pumpe nicht bei jeder Entnahme eingeschaltet werden musste, ließen wir sie in ein Vorratsgefäß mit einem Fassungsvermögen von hundert Litern fördern, das sich im Inneren eines selbst gebauten Holztisches in der „guten Stube" des ersten Geschosses befand. Ein Quecksilber-Schwimmerschalter schaltete nunmehr die Pumpe und regelte so das Niveau im Gefäß. Im Gegensatz zum Pumpenmotor versagte dieser Schalter ein einziges Mal. Das Vorratsgefäß lief über, und Wasser tropfte auf den im Erdgeschoss als Tisch benutzten Mühlstein, um dann auf dem Betonestrich zur Tür hinaus zu laufen. Der einzige Schaden, den es dabei anrichtete, tat sehr weh: Das Gästebuch mit vielen unwiederbringlichen Einträgen und Bildern wurde völlig durchnässt. Eva tröstete mich ein wenig mit der Frage: „Wäre es Dir lieber, wenn wir kein Wasser aus der Wand hätten?"

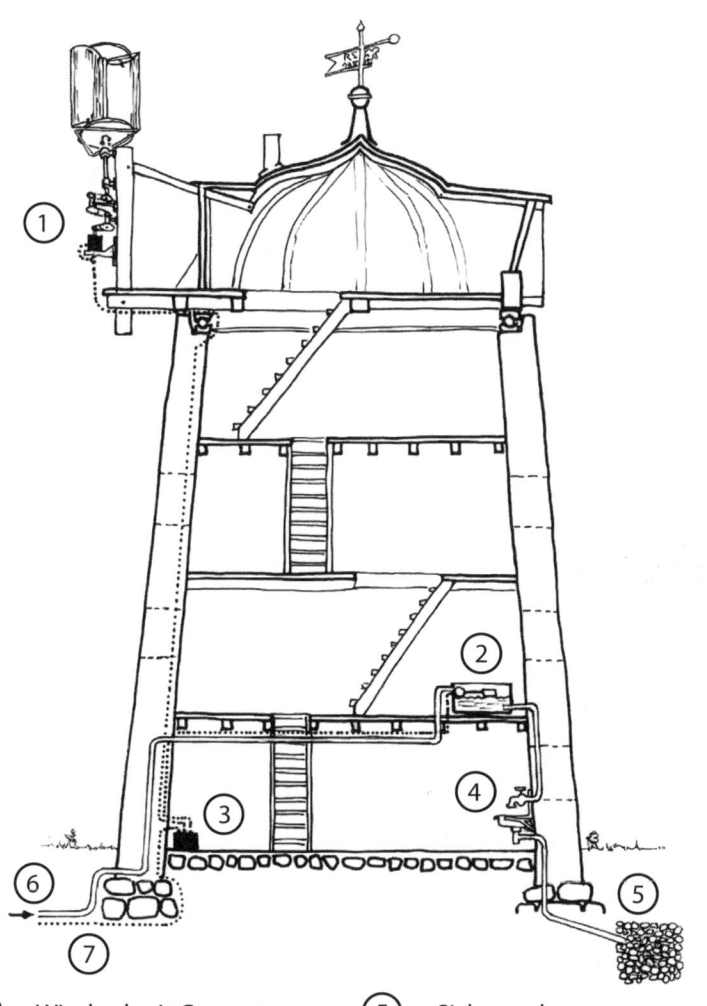

①	Windrad mit Generator	⑤	Sickergrube
②	Vorratsgefäß mit Schwimmerschalter	⑥	Wasserleitung von der Brunnenpumpe
③	Bleiakku	⑦	Elektroleitung zur Pumpe
④	Zapfstelle		

Das Prinzip von „Wasser aus der Wand" in der Windmühle

8.1

Mundus vult decipi –

Mythen und Fakten zum Trinkwasser

◇◇◇◇◇

Es war wohl im Jahre 2010, als wir anlässlich einer Geburtstagsfeier neben einem Mann mittleren Alters saßen, der bei der Begrüßung Mathematiker als Beruf genannt hatte. Bei Mathematikern vermute ich grundsätzlich einen besonders scharfen analytischen Verstand, und so hörte ich aufmerksam zu, als er ausführlich die Wirkungen schilderte, die eine seit mehreren Monaten in seinem Haus installierte Wasseraufbereitungsanlage hatte: Der Geschmack des Trinkwassers habe sich dramatisch verbessert, eine mit diesem Wasser zubereitete Limonade sei unvergleichlich leckerer als früher, einem Wannenbad mit dem vitalisierten Wasser entsteige man erfrischt und munter, wo man doch früher eher müde geworden sei, die Bekömmlichkeit des selbst gekochten Essens habe sich merklich verbessert und nicht nur das, auch auf Pflanzen entfalte dieses erstaunliche Nass seine segensreiche Wirkung; seit die Blumentöpfe im Haus mit dem neuen Wasser gegossen würden, gediehen die Pflanzen besser. Und dies alles für Installationskosten von nur 1.400 Euro! Tief beeindruckt erkundigte ich mich nach dem Wirkprinzip der Aufbereitungsanlage. Was ich erfuhr, war noch erstaunlicher als das bereits Vernommene. Die Anlage bestünde aus einem doppelwandigen Kupferzylinder, welcher unmittelbar hinter der Wasseruhr die Hauswasserleitung umschließe. In dem Zylinder befände sich bereits vitalisiertes Gletscherwasser aus den peruanischen Anden, welches seine Informationen auf das durchfließende Leitungswasser übertrage und es damit vitalisiere. Irritiert stellte ich die Frage, ob durch die ständige Abgabe von Informationen das peruanische Wasser nicht mit der Zeit seine Wirkung verliere. Lächelnd fragte mein Gegenüber, ob ich denn nicht wüsste, dass man auf dem Computer eine Datei beliebig oft kopieren könne, ohne dass sie dabei verschleiße. Ich wehrte mich mit dem Argument, dass die neuen Wirkungen des Hauswassers ja nicht ohne eine Veränderung seiner Struktur oder physikalischen Eigenschaften denkbar seien, wozu in jedem Falle Energie aufgewendet werden müsse. Die Klärung dieser Frage obliege der Physik, meinte mein Gesprächspartner, und die habe offensichtlich noch Nachholbedarf bei der Erforschung der Natur des Wassers. Die Fortsetzung der Diskussion auf der Wasserebene hatte erkennbar keinen Sinn, und so machte ich nur noch den Vorschlag, das wundersame Gerät doch einmal in die Zapfhähne einer Biertheke einzubauen, um mit der daraus resultierenden dramatischen Verbesserung des Biergeschmacks viel Geld zu verdienen. Der mathematisch gebildete Geburtstagsgast wandte sich daraufhin von mir ab.

Der von ihm benutzte Begriff „vitalisiert" ist nur eine der Bezeichnungen für Wässer, denen nach physikalisch fragwürdigen Einwirkungen wundersame Eigenschaften zugeschrieben werden. Gebräuchlich sind auch die Begriffe informiertes, belebtes, levitiertes, strukturiertes, magnetisiertes oder Granderwasser. Der Vermarktung dieser Wässer wird oft die Behauptung zugrunde gelegt, normales Leitungswasser leide – unter hohem Druck in den Leitungen zusammengepresst – unter „Bewegungsmangel" und bilde dabei Clusterstrukturen, die dann seiner Aufnahme durch menschliche Körperzellen im Wege stünden. Solche Strukturen konnten von der exakten Wissenschaft noch niemals nachgewiesen werden. Davon unbeeindruckt schicken die Hersteller von levitiertem Wasser die Flüssigkeit mit hohem Druck durch spiralförmige Schläuche, um die „Clusterstrukturen aufzubrechen", wobei auch „die im Wasser gespeicherten Informationen von Schadstoffen befreit werden". Dann wird das Produkt zu Preisen zwischen fünfzig Cent und einem Euro pro Liter mit der Behauptung verkauft, dass durch seinen Genuss sich bei den Trinkern innerhalb kurzer Zeit ein verbessertes Blutbild einstelle sowie Cholesterin- und Harnstoffwerte zurückgingen. Außerdem werde der Stoffwechsel durch das Wunderwasser positiv beeinflusst und der Körper besser entschlackt. Noch umfangreicher sind die Heilsversprechen für magnetisiertes Wasser, welches einfach an einem Magnetstab vorbeiströmte. Dieses Granderwasser ist nach seinem österreichischen Erfinder Johann Grander benannt und kann angeblich seine Belebung mühelos von einem bereits belebten Glas Wasser auf ein daneben stehendes Glas übertragen – mit 33 positiven Eigenschaften, die im Internet aufgezählt werden.

Inzwischen hat es zumindest im deutschsprachigen Raum zahlreiche Gerichtsurteile wegen des Tatbestands der irreführenden Werbung für das Potpourri der Wunderwässer gegeben. Nach Wikipedia darf in der Schweiz seit 1999 nicht mehr mit einer therapeutischen Wirkung des Wassers geworben werden und in Österreich ist es nach einem Gerichtsurteil aus dem Jahre 2006 erlaubt, Granderwasser als *„aus dem Esoterik-Milieu stammenden parawissenschaftlichen Unfug"* zu bezeichnen, *„dessen kommerzielle Nutzung an Betrug grenzt"*. Wirkung zeigt diese Rechtsprechung kaum. Das Netz ist voll von Werbebotschaften, wie sie in der (für einen Physiker schwer zu ertragenden) Formulierung gipfeln: *„Es funktioniert doch: Belebtes Wasser, aufgeladen mit hochreiner Information, wertvollen Schwingungen und kosmischen Quanten wirkt also doch"*. Und die Menge der zahlenden Kunden dürfte in die Hunderttausende gehen. Man fühlt sich an das lateinische Sprichwort

Mundus vult decipi, ergo decipiatur – Die Welt will betrogen werden, also werde sie betrogen

erinnert. Es geht zurück auf den alten römischen Rechtssatz „*Qui vult decipi, decipiatur – Wer betrogen werden will, mag (ruhig) betrogen werden*". Dabei stehen die Zauberwässer nicht allein, sondern in einer (unvollständigen) Reihe mit Erdstrahlen, Benkergittern, heilsamen Halbedelsteinen, Bach-Blütentherapie, Diätmixturen für utopische Gewichtsverluste und Finanzprodukten mit Renditen jenseits der Traumgrenze. Zur Zeit Luthers glaubten die Menschen den Versprechungen des Ablasshändlers Tetzel, dass man sich selbst und auch seine bereits verstorbenen Verwandten von den Qualen des Fegefeuers freikaufen könne. Wir sollten nicht hochmütig auf ihre Leichtgläubigkeit herabschauen, denn es scheint so, als sei die Bereitschaft der Menschen, sich betrügen zu lassen, seit damals zumindest nicht geringer geworden.

Zu unserem wichtigsten Lebensmittel Trinkwasser lassen sich aber auch noch ein paar seriöse Fragen stellen, deren richtige Antwort nicht unbedingt Allgemeingut ist.

Sollte man möglichst viel trinken?

Die Antwort ist ein klares „nein". Die Deutsche Gesellschaft für Ernährung e.V. gibt als Richtwert für die tägliche Trinkmenge 1,5 Liter an, wobei 1,0 Liter nicht unterschritten werden sollen. Der eigentlich höhere Bedarf wird durch andere Komponenten unserer Nahrung gedeckt. Bei intensiver sportlicher Tätigkeit oder großer

Hitze muss deutlich mehr getrunken werden. Dabei ist der Durst im Allgemeinen ein ausreichender Indikator für den Flüssigkeitsbedarf; die These, dass es *„schon zu spät für das Trinken sei, wenn man Durst verspürt"*, wurde hochwahrscheinlich von den Werbeabteilungen der Getränkeindustrie kreiert.

Kann man sich mit Wasser vergiften?

Unter Umständen: ja. Wenn man beispielsweise bei einem Langstreckenlauf extrem hohen Flüssigkeitsbedarf hat und diesen nur mit reinem Wasser stillt, werden durch das Schwitzen die Elektrolyte im Gefäßsystem ausgeschwemmt. Das physikalische Phänomen der Osmose bewirkt dann eine starke Flüssigkeitsaufnahme der benachbarten Körperzellen, die den Konzentrationsunterschied ausgleichen wollen. Dadurch kann es zu lebensgefährlichen Schwellungen im Kopf (Gehirnödem) kommen.

Wie lange überlebt der Mensch ohne Wasser?

Wasser ist der wichtigste Bestandteil unseres Körpers. Während der Körper eines Neugeborenen einen Wasseranteil von 75 % hat, sind es beim Erwachsenen etwa 65 % und bei älteren Menschen nur noch ca. 50 %. Während über diese Werte Einigkeit besteht, fallen die Antworten auf die obige Frage je nach Informationsquelle recht unterschiedlich aus. Meist werden für einen gesunden

Menschen drei oder vier Tage genannt, bis der Tod durch Kreislaufzusammenbruch oder Nierenversagen eintritt. Aber auch bis zu sieben Tagen oder im Extremfall zwölf Tagen scheint ein Überleben möglich zu sein.

Ist Mineralwasser besser als Leitungswasser?

Nach einer Untersuchung der Stiftung Warentest aus dem Jahre 2017 an dreißig unterschiedlichen Mineralwässern muss man diese Frage wohl verneinen. Leitungswasser ist in Deutschland das am strengsten kontrollierte Lebensmittel; seine Grenzwerte für Verunreinigungen sind deutlich niedriger als beim Mineralwasser. Dementsprechend fanden die Kontrolleure bei vielen Mineralwässern auch höhere Verunreinigungen als beim Leitungswasser. Sogar beim Mineralgehalt übertraf das Wasser aus der Leitung etliche Mineralwässer. Wässer in Kunststoffflaschen schmecken oft nach Acetaldehyd, das bei der Herstellung von Kunststoff entsteht und von den Flaschen ins Wasser übergehen kann. Der Preis der billigsten Mineralwässer ist immer noch hundert Mal höher als der des Leitungswassers. Und ihre Öko-Bilanz ist durch Transport, Reinigung, Abfüllung und Entsorgung der Flaschen geradezu vernichtend: um den Faktor 600 erhöht gegenüber Leitungswasser bei einheimischen Mineralwässern und mehr als 1.000 bei Importen. Übrigens: Wer auf Kohlensäure in seinem Getränk nicht verzichten will, kann sie ganz leicht und billig mit einem Heimsprudler hineinzaubern.

Lohnt es sich, Wasser zu sparen?

Paradoxerweise kann Wasser sparen sogar Wasser teurer machen. In den letzten Jahrzehnten ist in Deutschland sowohl der private als auch der gewerbliche Wasserverbrauch kontinuierlich zurückgegangen – mit unerwünschten Folgen. In manchen Regionen passt das Leitungsnetz nicht mehr zum Verbrauch. Das Trinkwasser steht zu lange in den Leitungen; es können sich Keime bilden. Das Abwasser reicht nicht mehr aus, um die Kanalisation durchzuspülen. Die Wasserwerke sind gezwungen, Leitungen und Kanäle mit zusätzlichem Trinkwasser zu spülen. Jede Wassereinsparung ihrer Kunden verstärkt diese beiden Notmaßnahmen. Schon längst holen sich die Versorger den Löwenanteil ihrer Kosten über die Grundgebühr von den Verbrauchern zurück. Wenn deren mittlerer Verbrauch sinkt, wird diese Preiskomponente erhöht. Wasser zu sparen lohnt sich nicht mehr – es sei denn, es handelt sich um Warmwasser aus dem Boiler.

9. Geschichte (1978/79)

Unheimliche Begegnungen

◇◇◇◇◇

Wir hatten auf der Windmühle recht häufig Besuch. Und manchmal wurde dann die Frage gestellt: „Habt ihr denn keine Angst, hier zu wohnen – ganz allein, mitten auf dem Acker?" Eva gab dann zwar gelegentlich zu, dass sie sich schon einmal nach dem Anschauen eines Dracula-Films auf dem kleinen russischen Schwarz-Weiß-Fernseher ein dringendes Bedürfnis bis zum Morgen verkniffen hatte, weil sie einfach nicht die Mühlentür öffnen wollte, um in die stockfinstere Nacht zu etwaigen Vampiren hinauszutreten, aber eigentlich hatten wir keine Angst. Wie in fast allen totalitären Regimen war die Kriminalität in der DDR vergleichsweise gering. Ihre Bürger lebten in einem engmaschigen staatlichen Netz der inneren Sicherheit, das beim obligatorischen Hausbuch begann und sich über den Abschnittsbevollmächtigten der Volkspolizei bis zur Überwachung durch polizeiliche Hilfskräfte und die Inoffiziellen Mitarbeiter des Ministeriums für Staatssicherheit fortsetzte. Übrigens lohnten sich in diesem Staat Diebstähle und Raubüberfälle kaum, weil man mit dem dabei erbeuteten Geld nur wenig anfangen konnte. Wir waren auch keinesfalls auf den einsamen Acker gezogen, um hier märchenhaft in einem Spukschloss das Fürchten zu lernen. Und doch gab es gegen Ende der siebziger Jahre in der Windmühle zwei Situationen, die mich durchaus das Gruseln lehrten.

Die erste ereignete sich an einem stürmischen November-abend des Jahres 1978. Eva schlief schon in der zweiten Etage und ich sägte noch im Erdgeschoss ein paar Bretter mit dem Fuchsschwanz auf Gehrung. Weil mir ziemlich heiß war, schaute ich auf das Raumthermometer: sechsundzwanzig Grad! Beim Anheizen des Umluftofens hatte ich des Guten zu viel getan. Weil das Öffnen der kleinen Fenster nicht rasch genug Kühlung versprach, machte ich die Tür auf und arbeitete weiter. Draußen leuchtete manchmal der Vollmond auf, und man konnte dann deutlich das wilde Gebüsch erkennen, das wenige Meter vor dem Ausgang begann. Wenn die vom Sturm gejagten Wolken den Mond verdeckten, wurde es wieder dunkel. Es mochten zehn Minuten vergangen sein, als ich das Gefühl hatte, irgendetwas sei anders. Ich schaute auf die offene Tür und erblickte darin einen Soldaten der Roten Armee, bewaffnet mit einer Kalaschnikow vor der Brust. Mir war blitzartig klar, dass es sich nur um einen Deserteur handeln konnte, der sich bis zur Westgrenze durchschlagen wollte und auf seinem Weg dorthin zu allem fähig war. Soldaten, die mit der Waffe desertierten, wurden von der Sowjetarmee gnadenlos gejagt und auf ihrer Flucht üblicherweise erschossen. Ein paar Monate zuvor waren wir mit unserem Auto auf einer der zahlreichen Straßen unterwegs gewesen, welche die Bauabteilungen der LPGs als schmale betonierte Verkehrswege für die Landwirtschaft angelegt hatten. Plötzlich fuhren wir vor den Mündungen von Maschinenpistolen entlang, hinter denen in Abständen von zwanzig Metern im Anschlag jeweils ein Soldat in der braunen Uniform der Roten Armee lag. Auf der anderen Seite der Betonstraße befand sich in einiger Entfernung ein Wäldchen mit einem kleinen Bunker aus dem Zweiten Weltkrieg. Dem Vernehmen nach hat darin wenig später ein Fahnenflüchtiger den Tod gefunden.

Diese Bilder vor Augen, sprang ich mit einem Satz über drei oder vier Melkschemel, welche den in der Mitte des Raumes als Tisch dienenden Mühlstein umstanden, ergriff die Kante der massiven Holztür mit beiden Händen und schleuderte sie mit aller Kraft gegen den Rotarmisten. Der trat überrascht einen Schritt zurück, und das reichte, um die Tür ins Schloss fallen zu lassen. Die innen angebrachten grobschlächtigen Riegel schlug ich mit der rechten Hand zu – am nächsten Tag brauchte ich ein Beil, um sie wieder zu öffnen. Danach stürzte ich zu der Propangasflasche, von der die Gaslampe im Erdgeschoss gespeist wurde und drehte das Ventil zu. Mit zitternden Händen löschte ich noch zwei Petroleumlampen, dann war es im Raum so dunkel, dass der Deserteur mich zumindest nicht gezielt durch eines der beiden vergitterten Fenster erschießen konnte. Was nun? Ich schlich leise die

Stiege zum nächsten Geschoss hoch und sah aus dem östlichen der vier ebenfalls vergitterten Fenster. Der Mond wurde gerade wieder von den Wolken freigegeben und beleuchtete auf der winzigen Wiese vor dem Eingang jetzt plötzlich zwei bewaffnete Sowjetsoldaten. Sie konnten nicht hinein und ich zumindest vorerst nicht hinaus. Mir fiel der Slogan ein, dass Verhandeln besser sei als schießen und fand ihn in meiner Situation, in der die Möglichkeiten des Schießens ja recht ungleich verteilt waren, ziemlich weise. Also stellte ich mich außerhalb des Schusswinkels neben das Fenster, öffnete ganz vorsichtig dessen Flügel und fragte die beiden Uniformierten, was sie denn wollten. Die Antwort war einigermaßen entwaffnend: Sie seien auf einem Manöver und hätten Durst, ob sie nicht ein Glas Wasser bekommen könnten? Ein Glas Wasser ist ein Wunsch, den man einem Menschen nur schlecht abschlagen kann. Außerdem war ich – wie alle Hochschulmitarbeiter – Mitglied der Gesellschaft für Deutsch-Sowjetische Freundschaft, was eine Ablehnung der geäußerten Bitte noch zusätzlich erschwerte. Andererseits wollte ich die Mühlentür, die ich mit so erheblichem körperlichem Einsatz geschlossen hatte, auf keinen Fall wieder öffnen. Aus diesem Dilemma fand ich einen Ausweg. Ich band zwei Flaschen Mineralwasser an einen Strick und ließ sie in Rapunzelmanier aus dem Fenster herab. Die beiden Bewaffneten bedankten sich artig, tranken die Flaschen aus und verschwanden. Und ich stieg eine Treppe nach oben, um Eva zu erzählen, welche Begebenheit sie einfach verschlafen hatte.

Schon vor diesem Ereignis hatten militärische Aktivitäten die Windmühle tangiert. Wir erwachten eines Morgens von heftigem Gewehrfeuer aus automatischen Waffen. Der Blick aus dem Fenster der zweiten Etage zeigte mehrere Mitglieder der Kampfgruppen der Arbeiterklasse in ihren grauen Uniformen, die sich um die Mühle verteilt hatten und bäuchlings im Gras liegend ein heftiges Dauerfeuer mit Platzpatronen aus ihren Kalaschnikows veranstalteten. Als der Lärm etwas abebbte, konnte ich nach dem Sinn ihrer Aktivitäten fragen und erfuhr, ihr Kampfauftrag laute, die Windmühle gegen den Klassenfeind zu verteidigen. Ich war unsicher, ob wir uns für so viel Opferbereitschaft zu unseren Gunsten bedanken sollten und sagte dann nur, dass wir uns unter ihrem Schutz sehr sicher fühlten. Gruselig war diese Episode jedoch nicht – ganz im Gegensatz zu einem Geschehnis, das sich an einem Abend im August des Jahres 1979 zutrug.

An jenem Tag hatten wir ein Gerüst von der Windmühle abgebaut, von dem aus Reparaturarbeiten am Dach und an der Fassade ausgeführt worden waren. Ihre Steinsichtigkeit war nur altersbedingt; der Zahn der Zeit hatte den ursprünglich vorhandenen Putz längst abgenagt und die Fugen ausgewittert. Nach Abendessen und Sonnenuntergang saßen wir müde, aber zufrieden am Tisch in der zweiten Etage. Die Falltür zum nächsten, fensterlosen Geschoss war geschlossen. Plötzlich versteinerten wir. Auf der Stiege in der Etage über uns waren Schritte zu hören. Tap, tap, tap nach unten – eine Weile Pause, dann wieder: tap, tap, tap, tap nach oben. Mir fiel ein, dass wir die eingerüstete Windmühle am Tag für ein paar Stunden mit geöffnetem Dach alleine gelassen hatten. In dieser Zeit war jemand eingedrungen und hatte sich in der unterteilten fensterlosen Etage versteckt! Ich stieg die Treppe hoch, hämmerte mit der Faust gegen die geschlossene Falltür und rief: „Kommen Sie sofort raus!" Tap, tap, tap, ein paar Schritte nach unten, dann wieder völlige Stille. Auch auf wiederholte Aufforderungen reagierte der Eindringling nicht mehr. „Ich muss jetzt die Klappe aufmachen", sagte ich zu Eva. Sie beschwor mich, das nicht zu tun; die Gefahr angegriffen zu werden, sei zu groß. Ich entsann mich des Beils und der Taschenlampe, die sich im Erdgeschoss befanden und holte beides. Nach dieser Aufrüstung begab ich mich wieder unter die Klappe, schlug mit dem Stiel des Beils dagegen und rief mit veränderter Stimme: „Kommen Sie raus, hier ist die bewaffnete Volkspolizei!" Der Respekt des Einbrechers vor den bewaffneten Organen der Staatsmacht schien nicht allzu groß zu sein, denn es geschah nichts. Nun musste ich handeln. Ich erinnerte mich, irgendwo gelesen zu haben, dass man im Kampf nie mit der Schneide eines Beiles zuschlagen soll, sondern immer mit dessen Rückseite. Den Grund für den wertvollen Ratschlag hatte ich zwar vergessen, drehte nun aber das Beil mit der Schneide nach hinten, schaltete die Lampe ein, drückte mit dem linken Arm die Klappe auf, leuchtete hinein und hob die Waffe drohend zum Schlag. Mein Herz schlug bis zum Hals. Und dann saß vor mir auf der dritten Treppenstufe der Feind, der mich mit großen Augen ruhig ansah: eine stattliche, wunderschöne Schleiereule. Beim Umherirren in der Mühlenkuppel war sie auf der Stiege nach oben und unten gehüpft und hatte damit menschliche Schritte vorgetäuscht. Als ich mit erhobenem Beil vor ihr stand, fiel mir wieder ein, weshalb man beim Zuschlagen nicht die Schneide benutzen soll: Sie lässt sich nicht schnell genug aus dem Kopf des Gegners herausziehen, um die nächsten Feinde zu bekämpfen. Angesichts der Gelassenheit des großen Vogels stieg ein Gefühl in mir auf, das wohl Scham gewesen sein muss.

9.1

Desertion sowjetischer Soldaten in der DDR

◇◇◇◇◇

Zuverlässige Informationen zur genauen Zahl fahnen-flüchtiger Soldaten der Roten Armee in der DDR gibt es nicht. Nach einem Dossier des MDR („Flucht vor der Roten Fahne I", mdr.de) sollen jährlich 400 bis 500 Armee-angehörige einen Fluchtversuch in den Westen gewagt haben. Dem Autor erscheint eine solche Größenordnung durchaus glaubhaft, war er doch in seinem zivilen Leben drei Mal mit den teilweise gespenstisch anmutenden Treibjagd-Szenen auf einen Menschen konfrontiert. In einem Internet-Forum tauschen ehemalige Angehörige der DDR-Grenztruppen und der Polizei ihre Erfahrungen zu diesem Thema aus; Berichte über einen geglückten Grenzübertritt sucht man darin vergebens. Warum ent-schlossen sich so viele Rotarmisten zu dem eigentlich aussichtslosen Unterfangen?

Zur „Gruppe der sowjetischen Streitkräfte in Deutschland" gehörten in der DDR zeitlich schwankend zwischen 350.000 und 500.000 Soldaten und Offiziere – vermutlich die größte Streitmacht, die sich je über einen derartig langen Zeitraum in einem fremden Land aufhielt. Der Wehrdienst darin dauerte anfangs drei, ab 1968 immer noch zwei Jahre. Die Verhältnisse in der geschlossenen und russisch dominierten Institution „Rote Armee" kann man sich wohl als Gegenentwurf zum (in der Welt einzigartigen) System der inneren Führung der Bundeswehr vorstellen, das die Wehrdienstleistenden als Bürger in Uniform mit Pflichten und Rechten betrachtet und ihnen sogar in letzter Instanz einen Gewissensentscheid über die Ausführung von Befehlen zugesteht. Die aus allen Teilen des Vielvölkerstaates Sowjetunion stammenden Soldaten wurden dagegen als rechtlose Untergebene ihrer Kommandeure verstanden. Vor allem junge Rekruten hatten sowohl unter den Schikanen der Vorgesetzten als auch unter systematischer Brutalität der älteren Soldaten zu leiden. In der russischen Sprache gibt es dafür den Begriff der „Dedowschtschina", der „Herrschaft der Großväter". Zu der oft unmenschlichen Behandlung kamen ein minimaler Sold sowie schlechte Verpflegung und mangelhafte medizinische Betreuung. Und Mannschaftsräume mit einer Belegung von mehr als hundert Männern waren keine Seltenheit. Viele Soldaten überlebten ihren Wehrdienst nicht. Rückblickende Schätzungen gehen von bis zu 4.000 Armeeangehörigen aus, die jährlich durch Unfälle, exzessive Gewalt und Suizide ums Leben kamen, doch dürfte diese Zahl sehr unsicher sein. Jedenfalls sind die Versuche eines Ausbruchs aus der kasernierten Willkür wohl immer Akte der Verzweiflung gewesen. In dieser Verzweiflung waren die Deserteure auch unberechenbar und gefährlich. Über Fluchtversuche wurden auf deutscher Seite die bewaffneten Organe Nationale Volksarmee, Volkspolizei und natürlich die Staatssicherheit informiert; eine Berichterstattung in den Medien gab es nicht. Damit blieben auch die Opfer der sowjetisch-deutschen Menschenjagd namenlos, wie ein Soldat, der 1985 mit einem gestohlenen Taxi floh. In Jena geriet er in eine Straßensperre und starb, durchlöchert von 80 Kugeln aus automatischen Waffen. Nur verschwindend wenige Fälle erlangten öffentliche Aufmerksamkeit. Dazu gehört der 19-jährige Sowjetsoldat Mindijan Aubakirow, der sich am 16. Juni 1978 mit seiner Kalaschnikow und einem gestohlenen Kleinbus vom Typ „Barkas" bis in das Zentrum von (Ost-) Berlin durchschlug. An der Kreuzung Friedrichstraße/Unter den Linden lieferte er sich einen Schusswechsel mit Volkspolizisten, bei dem es mehrere Verletzte gab, darunter auch ein Mitarbeiter der Ständigen Vertretung der Bundesrepublik, der einfach zur Unzeit am falschen Ort war. Aubakirow schoss sich, als er die Aussichtslosigkeit seines Fluchtversuchs erkannte, in die Brust. Er soll dabei überlebt haben, doch über sein weiteres Schicksal ist nichts bekannt. In der Namensliste, die am Berliner Mauermuseum die Opfer der deutschen Teilung benennt, steht bei Mindijan Aubakirow: erschossen am 18. Juni 1978.

10. Geschichte (1975 – 1990)

Der schwierige Nachbar LPG

◇◇◇◇◇

Die landwirtschaftliche Produktionsgenossenschaft Typ III „Zur Warte" war erst im „Sozialistischen Frühling auf dem Lande" des Jahres 1960 gegründet worden. Damit gehörten die in ihr zusammengeschlossenen Genossenschaftsbauern zu den letzten 400.000 Landwirten der DDR, die man im Rahmen der Frühlingsaktion zwangskollektiviert hatte. Wir waren auf der Windmühle ringsum von ihren nunmehr gemeinsam bewirtschafteten Ackerflächen umgeben und hatten von dort Aussicht auf ihren täglichen Kampf um große Ernteerfolge. Dafür mussten wir auch gelegentlich die Kollateralschäden der Ernteschlachten erdulden. Manches an der Ausübung ihrer Landwirtschaft erschien uns merkwürdig, und wir konnten uns nicht immer des Eindrucks erwehren, es fehle ein wenig am entschiedenen Willen dieser Genossenschaftsbauern, im Bündnis mit der Arbeiterklasse dem an sich überlegenen System des Sozialismus zum raschen Sieg im ersten Staat der Arbeiter und Bauern auf deutschem Boden zu verhelfen. Vielleicht war ja der verspätete Eintritt in den kollektiven Besitz ländlicher Produktionsmittel schuld am verbesserungswürdigen Stand ihres sozialistischen Bewusstseins. Denn nach der Theorie von Karl Marx wird das Bewusstsein der Menschen von ihrem gesellschaftlichen Sein bestimmt. Doch der Unterschied zwischen Theorie und Praxis war nach damaligem Volkswitz vor allem der Unterschied zwischen Marx und Murks. Und dieser Unterschied prägte auch die nachstehend beschriebenen kleinen Episoden.

In der Regel pflügt man im Herbst. Doch die LPG „Zur Warte" agierte weitgehend befreit vom Zwang solcher aus der Ausbeutergesellschaft überkommenen Regeln. Den von uns zu überblickenden Ackerflächen wurde – nach unserem Empfinden – viel zu oft ein ruhiger Herbst und ungestörter Winter gewährt. Erst wenn der Boden dann nach längerem Tauwetter zweifelsfrei grundlos war, kamen die Traktoristen der Produktionsgenossenschaft, um auf ihm die Leistungsgrenzen sowjetischer Traktorentechnik vom Typ Belarus mit einem Dreischarpflug wieder neu zu testen. Es lohnte sich, zuzuschauen, denn der Ausgang war völlig ungewiss. Und wenn der Belarus steckenblieb, bedeutete das durchaus nicht das Ende der Frühjahrsbestellung. In diesem Fall stieg der Traktorist aus, stiefelte unspezifisch fluchend über den Acker und verschwand auf der Straße. Nach einem mehr oder weniger langen Zeitintervall erschien er als Mitfahrer auf einem zweiten Belarus, der dann mit einer sehr starken Kette vor den ersten gespannt wurde. Vor den vereinten Kräften der beiden Belarussen musste der deutsche Boden kapitulieren.

Uns war bei solchen kollektivwirtschaftlichen Husaren-
ritten nicht ganz wohl, wir fürchteten um den Bestand
unseres noch ungenügend befestigten Feldweges. Die Be-
rechtigung dieser Sorge zeigte sich an einem Freitagnach-
mittag im März, als ich mit dem Auto von der Straße in
den zur Windmühle führenden Feldweg einbiegen wollte.
Dort gähnten uns zwei tiefe Fahrspuren an, deren Benutzung vom Moskwitsch mindestens das Dreifache seiner
Bodenfreiheit verlangt hätte. Und im Kofferraum lag wieder einmal eine frisch gefüllte 10 kg-Propangasflasche. Ich
machte kehrt und fuhr zum LPG-Büro, wo ich erfuhr, dass
die LPG-Vorsitzende sich auf einer Feier im Kulturhaus
befände. Mit der Propangasflasche auf der Schulter betrat
ich den Saal, in dem eine größere Anzahl von Gästen saß,
unter denen ich auch die Vorsitzende vermutete. Die Büh-
ne war leer; ich enterte sie sogleich mit meiner Flasche.
Von dort hielt ich eine – nach meinem Empfinden – sehr
eindrucksvolle Ansprache des Inhalts, dass es nicht an-
ginge, die einzige Zufahrt zum Objekt auf der Lücke 175
unbenutzbar zu machen, dass die mitgeführte Propangasflasche unbedingt nach oben müsse und ich jetzt gezwungen sei, jemand aus dem Kreis der anwesenden Genossenschaftsbauern zu bitten, selbige mit einem Traktor
auf die Windmühle zu bringen. Danach empfand ich als
ein durch den Hochschulfasching beifallsverwöhnter
Büttenredner eine gewisse Enttäuschung, weil niemand
applaudierte. Es erhob sich stattdessen die Vorsitzende
und erklärte, man könne mir jetzt nicht helfen, weil die Versammlung noch andauere, vielleicht später … abgeblitzt.

Im Schultertransport von Propangasflaschen war ich geübt, doch als ich in den folgenden Tagen die Fahrspuren mühsam wieder auffüllte, waren meine Sympathiewerte für landwirtschaftliche Produktionsgenossenschaften auf ein absolutes Minimum gesunken.

Zu den Merkwürdigkeiten der kollektiven Landwirtschaft gehörte einmal auch der Umgang mit einer östlich von uns gelegenen, ungefähr anderthalb Hektar großen Ackerfläche, die ausnahmsweise gleich nach der Ernte bearbeitet worden war. Im Frühjahr begannen auf der Fläche Unkräuter zu sprießen, die prächtig gediehen, weil niemand sie am Wachsen hinderte. Es kam der Sommer, und noch immer zeigte sich auf dem Acker keine einzige Nutzpflanze. Experimentierte die LPG hier mit dem mittelalterlichen System der Dreifelderwirtschaft? Das konnte eigentlich nicht sein, denn für den Sieg des Sozialismus wurde jeder Quadratmeter des Bodens dringend gebraucht. Erst im Herbst hatten wir Gelegenheit, nach dem Grund für die Kultivierung der Unkräuter zu fragen und erhielten zur Antwort: „Das darf man wirklich niemand erzählen, wir haben einfach vergessen, da was einzudrillen."

Am 22. Juli 1978 wollten wir standesamtlich heiraten. Eva hatte mich mit dem Argument überzeugt, dass sie als verheiratete Frau monatlich einen bezahlten Haushaltstag bekäme. In der DDR stand ein solcher Haushaltstag verheirateten vollbeschäftigten Frauen seit 1952 zu; ab 1965 wurde die gerne angenommene Unterstützung auch unverheirateten Frauen mit Kindern unter 18 Jahren gewährt; ab 1977 hatten dann unverheiratete kinderlose Frauen ab 40 und Männer mit besonderen familiären Verpflichtungen ebenfalls ein Anrecht darauf. Der Rechtsstaat Bundesrepublik ging anders mit diesem Thema um: 1979 wurde der Haushaltstag vom Bundesverfassungsgericht wegen der damit verbundenen Ungleichbehandlung beider Geschlechter für verfassungswidrig erklärt.

Das Standesamt hatten wir kurzerhand in die Wohnetage der Windmühle verlegt. Der auch für Standesangelegenheiten in Hopfgarten zuständige Bürgermeister von Ottstedt kam bereitwillig mit seiner Sekretärin zu uns. Er hielt eine Rede, die bemerkenswert frei von sozialistischen Phrasen war, dann stellte die Sekretärin einen batteriebetriebenen Kassettenrecorder an, und wir wechselten bei feierlicher Musik die Ringe. Als die DDR zwei Jahre später den Ankaufpreis für ein Gramm Gold auf 250 Mark hochschraubte, konnten wir übrigens der Versuchung nicht widerstehen und haben sie verkauft. Nach der staatlichen Trauung hatten wir etwas Zeit für letzte Vorbereitungen der Feier, die am Nachmittag auf der romantischen Wiese zwischen Holunderbüschen stattfinden sollte. Das Wetter war sehr schön, die Sonne schien von wolkenlosem Himmel, und es wehte ein leichter Westwind. Doch als ich durch ein Mühlenfenster auf das Außenthermometer schaute, erstarrte ich vor Schreck: Einige hundert Meter westlich von uns hatte auf dem abgeernteten Feld gerade ein großes Güllefahrzeug der LPG „Zur Warte" seine

Schleusen geöffnet, um zehntausend Liter erbärmlich stinkender Gülle auf dem Acker zu verteilen. Wenn ich das nicht verhindern konnte, platzte unsere Hochzeitsfeier! „Eva, gib mir sofort einen Zwanzigmarkschein!" schrie ich. „Warum denn das?" fragte sie, „Und warum schreist du mich sofort nach der Trauung schon derartig an?" Ich musste kostbare Sekunden mit der Erklärung des Sachverhalts vergeuden, aber bei der frühzeitig erfolgten Gewaltenteilung war ihr nun einmal die Verantwortung für unsere sehr überschaubaren Barmittel zugefallen. Dann rannte ich endlich mit dem Schein in der Hand wild gestikulierend über das Feld. Als ich das Fahrzeug erreicht hatte, konnte ich vor Atemnot kaum mein Anliegen vorbringen, doch angesichts des Geldes war dem Genossenschaftsbauern der Grund für meine Ablehnung der Gülle ziemlich egal. Mit den Worten „Unsere Kolchose hat ja noch andere Äcker", schloss er das Ventil und fuhr irgenwo hin. Die Feier war gerettet. Und ich merkte, dass ich in einem dramatischen Moment schon wieder einmal nur Hausschuhe an den Füßen trug.

Ich glaube, es war das Jahr 1980, in dem der Vorstand der LPG eine Idee hatte, deren Verwirklichung für uns zwar mit einem kleinen Nachteil verbunden war, für die Genossenschaft sich aber zu einem echten Trauerspiel in drei Akten entwickelte. Rund 80 Meter von der Mühle entfernt stand eine alte, vom Zahn der Zeit schon arg angenagte Scheune, die der letzte Müller noch gebaut hatte. Die Dachdeckung aus ehemals verzinkten Stahlblechen

hielt den Regen nur noch an wenigen Stellen ab, die wir für die Lagerung unserer Braunkohlenbriketts nutzten. Eines Morgens erschienen mehrere Mitarbeiter der personalstarken LPG-eigenen Baubrigade und begannen die Scheune abzureißen. Die noch brauchbaren Konstruktionshölzer sollten für den Neubau einer Bergescheune auf dem uns gegenüberliegenden Hügel verwendet werden. Wir fanden das zwar schade, konnten aber noch nicht einmal den Abtransport der angefaulten Reste verhindern, die wir gern verheizt hätten. Denn auch Bauarbeiter haben Öfen. Übrig blieben nur die verrosteten Dachbleche. Man hatte sich auch nicht die Mühe gemacht, sie zu einem Haufen zusammenzulegen, und so verunzierten sie wild durcheinandergeworfen in der Folgezeit die Stelle, an welcher die Scheune gestanden hatte. Dieser Zustand dauerte bis zu einem schwülheißen Tag im Juni an. Abends zog eine Gewitterfront auf, deren Sturmböen Orkanstärke erreichten. Am nächsten Morgen beschien die Sonne einen Platz, auf dem nur noch drei oder vier Blechtafeln lagen; alle anderen hatte der Sturm über das angrenzende Weizenfeld verteilt, manche hatten dabei Flugstrecken von mehreren hundert Metern zurückgelegt. Wir schichteten die verbliebenen Tafeln aufeinander und freuten uns über die unverhoffte Ordnung.

Die Wochen vergingen, das Getreide wuchs, und von den Tafeln auf dem Feld war nichts mehr zu sehen. Schließlich stand der Weizen goldgelb auf dem Halm und musste geerntet werden. Der Beginn der Ernteschlacht deutete sich durch das Stellen eines Frühstückswagens am Feldrand an. Erst drei Tage später rückte die restliche Armada mit Wasserwagen, Werkstattwagen und drei Mähdreschern an. Ich ging zu ihnen und äußerte meine Überzeugung, dass für die Ernte besondere Vorsichtsmaßnahmen erforderlich seien, weil sich im Getreide viele Blechtafeln befänden. Die Erntekapitäne schauten mich nur ungläubig an, dann begannen die ersten beiden Mähdrescher mit der Arbeit. Nach weniger als einer Minute gab es ein hässliches kreischendes Geräusch, und die erste Maschine blieb stehen, weil ein Blech in ihr Schneidwerk geraten war. Nach ein paar Sekunden ereilte den zweiten Mähdrescher vom Typ „Fortschritt" das gleiche Schicksal. Die Armada rückte wieder ab, und der Weizen durfte mehrere Wochen weiter auf seinem Halm stehen. Endlich, als seine Körner schon massiv ausfielen, erschien die Ernteflotte wieder, um über das Feld zu fahren. Diesmal im Schritttempo, denn vor jedem Mähdrescher ging ein aufmerksamer Genossenschaftsbauer, der die Bleche aus dem Weg räumte.

Den dritten Akt des Dramas erlebten wir im Herbst des gleichen Jahres. Über der mit den geborgenen Hölzern errichteten, von uns aus gut sichtbaren neuen Bergescheune stieg eines Nachmittags plötzlich Rauch auf. Wenig später heulte die Sirene im Dorf, doch die Feuerwehr konnte nichts mehr ausrichten; die Scheune brannte hell lodernd völlig nieder. Über die Brandursache bestand bald Klarheit: Die LPG hatte in der Scheune Grünfutter eingelagert, viel zu hoch und viel zu feucht – das Futter war heiß geworden und hatte sich entzündet. Dass die Leitung der LPG aus diesem sicher recht schmerzlichen Verlust die richtigen Schlussfolgerungen gezogen hätte, ist eher zu bezweifeln, denn dagegen spricht die folgende Episode, die abschließend hier wiedergegeben werden soll.

Ein großer Schlag mit Braugerste, der sich von uns bis an den Rand des Dorfes Utzberg erstreckte, war abgeerntet worden, nur das Stroh lag noch auf dem Feld. Die Genossenschaftsbauern hatten anschließend offenbar Wichtigeres zu tun, denn sie ließen das Stroh wochenlang dort liegen, wo es eine Schlechtwetterperiode tagelang durchfeuchtete. Schließlich wurde es aufgenommen und in einem mannshohen Wall neben dem unbefestigten Feldweg abgelagert, der direkt von uns zur Straße führte und noch immer „Stangenweg" hieß, weil neben ihm

einst die Stangen der Telefonleitung zur Windmühle gestanden hatten. Nach ein paar Tagen kräuselten sich an
den ersten Stellen weiße Dampfwölkchen. Ich schob den
Arm in das Stroh und zog ihn schnell wieder zurück –
innen war es kochend heiß. Diesmal nahm die LPG meine
Warnung ernst: Ein Güllefahrzeug kam und pumpte seinen stinkenden Inhalt auf das Stroh. Als ich den Fahrer
fragte, was das hier werden solle, sagte er: „Das soll Mist
werden. Wir machen dauernd Mist, aber wenn es mal
Mist werden soll, dann wird es keiner!" Ich sah keinen
Grund, ihm zu widersprechen.

10.1

Insel im Meer der Zwangskollektivierung: die LPG Typ I „Zur Linde" in Hopfgarten

◇◇◇◇◇

In den Jahren 1946 bis 1948 wurde in der sowjetischen Besatzungszone Deutschlands die „Demokratische Bodenreform" durchgeführt. Sie bedeutete die Umverteilung von rund 3,3 Millionen Hektar, etwa 30 % der landwirtschaftlichen Nutzfläche. Dabei verloren 7.160 „Großgrundbesitzer" mit Flächen über 100 Hektar nicht nur ihr Land, sondern auch Häuser, Geldvermögen, Mobiliar und sogar Kleidung. Außerdem wurden sie aus ihren Heimatkreisen ausgewiesen. Zusätzlich enteignete man 4.537 Landwirtschaftsbetriebe mit Flächen unter 100 Hektar, deren Eigentümer man – oft willkürlich – als Kriegsverbrecher oder „Naziaktivisten" eingestuft hatte. Auf den enteigneten Flächen installierten die deutschen Machthaber in Abstimmung mit der sowjetischen Führung mehr als 210.000 Neubauernstellen zugunsten von landlosen oder landarmen Bauern und Umsiedlern. Damit war das politische Ziel der Schaffung einer neuen Schicht erfüllt – Kleinbauern, von denen sich die Partei eine besondere Bündnistreue bei der Umsetzung ihrer weiteren Ziele erhoffte.

Das nächste Ziel für die Landwirtschaft wurde auf der II. Parteikonferenz der SED im Juli 1952 beschlossen: Kollektivierung nach sowjetischem Vorbild, bei der sich die Bauern „freiwillig" zu Produktionsgenossenschaften zusammenschließen sollten. Dabei hatten sie immerhin noch die Wahl zwischen drei Typen. In die LPG Typ I wurde nur der Boden eingebracht, in Typ II dazu die Maschinen und in den Typ III war der gesamte Landwirtschaftsbetrieb mit Maschinen, Vieh und Gebäuden einzubringen. Es traten vor allem die Klein- und Neubauern ein, von denen viele weder Maschinen noch einen eigenen Hof besaßen. Damit entstanden Genossenschaften, die wirtschaftlich kaum überlebensfähig waren und vom Staat gestützt werden mussten. Die Partei erhöhte den Druck auf die größeren Betriebe durch Drohungen und Nötigung, stieß aber dabei auf hartnäckigen Widerstand der Bauern, viele setzten sich nach dem Westen ab. Der Volkswitz erfand daraufhin die LPG Typ IV, bei der zwar der Betrieb eingebracht wird, aber ohne Leute. 1958 wurden erst dreißig Prozent der landwirtschaftlichen Nutzfläche kollektiv bewirtschaftet – für die Machthaber höchst unbefriedigend.

Im „Sozialistischen Frühling auf dem Lande" des Jahres 1960 greift die SED schließlich zu unverhohlenem Terror, um die Umgestaltung der Landwirtschaft abzuschließen. Fast 8.000 Schauprozesse machen die widerstrebenden Bauern gefügig, 15.000 flüchten nach Westdeutschland, und etwa 200 nehmen sich das Leben. (Diese bei Wikipedia zu findenden Zahlen dürften aus der Retrospektive sehr schwer zu eruieren sein und geben vielleicht nur die Größenordnung wieder.) Das von der Staatspropaganda am 31. Mai bejubelte Ergebnis sind 19.000 LPGs, die nun zusammen mit den Staatsgütern praktisch hundert Prozent der landwirtschaftlichen Flächen bewirtschaften können. Doch es folgt eine Versorgungskrise; die Produktionszahlen aller landwirtschaftlichen Erzeugnisse bleiben weit hinter den Vorgaben der Funktionäre zurück. Wesentliche Ursache der Versorgungsengpässe ist die innere Emigration der zum Beitritt gezwungenen Bauern. Sie stellen die Mehrzahl der LPG-Mitglieder und diese verweigert nun das für den Erfolg der Genossenschaft unabdingbare Engagement. Es grassieren Dienst nach Vorschrift und eine verbreitete Verantwortungslosigkeit – wie wir sie in der Zeit nach 1975 noch immer beobachten mussten und in der vorigen Geschichte beschrieben haben.

Am Ort Hopfgarten ging 1960 der Staatsterror des „Sozialistischen Frühlings auf dem Lande" ebenfalls nicht vorbei: Acht Bauern, die auf einer Versammlung ihre ablehnende Haltung zur Kollektivierung besonders deutlich zum Ausdruck gebracht hatten, wurden schon am folgenden Tag inhaftiert. Auch der Inhaber eines der beiden größten Landwirtschaftsbetriebe des Ortes, Gerhard Kaiser, erkannte nun, dass an der Kollektivierung kein Weg mehr vorbei führte. Für ihn war das Schlimmste an dieser Erkenntnis der Gedanke, seine geliebten Kühe einem zweifellos traurigen Schicksal ausliefern zu müssen. Für die Tiere, die sich im Stall nach ihm umdrehten, wenn er sie bei ihrem Namen rief, tat er alles, damit sie sich wohl fühlten. Sie bekamen individuell zugeteiltes Futter, hatten stets reichliche trockene Einstreu und wurden von ihm sogar zwei Mal wöchentlich mit einem Pferdestriegel geputzt. Dafür bedankten sie sich mit beachtlicher Milchleistung. Beim Eintritt in die bereits bestehende LPG Typ III würden sie in einen großen Offenstall verbracht werden, wo Rangkämpfe mit fremden Rindern nicht ausblieben. Vielleicht sägte man ihnen dort zur Verhinderung von Verletzungen die Hörner ab, wie anderenorts auf Empfehlung von Parteifunktionären schon geschehen. Dann könnten im beginnenden Sommer Fliegen ihre Eier in die offenen Stümpfe legen – mit der Folge von gefährlichen Infektionen.

Dieses traurige Los konnte Bauer Kaiser seinen Kühen nur ersparen, wenn er nicht in die LPG Typ III eintrat, sondern zusammen mit anderen Landwirten eine LPG vom Typ I gründete, in die ja nur Grund und Boden einzubringen war. Es gelang ihm, den zweiten größeren Landwirt im Ort, Hans Kalb mit seinem Sohn Bernhard sowie sechs weitere Bauern für diese Idee zu gewinnen, und so wurde am 1. April 1960 in Hopfgarten die LPG Typ I „Zur Linde" gegründet, die fortan eine Ackerfläche von 90 Hektar gemeinsam bewirtschaftete. Namensgeberin war die als Solitär mitten auf einem Acker stehende stattliche „Linde an der Ullaer Marke"; 1990 wurde der Baum übrigens zu Thüringens schönster Winterlinde gekürt und als Naturdenkmal unter Schutz gestellt. Die Partei war jedoch nicht begeistert über den Sonderweg der neun Lindenfreunde und ließ diese das auch spüren. Ihr Ablieferungssoll wurde für Kartoffeln so hoch festgelegt, dass jedes Jahr sieben Hektar mit dieser Hackfrucht bestellt werden mussten, was damals mit einem kaum zu bewältigenden Maß an Handarbeit verbunden war. Außerdem waren hohe Mengen an Zuckerrüben, Weizen, Gerste und Milch abzuliefern. Eine Zuteilung von Traktoren wie bei der LPG Typ III gab es praktisch nicht; zwei Anhänger sind das Einzige gewesen, was man „Zur Linde" während ihrer gesamten Existenz als neue Landtechnik zugestand. Entsprechend mühevoll zogen sich die Arbeitstage hin, die im Sommer meist von 5.30 Uhr am Morgen bis 20.00 Uhr am Abend dauerten.

1964 wechselten vier der Lindenbauern in die LPG Typ III „Zur Warte", und 1968 folgten zwei weitere ihrem Beispiel; die LPG Typ I „Zur Linde" bestand nur noch aus Familie Kalb, Gerhard Kaiser und verbliebenen 60 Hektar Ackerfläche. Die Zahl privat gehaltener Rinder lag in der Summe bei etwa 60 Stück. Weil in diesen Zeiten an beheizte Tränken noch nicht zu denken war, mussten im Winter täglich an die 200 Liter Wasser in Eimern zu einem der Ställe getragen werden – eine Arbeit für die Frauen. Trotz aller Widrigkeiten schaffte man es, Milch mit sagenhaften Fettgehalten zwischen 6,5 und 6,7 Prozent abzuliefern. Ein 25-jähriges Betriebsjubiläum konnte die LPG „Zur Linde" nicht mehr feiern; im Mai des Jahres 1984 stellten die Familie Kalb und Gerhard Kaiser einen Antrag auf Eintritt in die LPG Typ III „Zur Warte". Vierunddreißig Jahre später fragte ich Jürgen Kalb: „Was war der Grund für den Wechsel, nachdem ihr so lange durchgehalten habt? Hat man Euch zu diesem Schritt gezwungen oder wolltet Ihr auch eine 48-Stunden-Woche und endlich einmal Jahresurlaub haben?" „Es war wohl einfach eine gewisse Erschöpfung", lautete die Antwort.

Im Sommer 1990 beschloss die letzte, schon frei gewählte Volkskammer der DDR das Landwirtschaftsanpassungsgesetz, das die Auflösung der LPG und deren Übergang in andere Rechtsformen regelte. Familie Kalb und Gerhard Kaiser wurden zu Wiedereinrichtern, die mit ihrem (zum größten Teil) aus der Produktionsgenossenschaft herausgelösten Eigentum einen landwirtschaftlichen Neuanfang wagten. Herrn Kaiser waren dafür noch elf Jahre vergönnt, er starb im Stall bei seinen über alles geliebten Kühen. Die Zwangskollektivierung in der DDR hinterließ bei allen negativen Aspekten, die mit ihr verbunden waren, ein Erbe, das Ostdeutschlands Landwirtschaft heute einen Wettbewerbsvorteil beschert: die im Vergleich zu Westdeutschland riesigen Felder. Auf ihnen lässt sich industrielle Landwirtschaft viel effizienter betreiben als auf kleinen Schlägen. So lag 2017 der Arbeitskräftebesatz in der Landwirtschaft Brandenburgs bei 1,7 Arbeitskräften pro 100 Hektar, während es in Bayern 4,6 waren. Die Landwirte der westlichen Bundesländer haben hier noch ein schweres Wegstück vor sich, das die Bauern im Osten schon gegangen sind.

11. Geschichte (1975 – 2018)

Gemeinsam ist man stärker –

unsere gefiederten Mitbewohner

◇◇◇◇◇

„Du pfeifst aber schön!" sagte Eva zu mir an einem Sommertag. Es war warm, und die kleinen Mühlenfenster standen offen. „Natürlich kann ich das sehr gut", antwortete ich geschmeichelt, „aber eben habe ich gerade mal nicht gepfiffen." „Ich habe es doch gehört!" entgegnete sie. Und dann hörten wir es beide: Es kam von draußen, war wirklich melodisch und meinen gelegentlichen eigenen musikalischen Darbietungen nicht unähnlich. Ein talentierter Star ahmte mich nach. Wir hatten bei einer Reparatur der steinsichtigen Mühlenfassade verschiedene Nistmöglichkeiten durch den Einbau hohler Steine mit unterschiedlich großen Einfluglöchern geschaffen. Um den Bezug dieser Sozialwohnungen gab es im Frühjahr stets lebhaften Streit. Nur die Höhlungen mit den ganz kleinen Einfluglöchern wurden still von Fledermäusen bezogen, die überhaupt recht unauffällige Untermieter sind. Um die größeren Höhlungen zankten sich lautstark die Spatzen mit den Staren, wobei letztere meist die Oberhand behielten. Überhaupt prägten die Stare mit ihrer sommerlichen Anwesenheit die Atmosphäre der Örtlichkeit nicht nur akustisch, sondern auch auf andere Weise. Sie zeigten sich als ausgesprochene Liebhaber unserer beiden Pferde. Dabei begleiteten sie die auf der angrenzenden Koppel grasenden Tiere als hüpfender Fanclub mit möglichst geringer Entfernung zum Pferdemaul. Ein materieller Nutzen dieses Verhaltens war eigentlich nicht denkbar; man hatte das Gefühl, die kleinen Vögel seien einfach stolz darauf, so große Freunde zu haben. Doch dann mussten wir uns auch in die Nutzung der Pferde mit ihnen teilen. Ein innovativ veranlagter Star hatte damit angefangen, auf einen Pferderücken zu fliegen und sich darauf wie bei einem Fahrgeschäft herumtragen zu lassen. Seine Freunde taten es ihm nach, und manche erweiterten die Attraktion noch durch ein lustiges Herunterrodeln vom Rücken ins Gras. Für dieses Schauspiel verziehen wir ihnen die zusätzliche Mühe, die wir mit der Beseitigung weißer Hinterlassenschaften auf dem Rücken der geduldigen Pferde hatten. Wir tolerierten auch die Überzeugung der Stare, dass 80 Prozent der Frühkirschen ihnen zustünden und waren stets ein wenig traurig, wenn sie sich im September versammelten, um nach dem Süden zu ziehen. Der Sommer war dann wieder einmal vorbei, und auch um das Überleben der originellen Vögel musste man sich Sorgen machen: Nach der kräftezehrenden Überquerung der Alpen würden schon in Italien mehrere Millionen Zugvögel den dort lauernden Netzen und Flinten zum Opfer fallen, und in weiteren südlichen Ländern war es nicht besser.

Eigentlich hätte es ein anderer gefiederter Mitbewohner verdient, an erster Stelle erwähnt zu werden, hatte er doch schon vor uns die Windmühle zu Hopfgarten bezogen: Es befand sich ein Turmfalkenhorst in einem ausgefaulten Balkenkopf auf der Westseite. Damit waren die Falken auch unsere allernächsten Nachbarn, denn die Luftlinienentfernung zu unserer Schlafstätte in der Kuppel betrug weniger als einen Meter. Die schnittigen Greifvögel blieben im Winter da, man konnte vom Fenster in der Mühlenkuppel ganzjährig ihre Flugkünste bewundern. Besonders beeindruckend war ihre Fähigkeit, auch bei starkem Wind längere Zeit exakt an einem Punkt in der Luft zu „rütteln", um dann blitzschnell auf eine Feldmaus niederzustoßen. Wenn im Spätherbst große Krähenschwärme die Äcker um die Mühle okkupierten, griffen die Falken mutig all jene Exemplare an, die ihrer Meinung nach dem Gebäude zu nahe kamen. Zum Glück rotteten die Krähen sich nicht gegen das Falkenpaar zusammen.

Die Besuche einer anderen Art von Rabenvögeln waren bei den gefiederten Mühlenbewohnern weit mehr gefürchtet: Elstern. Sie kamen vor allem während der Wochen, in denen die Singvögel ihre Jungen aufzogen und versuchten, diese aus den Nestern zu zerren. Die ganze Starencommunity vereinte sich dann, um die Räuber durch Flatterangriffe und größtmöglichen Lärm zu vertreiben. Nicht immer hatten sie damit Erfolg. Die Elstern waren übrigens noch zu ganz anderen Missetaten fähig. Wir besaßen einige Zeit lang einen Kater, der auf den Namen Paul hörte. An einem Abend vernahmen wir sehr laut die typischen „schäck, schäck, schäck"-Rufe von Elstern vor der Tür und sahen aus dem Fenster. Um das davor geparkte Auto hatten sich vier Elstern verteilt und preschten ab und zu giftig nach vorn. Kater Paul war von ihnen unter dem Bodenblech des Wagens gestellt worden, wo sie ihn mit ihrer zahlenmäßigen Überlegenheit gefangen hielten. Als wir eingriffen, um seine Haft zu beenden, machte Paul einen durchaus dankbaren Eindruck.

Doch es gab auch Vögel, die den kriminellen Elstern ganz energisch Paroli bieten konnten. Eines Tages schaute aus der Öffnung des Turmfalkennestes ein dunkler, krächzender Vogelkopf, und auf dem Kirschbaum davor saßen in lebhafter Unterhaltung drei weitere Rabenvögel, deren Rufe viel höher waren als die von Krähen – Dohlen. Von unserem Turmfalken war nichts zu sehen. Die eigentlich friedfertigen Samen- und Insektenfresser hatten ihn – wie wir später feststellten – zum Umzug in den Eulenhorst auf der Ostseite der Windmühle gezwungen. Leidtragender des Wohnungstausches war damit ein Waldkauzpärchen. In den folgenden Wochen waren die vier Dohlen unzertrennlich und stets gemeinsam zu sehen. Was sich dann eines Morgens unter großem Lärm abspielte, konnten wir nur anhand eines Fundes vor der Mühle rekonstruieren. Eine Elster hatte es offenbar gewagt, auf der Suche nach Beute ihren Kopf in die Öffnung zum Nest zu stecken, das nunmehr den Dohlen gehörte; dabei wurde von ihr die kollektive Entschlossenheit der deutlich kleineren Vögel vermutlich unterschätzt. Wenige Minuten später lag sie tot und teilweise gerupft auf der Erde.

Die vier Dohlen bildeten eine Art WG, der das geräumige ehemalige Turmfalkennest als Behausung genügte. Doch als sie nach einiger Zeit ihre Community um zwei weitere Exemplare aufstockten, die unbedingt auch bei uns wohnen wollten, reichte der Platz nicht mehr. Die ganze Truppe startete daraufhin eine Form von Dachausbau, bei der sie unter der Traufe mit ziemlich starken Ästen ein Hängewerk errichteten, dessen Statik sich mir bis heute nicht erschließt. Baumaterial, das sich als ungeeignet erwies, ließen sie nach unten fallen, wo wir es dann wegkehren mussten. Übrigens hatten sich die intelligenten Rabenvögel schon nach wenigen Tagen die Nutzung unserer Pferde als Freizeitvergnügen abgeschaut und ließen sich ausgiebig spazierentragen.

Die Wohnungsnot der einheimischen Vögel erlebten wir auch noch auf andere Weise. Nach dem Bau eines Pferdestalls in einigem Abstand zur Mühle ließen wir im ersten Sommer ein Stallfenster ständig offen. Das wurde von einem Bachstelzenpärchen ausgenutzt, um zunächst unbemerkt im Stall ein Nest zu bauen und zu brüten. Als wir die damit verbundene Verschmutzung bemerkten, wollten wir die Vogelfamilie nicht exmittieren und duldeten die Aufzucht der Jungen, bis sie flügge waren. Um aber zukünftig den neuen Stall sauber zu halten, waren wir fest entschlossen, ein weiteres Nisten nicht zuzulassen. Doch die kurzen Zeiten, in denen im darauffolgenden Jahr die Stalltür offen war, genügten den Bachstelzen, uns wieder ein Nest mit schon ausgebrüteten Jungen zu präsentieren. Wenn man am Eingang zu tun hatte, trampelte davor schon ungeduldig ein Bachstelzen-Elternteil mit einem Würmchen im Schnabel von einem Bein auf das andere und verlangte Einlass. Wir konnten nicht anders und gaben nach. Den Nestbau eines Schwalbenpaares unter der Überdachung des Kellereingangs 2017 haben wir dann schließlich wohlwollend toleriert.

Vögel erlebt man an der Windmühle als einen ständig präsenten Teil der Tierwelt, auch wenn es sich bei ihnen nicht um Mitbewohner des Gebäudes handelt. Sonnige Sommertage sind erfüllt von den melodischen Arien der Feldlerchen, die bis zu einer Viertelstunde dauern können. In den Nächten des Frühsommers ist der Gesang der Nachtigallen unüberhörbar, die sich am Bahndamm auch von vorbeifahrenden Zügen nicht stören lassen. Gelegentlich kann man am Himmel spektakuläre Luftkämpfe zwischen Gabelweihen und „unseren" Turmfalken erleben, wobei wir letzteren immer intensiv die Daumen drücken. Und im Herbst sind die vorbeiziehenden keilförmigen Formationen der Kraniche mit ihren typischen Rufen ein grandioses Schauspiel.

Überrascht hat uns auch schon die artübergreifende Kontaktfreudigkeit von Wildgänsen. Wir erlebten in einem Oktober, wie drei von ihnen – auf dem Gartenzaun sitzend – sich

lebhaft schnatternd mit unseren drei Laufenten (Michaela, Renate und Rüdiger) unterhielten. Vielleicht wollten sie die Nacktschneckenfresser zum Mitflug in den Süden überreden. Die Flugunfähigkeit ihrer domestizierten Freunde muss ihnen erst langsam klar geworden sein, denn sie wiederholten ihre Schnatterwerbung noch zwei Mal an darauffolgenden Tagen.

In Erinnerung werden uns auch die drei Begegnungen mit einem Pirol in der Anfangszeit unseres Siedlerdaseins bleiben; danach kam er nie mehr wieder. Mit dem leuchtend gelben Federkleid und seinen exotisch klingenden Flötenvariationen wirkte er wie ein Wesen aus einer anderen Welt.

11.1

Zu den Ursachen von Wohnungsnot

◇◇◇◇◇

Durch das enge Zusammenleben mit verschiedenen Vogelarten konnten wir ihre manchmal verzweifelten Bemühungen hautnah erleben, einen winzigen Platz zu finden, auf dem sie wohnen und ihre Jungen großziehen können. Man fühlt sich dabei an menschliche Wohnungsnot erinnert, die in Deutschland immer größer wird und vielen Menschen Angst macht. Das Ausmaß der Sorgen zeigt eine repräsentative Umfrage des Caritasverbandes aus dem Jahre 2018. Danach sehen drei von vier Menschen (74 Prozent) die Gefahr, durch hohe Mieten ihre Wohnung zu verlieren. Vier von fünf Befragten (79 Prozent) befürchten, wegen der steigenden Mieten in Armut zu geraten. Für fast zwei Drittel (61 Prozent) sind immer höhere Miet- oder Kaufpreise für Wohnraum inzwischen eine Bedrohung für den gesellschaftlichen Zusammenhalt. Wohnungsnot gibt es also heutzutage in Deutschland bei Vögeln und Menschen. Und beide Nöte haben eine gemeinsame Ursache: Die Industrialisierung der Landwirtschaft. Für die Vögel sind die mit ihr verbundenen nachteiligen Folgen leicht einzusehen; der Wegfall von Feldrainen, Gebüschen und alten Obstbäumen, wie auch die riesigen Monokulturflächen haben ihre Nistmöglichkeiten drastisch eingeschränkt. Alte Scheunen und Ställe mit Möglichkeiten für den Nestbau wurden abgerissen und durch Hallen mit Fassaden ohne den kleinsten Vorsprung ersetzt. Doch was hat die Wohnungsnot der Menschen in München, Frankfurt und Hamburg mit der Industrialisierung der Landwirtschaft zu tun? Diese Frage bedarf einer ausführlichen Antwort.

Durch die Entwicklung der Landwirtschaft in den letzten Jahrzehnten hat das Dorf die ursprüngliche Grundlage seiner Existenz verloren – mit dramatischen Auswirkungen auf die gesamte Gesellschaft. Dörfliche Siedlungsstrukturen entstanden einstmals mit dem Aufkommen des Ackerbaus und hatten über Jahrtausende die unmittelbare Nähe des Wohnsitzes zum Arbeitsplatz Acker zur Grundlage. Mit wachsender Zahl der bäuerlichen Gehöfte siedelten sich auch landwirtschaftsnahe Handwerke wie Schmied oder Stellmacher und schließlich Versorgungsstrukturen wie Pfarramt, Schänke oder Krämerladen an. Diese Siedlungsstrukturen waren über historische Zeiten stabil und speisten sogar mit ihrem Geburtenüberschuss das Wachstum der Städte. Die Industrialisierung der Landwirtschaft läutete jedoch im letzten Jahrhundert eine Entwicklung ein, deren dramatische Folgen erst heute in ihrem ganzen Umfang sichtbar werden. Die technische Vervollkommnung landwirtschaftlicher Maschinen führte zu einem sich immer stärker beschleunigenden Abbau von Arbeitsplätzen. Für Thüringen wurde der Arbeitskräftebesatz pro 100 Hektar vom Statistischen Landesamt schon 2012 mit nur noch 2,5 Menschen angegeben. Diese letzten Beschäftigten in der Landwirtschaft ziehen häufig auch noch als Arbeitsnomaden mit ihren High-Tec-Maschinen von Flur zu Flur – ein Job, für den die Lage des Wohnsitzes bedeutungslos ist. Für Ackerbau und Viehzucht wird das Dorf nicht mehr gebraucht.

Damit ist das seit vorgeschichtlicher Zeit bestehende Motiv für das Wohnen auf einem Dorf praktisch entfallen, und die Dörfer stehen an einem Scheideweg: Entweder es gelingt ihnen, neue Gründe für ein Leben in ihren Strukturen zu finden, oder sie überaltern zunächst dramatisch und verkommen schließlich zur Wüstung, für die es inzwischen Beispiele nicht nur in den neuen Bundesländern gibt. Motiv für das Leben auf dem Dorf kann fast ausschließlich die Möglichkeit des kostengünstigen, naturnahen Wohnens sein – mit weiteren Vorteilen, die oft erst auf den zweiten Blick erkennbar werden: die Möglichkeit, einen Garten anzulegen oder Haustiere artgerecht zu halten; die geringere Wahrscheinlichkeit, Opfer einer Straftat oder auch eines Verkehrsunfalls zu werden; saubere Atemluft; meist viel weniger Verkehrslärm als in der Stadt; keine Parkplatzprobleme und auch die größere Intensität sozialer Bindungen und Kontakte. Doch all dies wird überschattet durch die (viel zu oft zu große) Entfernung zu Arbeitsplätzen und modernen Versorgungsstrukturen. Junge Leute ziehen fort, vor allem in die Großstädte, deren Urbanität ihnen viel attraktiver erscheint als das Leben auf dem flachen Land. Und mit ihnen verschwinden auch unaufhaltsam die Komponenten der dörflichen Versorgung: Sparkassenfiliale, Dorfladen, Kneipe und Arztpraxis. Zurück bleiben ein paar alte Leute und der Zigarettenautomat. Immobilien verlieren dramatisch an Wert bis hin zur Unverkäuflichkeit; das Dogma „Eigenheim = Alterssicherung" gilt nicht mehr. Leerstand beschleunigt die entstandene Abwärtsspirale. Technische Infrastruktur ist plötzlich fehlangepasst und steht zur Disposition; in die Abwasserkanäle muss Trinkwasser eingeleitet werden, damit überhaupt noch etwas fließt. Glück haben die Dörfer im Speckgürtel der großen Städte, sie bekommen Vorstadtcharakter. Insgesamt entsteht aber durch die Konzentrationsprozesse hin zu den Metropolen ein gigantischer volkswirtschaftlicher Verlust. Oberflächlich betrachtet erscheinen die Großstädte als Gewinner der Binnenwanderung, doch sehen sie sich inzwischen mit kaum lösbaren Problemen als deren Folge konfrontiert. Der Zuzug aus den ländlichen Regionen hat bei ihnen zu Wohnungsknappheit und ständig steigenden Mieten geführt. In Verbindung mit Kaufpreisen für Immobilien, die – befeuert durch die Geldpolitik der EZB – längst der wirtschaftlichen Vernunft entrückt sind, hat dies echte Wohnungsnot entstehen lassen; ein menschliches Grundbedürfnis kann auf der Boomseite des gespaltenen deutschen Wohnungsmarktes nicht mehr befriedigt werden.

Und die Politik? Sie erscheint ratlos, und es ist fraglich, ob sie die Dimension des Problems wirklich erfasst hat. Eine wirksame Therapie kann nicht in der beschwichtigenden Verabreichung verschiedener Globuli bestehen, sondern verlangt einschneidende Operationen. Erfolgversprechende Maßnahmen sind vorstellbar, beispielsweise durch eine völlige Umorganisation des Systems der Gewerbesteuer. Man müsste den Kommunen die Steuerhoheit für diese Abgabe entziehen und den Hebesatz zentral nach demografischen Kriterien festlegen. Mit der Möglichkeit, die Gewerbesteuer durch die Wahl des Firmensitzes in bestimmten ländlichen Bereichen völlig zu vermeiden, ließen sich zweifellos dort wieder Arbeitsplätze schaffen. Damit wäre die Voraussetzung für eine positive Entwicklung der Einwohnerzahlen gegeben. Eine solche politische Entscheidung verlangte ein hohes Maß an Konfliktbereitschaft. Und das kann man von Politikern, die auf eine Wiederwahl hoffen und deren Denken und Handeln vom Zeitrahmen der Legislaturperiode bestimmt wird, wohl kaum erwarten.

12. Geschichte (1985)

Vorbild in einer

schwierigen Lebenslage:

Der Hauptmann von Köpenick

◇◇◇◇◇

Zu den Erzählungen über die Windmühle von Hopfgarten gehört wohl unbedingt auch eine Geschichte, die rückblickend so unwirklich erscheint, dass ich Hemmungen überwinden muss, um sie niederzuschreiben. Doch sie hat unseren weiteren Lebensweg entscheidend geprägt, ihre Bilder haben sich tief in meine Erinnerung eingegraben.

Im Frühjahr 1985 war unser Sohn Konstantin fast drei Jahre alt, und sein Schwesterchen sollte Ende März zur Welt kommen. Das Wohnen auf der Windmühle war schwierig geworden. Zwar gab es die Möglichkeit, in Weimar zu duschen und Wäsche zu waschen, doch war dies mit erheblichem Aufwand verbunden. Den Gedanken, in die Windmühle ein Bad einzubauen, verwarfen wir rasch wieder – seine Verwirklichung wäre außerordentlich schwierig gewesen und hätte letztendlich eine Vergewaltigung des alten Gebäudes bedeutet. Wir hatten ständig Angst, Konstantin könnte in einem unbewachten Augenblick von den Stiegen zwischen den Etagen abstürzen. Versuche, das Problem technisch durch zeitweiliges Einhängen großer Sperrholzplatten auf den Treppen zu lösen, hatten sich als untauglich erwiesen; schon nach kurzer Zeit krähte unser kleiner Sohn fröhlich auf der letzten Stufe oberhalb des Hindernisses, von der wir ihn voller Entsetzen wieder herunterholten. In genau dieser Situation fragte Eva: „Warum versuchen wir nicht, das alte Müllerhaus wieder aufzubauen, die Fundamente sind doch noch da?" Ja, warum eigentlich nicht – mit einer Auferstehung des ehemaligen Wohnhauses, dessen Gewölbekeller sogar noch existierte, würden sich alle unsere Schwierigkeiten in Wohlgefallen auflösen. Neben vielen anderen Verbesserungen unserer Situation böte dieses Haus auch die Möglichkeit der Unterbringung eines größeren Batteriespeichers für ein leistungsfähigeres Windrad und damit die Chance für eine echte energetische Autarkie. Über die fast unmögliche Beschaffung der Bleiakkus machte ich mir noch keine Gedanken. Stattdessen drehten sich in den folgenden Wochen fast alle Überlegungen und Gespräche um das Bauvorhaben. Das Haus sollte nicht nur an der Stelle des Vorgängerbaus errichtet werden, sondern sich auch gestalterisch an ihn anlehnen; alte Fotos von Bekannten aus Hopfgarten mussten dazu als Bestandsunterlagen dienen. Eine befreundete Architektin lieferte den Entwurf, der noch nicht einmal entfernte Ähnlichkeit mit dem standardisierten und auf das Äußerste materialminimierten DDR-Eigenheim EW 58 hatte: 50 cm starke Ziegelwände, Giebel mit echtem Fachwerk, ein Satteldach mit Gaupen auf beiden Seiten und großem Überstand, Schieferdeckung. Ein für unsere Begriffe wunderbares Projekt – war es vielleicht zu schön für eine Genehmigung im Arbeiter- und Bauernstaat? Doch die Entwurfsverfasserin beruhigte: Bei der Anlehnung an den historischen Bestand käme nun einmal so etwas heraus. Also reichten wir die Bauunterlagen bei der Kreisarchitektin ein, die von dem Projekt ebenfalls sehr angetan war; leider reichten ihre Befugnisse für die Genehmigung des Antrags nicht aus. Die Wochen des darauffolgenden Wartens waren eine Zeit der Wechselbäder zwischen Hoffen und Bangen. Nach einem Monat kam der Bescheid, dass der Bauantrag wegen zu hoher Erschließungsleistungen abgelehnt sei. Das konnte nicht sein! Unserem Bauantrag lag eine notariell beglaubigte Erklärung bei, in der wir auf die Erbringung ingenieurtechnischer Erschließungsleistungen rechtswirksam verzichteten. Das Schreiben hatte man offenbar nicht zur Kenntnis genommen! In einer Eingabe an den Rat des Kreises wies ich auf diesen Umstand hin und bat dringend um Revision der Ablehnung. Nur zwei Wochen später fand ich im Postkasten einen amtlichen Brief, den ich mit zitternden Händen öffnete. Er enthielt – mit sozialistischem Gruß unterzeichnet – auf sechs Zeilen die Nachricht, unser Antrag sei in der Sitzung des Rates des Kreises Weimar vom 10.10.1985 endgültig abgelehnt worden. Aus der Traum.

Das nächste Bild in meinen Erinnerungen ist die dörfliche Konsum-Kaufhalle von Hopfgarten, in die ich auf der Suche nach meiner Frau irgendwie gelangt war. Ich entsinne mich, dass mir an diesem Tag plötzlich die Tristesse der Regale auffiel, in denen über eine Länge von fünf Metern die gleichen Packungen mit Nudeln aufgereiht waren; gegenüber war das Bild abwechslungsreicher – dort gab es Schnaps. Die Verkäuferin am Fleischstand hatte sich wohl zu einer Pause zurückgezogen, auch die Kasse unbesetzt, und wir waren die einzigen Kunden. Ich zeigte Eva den Brief. „Was machen wir nun?" fragte sie. „So kann es nicht weitergehen!" Mir fiel als Alternative das Angebot ein, das mir die Kreisarchitektin für den Fall einer Ablehnung unseres Bauantrages gemacht hatte. In dem kleinen, an der Ilm gelegenen Dorf Buchfart war auf Veranlassung des Kreisbauamtes das baufällige ehemalige Wohnhaus des großherzoglichen Hofapothekers abgerissen worden; wertvolle Elemente der Fassade hatte man geborgen. Diese Abrissbrache könnten wir erwerben und das Haus in seinem ursprünglichen Erscheinungsbild wieder aufbauen. „Nein", sagte Eva, „nach den ganzen Mühen, die wir mit der Windmühle hatten, noch einmal ganz von vorne anfangen? Und eine berufliche Perspektive hast du hier auch nicht, lass uns einen Ausreiseantrag nach dem Westen stellen!" Es war ein ganz neuer Gedanke mit weitreichenden Konsequenzen. Für die Perspektive, der Tristesse der endlosen Nudelpackungen zu entgehen, würde ich sofort meine Arbeit an der Hochschule verlieren und mich vielleicht jahrelang als Hilfsarbeiter durchschlagen müssen. Wir wären hier entwurzelt und müssten später versuchen, in einem uns fremden System neue Wurzeln zu schlagen. Unter dem Druck, mich zu entscheiden, hatte ich einen Einfall, der mir in dieser Situation gar nicht so abwegig erschien, wie er tatsächlich war. Allerdings wagte ich es nicht, ihn sofort meiner Frau zu offenbaren. Stattdessen sagte ich: „Lass mich noch einen letzten Versuch unternehmen, den Ausreiseantrag können wir dann immer noch stellen!"

Am folgenden Tag ging ich in Weimar in einen sogenannten Delikat-Laden, der im Volksmund „Fress-Ex" hieß. Es war dies das Pendant zu den mit Modeartikeln und Kosmetika bestückten Exquisit-Läden, und man konnte darin zu kaum erschwinglichen Preisen Nahrungs- und Genussmittel kaufen, unter denen sich auch Westmarken befanden. Ich suchte lange nach einem möglichst eindrucksvollen Geschenk und entschied mich dann für eine Flasche Metaxa, deren blau-goldenes Etikett ich besonders attraktiv fand. Damit begab ich mich zur Kreisarchitektin und übergab ihr die Flasche als „kleinen Dank" für die gewährte Unterstützung. Auf ihren Einwand, das Ganze sei ja nun leider erfolglos ausgegangen, entgegnete ich fröhlich, noch sei in dieser Angelegenheit nicht das letzte Wort gesprochen, um dann in vertraulichem Ton zu sagen: „Ich habe einen ganz kurzen Draht zum Genossen Gerhard Müller. Normalerweise mache ich davon keinen Gebrauch. Aber jetzt fühle ich mich ungerecht behandelt und werde ihn konsequent nutzen!"

Beim Verlassen des Dienstzimmers fand ich noch die Kraft, mich an der Tür umzudrehen und ihr freundlich zuzulächeln. Heute, nachdem das System der DDR vor beinahe drei Jahrzehnten untergegangen ist, bedarf mein damaliger Dialog mit der Kreisarchitektin wahrscheinlich einer Erläuterung. Gerhard Müller war der Erste Sekretär der Bezirksparteileitung des Bezirkes Erfurt, Mitglied des Zentralkomitees der SED und Kandidat des Politbüros. Als einer von fünfzehn Parteichefs auf Bezirksebene besaß er eine Machtfülle, die in ihrer absolutistischen Ausprägung diejenige heutiger Ministerpräsidenten von Bundesländern deutlich übertroffen haben dürfte. Auch der Rat des Bezirkes tanzte als staatliche Verwaltungsebene nach seiner Pfeife. Er konnte mit einem Telefonanruf Entscheidungen aller Staatsorgane im Bezirk außer Kraft setzen; seine Missbilligung vermochte eine Karriere zu beenden. Entsprechend groß war die Angst der Funktionsträger in seinem Herrschaftsbereich. Mein „kurzer Draht" zu ihm beschränkte sich damals auf die Kenntnis von Vor- und Zunamen; erst dreißig Jahre später las ich die Biografie des Parteikaders Gerhard Müller bei Wikipedia.

Einen guten Freund, der als Leiter eines Baubetriebes auch Abgeordneter des Kreistages war, hatte ich über mein Vorhaben informiert. Nach einer Kreistagssitzung bekam ich von ihm die Rückmeldung, er sei in der Pause gefragt worden, ob „der Bennert denn wirklich einen Draht zum Ersten Bezirkssekretär" habe. Darauf hatte er die kryptische Antwort gegeben: „Ihr müsst schon selbst wissen, was ihr mit dem Bennert machen könnt und was nicht." Für diese Reaktion bin ich ihm heute noch zu Dank verpflichtet.

Es war nun an der Zeit, auch Eva über meine Aktion des kurzen Drahtes zu unterrichten. Erwartungsgemäß machte ihr das Angst. „Was werden die mit uns anstellen, wenn herauskommt, dass Gerhard Müller dich gar nicht kennt?" „Ich denke: gar nichts", sagte ich, „denn in unserem Arbeiter- und Bauernstaat ist die Beziehung der führenden Genossen zu den Werktätigen so eng, dass jeder von einem kurzen Draht zum Bezirkssekretär sprechen kann." „Weißt du, dein Manöver erinnert ein bisschen an den Hauptmann von Köpenick..." „Wenn ich mich recht erinnere, hat den der Kaiser zum Schluss sogar begnadigt." „Auf so etwas würde ich mich an deiner Stelle nicht verlassen", sagte sie.

Dann meldete ich mich beim Rektor der Hochschule für Architektur und Bauwesen an. Schon nach zwei Tagen wurde ich empfangen und befand mich nun in demselben Raum, in dem ich mir elf Jahre zuvor eine ernste Missbilligung abholen musste. Doch glücklicherweise saß ich einem neuen Rektor gegenüber. Ich schilderte meine Mühen um die Erhaltung der Windmühle zu Hopfgarten und wie dringend wir mit bald zwei Kindern zusätzlichen Wohnraum benötigten. Nachdem ich noch auf die absurde Begründung der Ablehnung unseres Bauantrags eingegangen war, sagte ich wieder den offenbar schon bewährten Vers auf: „Ich habe einen ganz kurzen Draht zum Genossen Gerhard Müller. Normalerweise mache ich davon keinen Gebrauch. Aber jetzt fühle ich mich von den staatlichen Organen ungerecht behandelt und werde ihn konsequent nutzen." Und ich ergänzte noch: „Wo gehobelt wird, fallen erfahrungsgemäß Späne. Ich möchte Sie deshalb bereits vor meiner Kontaktaufnahme davon in Kenntnis setzen." Die Antwort des Rektors war kurz: „Machen Sie das nicht!" Er legte den Stift für seine Notizen weg, griff zum Telefon, ließ sich mit dem Vorsitzenden des Rates des Kreises Weimar verbinden und vereinbarte einen kurzfristigen Gesprächstermin mit ihm. Dann sagte er: „Ich werde mich für Sie einsetzen."

Schon eine Woche später wurden meine Frau und ich für den ersten November zu einem Gespräch mit dem ersten Stellvertreter des Vorsitzenden „zur Klärung des Eingabenproblems" in die Diensträume des Rates des Kreises gebeten. Dort waren noch weitere Ratsmitglieder anwesend. Bei dem, was dann geschah, glaubten wir zu träumen. Uns wurde eröffnet, dass nicht nur unser Bauantrag grundsätzlich genehmigt sei, sondern auch schon die erforderlichen Voraussetzungen geregelt worden waren: Taxierung und Verkauf der Windmühle an uns sowie Verleihung eines dinglichen Nutzungsrechtes an einem zugehörigen, noch herauszumessenden Grundstück. Damit der Neubau rechtlich als „Um- und Ausbau des Eigenheimes Windmühle" gelten konnte, war er allerdings baulich an die Mühle anzuschließen, was durch einen Verbindungsgang geschehen konnte. Auch einen Baukredit der Sparkasse in Höhe von 30.000 Mark der DDR sollten wir bekommen. Einziger kleiner Wermutstropfen: „Ein Materialkontingent kriegen Sie nicht, das brauchen Sie ja auch nicht bei Ihren Beziehungen." Nur Materialkontingente berechtigten in der DDR zum Kauf von Baumaterial; ohne sie konnte man eigentlich nicht bauen. Doch, nachdem an diesem Tag das Glück sein Füllhorn überreichlich auf uns ausgeschüttet hatte, erschien uns das kleine Hindernis belanglos. Den „kurzen Draht" würden wir für seine Überwindung nicht mehr benötigen.

12.1

Versuch einer Erklärung

des Unglaublichen

◇◇◇◇◇

Warum hat meine bloße Behauptung eines nicht näher erläuterten „kurzen Drahtes zum Ersten Bezirkssekretär" so viel Wirkung entfaltet? War sie denn nicht ganz leicht als reine Wunschvorstellung zu entlarven? Beim Versuch einer Antwort sind die Mechanismen zu berücksichtigen, die in dem geschlossenen System der DDR ihre spezifischen Wirkungen entfalteten. Hilfreich ist dabei die Lektüre des Buches „Der Gefühlsstau – ein Psychogramm der DDR" des bekannten Psychotherapeuten Hans-Joachim Maaz. Er schreibt darin: *„Mit „demokratischem Zentralismus" war ein gnadenlos autoritäres Herrschaftssystem verharmlosend umschrieben, das als ständige Einbahnstraße nur von oben nach unten Maßnahmen und Entscheidungen „durchstellte". In der Gegenrichtung lief gar nichts."* In den achtziger Jahren hatte das System bereits unübersehbar feudalistische Züge angenommen, wie der groteske Personenkult um Erich Honecker beweist, dessen

Name nicht ohne die gespreizte Anrede „Generalsekretär der Sozialistischen Einheitspartei Deutschlands und Vorsitzender des Staatsrates der Deutschen Demokratischen Republik" genannt wurde – ein aus Feudalzeiten bekanntes Ritual zur Festigung der Macht. Der Personenkult war nicht auf den Staatsratsvorsitzenden beschränkt, sondern strahlte unter Abschwächung auf die unteren Ebenen aus. Wie in der vorangegangenen Geschichte schon erwähnt, verfügte Gerhard Müller als Erster Sekretär der Bezirksparteileitung des Bezirkes Erfurt, Mitglied des Zentralkomitees der SED und Kandidat des Politbüros über eine herausgehobene Machtfülle. Er war weniger irgendwelchen formalen Gesetzlichkeiten verpflichtet, sondern ausschließlich der „Linie der Partei", die er direkt von Honecker und seinem Politbüro vermittelt bekam. Und die Funktionäre im Bezirk buhlten ängstlich um sein Wohlgefallen und seine Gunst.

Die Entscheidungsträger beim Rat des Kreises hatten drei Möglichkeiten der Reaktion auf meine provokante Aktion:

1. Sie konnten beim Genossen Gerhard Müller nachfragen, ob er tatsächlich eine persönliche Beziehung zu mir habe.
2. Sie konnten meinen Vorstoß einfach ignorieren und abwarten, ob etwas „von oben" passiert.
3. Sie konnten ihre Entscheidung revidieren und einem Verlangen stattgeben, das sich ja immerhin im Rahmen sozialistischer Gesetze bewegte.

Es ist davon auszugehen, dass sie diese Varianten gegeneinander abwogen und dabei Nummer 1 sofort verwarfen. Denn eine solche Nachfrage hätte bedeutet, dass sie die Beeinflussung von Entscheidungen des Ersten Bezirkssekretärs der Partei der Arbeiterklasse, Mitglied des Zentralkomitees der SED und Kandidat des Politbüros durch irgendwelche persönlichen Beziehungen für denkbar hielten. Die Unterstellung, sein Wirken sei nicht ausschließlich von objektiven Kriterien bestimmt, wäre gleichbedeutend mit einer zur Majestätsbeleidigung tendierenden Verunglimpfung gewesen! Variante 2 war nur dann die beste Wahl, wenn die Ratsmitglieder meine Behauptung zweifelsfrei als unwahr hätten einschätzen können. Doch wahrscheinlich lag ein derartig unverfrorener Schwindel so weit außerhalb ihres Vorstellungsvermögens, dass sie zumindest ein erhebliches Restrisiko vermuteten. Im Falle seines Eintretens wäre es dann durch die von oben angeordnete Revision ihrer Entscheidung zu einer für beide Seiten unerfreulichen Disharmonie gekommen. Somit ist das Votum für Nummer 3 als durchaus rational und unter Annahme eines gewissen Harmoniebedürfnisses auch als menschlich verständlich zu bewerten.

Gerhard Müller wird niemals von der Köpenickiade um den „kurzen Draht" zu ihm erfahren haben, er beschäftigte sich mit größeren Ereignissen. Zum Beispiel lobte er im Sommer 1989 in mehreren Reden die blutige Niederschlagung der Studentenunruhen auf dem Platz des Himmlischen Friedens in Peking als beispielgebend.

Seine Fallhöhe zur Wende war beträchtlich. Noch am 9. November 1989 kandidierte er für einen Sitz im Politbüro, wurde aber nicht mehr gewählt. Am 16. November verlor er sein Volkskammermandat auf Beschluss der SED-Fraktion. Am 29. November empfahl die neu gewählte Parteikontrollkommission wegen strafrechtlich relevanter Tatbestände seinen Parteiausschluss – es ging dabei um die Inanspruchnahme staatlicher Gelder für seine Jagdhütte bei Luisenthal.

Seinem Parteiausschluss am 3. Dezember 1989 folgten später noch gerichtliche Nachspiele. 1992 wurde er wegen Anstiftung zur Untreue und wegen Betruges zu acht Monaten Freiheitsstrafe verurteilt, die durch eine zehnmonatige Untersuchungshaft bereits abgegolten war. Im Jahr 1994 verhängte das Landgericht Erfurt wegen Anstiftung zur Wahlfälschung bei den Kommunalwahlen in der DDR 1989 gegen ihn eine weitere Freiheitsstrafe von 8 Monaten, die es allerdings zur Bewährung aussetzte.

13. Geschichte (1986 – 1989) Nägel gerade klopfen und Kirchtürme reparieren – ausgewählte Strategien des Eigenheimbaus im Sozialismus

◇◇◇◇◇

Der private Hausbau in der Mangelwirtschaft des Sozialismus ist in mindestens einem Büchlein schon beschrieben worden (Klaus Witte: Meine eigenen vier Wände: Hausbau in der DDR, 2013). Es gehörte dazu vor allem die Bereitschaft, auch ungewöhnliche Wege zu gehen, deren Vielfalt in seinem kleinen Taschenbuch keineswegs erschöpfend behandelt werden konnte. Deshalb erlaube ich mir in der Hoffnung, die geneigte Leserschaft nicht zu langweilen, in diesem Kapitel ein paar für unser Bauvorhaben an der alten Windmühle zu Hopfgarten charakteristische Episoden mitzuteilen.

Doch zunächst sollen die Randbedingungen für unser damaliges Projekt betrachtet werden. Bei dem denkwürdigen Termin auf dem Rat des Kreises hatten wir ja sogar einen Sparkassenkredit für das Bauen bekommen, aber Geld spielte dafür eine eher untergeordnete Rolle; es erfüllte in der DDR nur noch in rudimentärer Weise seine ursprüngliche Funktion als allgemein anerkanntes Tauschmittel zwischen allen Waren und Dienstleistungen. Stattdessen war es zu einer Art ungedeckter Warengutscheine verkommen und wurde zunehmend durch eine Naturaltauschwirtschaft ersetzt. Bei uns war nun die Euphorie über die großzügig erteilte Baugenehmigung einer gewissen Ernüchterung gewichen, mit der wir die Hindernisse und Chancen für die Ausführung bilanzierten.

Passivseite:
- Die an sich sehr hilfreiche Prahlerei mit dem „heißen Draht zum Ersten Bezirkssekretär" hatte leider auch den Nebeneffekt gezeitigt, dass es für uns wegen der „guten Beziehungen" kein Materialkontingent gab, was den Kauf von Baustoffen in den wenigen dafür vorgesehenen Stellen praktisch ausschloss.
- An den Einsatz von Bau- oder Handwerksbetrieben durften wir gar nicht denken; deren Kapazitäten waren für ganz andere Planziele bilanziert.
- Auf unserer Baustelle würde es keinen Strom für Baugeräte oder helle Beleuchtung geben; jeder Kübel Beton oder Mörtel wäre mit der Hand zu mischen.

Aktivseite:

- Bauen ist vor allem Transportieren. Wir besaßen einen aus Stahlrohr zusammengeschweißten Eigenbau-Pkw-Anhäger mit nur einer Achse und einer Ladefläche von 4 Meter mal 2 Meter. Bei Kontrollen wunderte sich sogar die Volkspolizei, dass dieses Monstrum eine Zulassung hatte, in der die Nutzlast gar nicht erst angegeben war.
- Man kann nicht das gesamte Baumaterial für ein Haus mit dem Pkw-Hänger antransportieren, aber einer unserer guten Bekannten war Fahrlehrer auf einem LKW des Typs W 50.
- Allein konnten wir das Haus natürlich nicht bauen, doch durch meine Tätigkeit an der Hochschule für Architektur und Bauwesen verbanden mich freundschaftliche Beziehungen mit Studenten, welche eine Lehre als Maurer, Betonbauer oder Zimmermann absolviert hatten.
- Inzwischen hatte ich nebenberuflich Eingang in die sozialistische Schattenwirtschaft gefunden. Als Spätfolge der nicht ganz legalen Touren in den mittelasiatischen Hochgebirgen reparierte ich mit Seil und Sitzbrett Kirchtürme und hohe Profanbauten, für deren Einrüstung einfach kein Material vorhanden war. Auf der Grundlage des „Gesetzes über die Feierabendtätigkeit der Werktätigen" und mit Unterstützung einiger anderer „Technosportler" konnte ich eine Leistung in nennenswertem Umfang anbieten, die auch in der Naturaltauschwirtschaft nachgefragt wurde.

Wir befanden, dass die Chancen überwogen, organisierten eine Studentenbrigade und machten uns auf die Suche nach einem mitarbeitenden Bauleiter. Dabei war uns wieder einmal das Glück hold. Es bescherte uns einen Bauingenieur in mittleren Jahren, der seine tristen Arbeitstage in einem Büro des VEB Talsperrenbau frustriert absaß und eigentlich nur eines wollte: Bauen. Er hatte – beginnend mit dem Durchsieben des gesamten Bodens auf dem Grundstück – zwölf Jahre mit der Fertigstellung des eigenen Hauses verbracht, worüber seine Ehe beinahe zerbrochen war. Dass es dort nichts mehr zu tun gab, musste schwer auf seinem Gemüt gelastet haben, so begeistert stimmte er unserem Anliegen zu. Später gehörte es für ihn zur Ordnung auf der Baustelle, auf ihr keinen krummen Nagel zu dulden. Er hat sie alle ausfindig gemacht und wieder aufgearbeitet.

Doch zunächst war die Baugrube mit einem Lader auszuheben, dessen Motor sich wie ein alter Lanz-Bulldog anhörte. Bei dieser Aktion hielten sich positive und negative Überraschungen einigermaßen die Waage. Beim Abtragen des überwucherten Schuttbergs, der vom früheren Wohnhaus übriggeblieben war, zeigten sich im Aushub plötzlich graue Metallstücke: Blei. Mir kamen die Berichte von Dorfbewohnern in den Sinn, der letzte Müller habe ein kleines Windrad zur Stromerzeugung benutzt. Wenn das stimmte, musste er die erzeugte Elektroenergie auch gespeichert haben, und das Blei stammte von Akkumulatoren. Es war ziemlich viel; sein

Verkauf im Altstoffhandel deckte die Kosten des Aushubs zu mehr als 80 Prozent.

Schon vor unserer Baumaßnahme hatten wir unter dem Schuttberg einen noch intakten, aus Sandstein errichteten Gewölbekeller entdeckt, den wir unbedingt erhalten und in den Neubau integrieren wollten. In entsprechender Weise sollte der Laderfahrer sein Werk verrichten. Wir freuten uns gerade darüber, mit welcher Sorgfalt er die Oberseite des Gewölbes freilegte, als die sich schließende Schaufel ein kleines, aus dem Gewölbescheitel ragendes Metallteil erfasste und daran zog. Zugkräfte im Scheitel sind so ziemlich die einzige Belastung, die ein Gewölbe überhaupt nicht verträgt; es reagierte gemäß der Theorie und stürzte vollständig ein. Wir dagegen reagierten mit einer spontanen baubegleitenden Projektänderung, die eine Einbeziehung des Gewölbekellers in den Neubau nicht mehr vorsah.

Eva musste häufig Material entgegennehmen, das im Rahmen der Ausbildung von Fahrschülern auf dem W 50 antransportiert wurde. „Entgegennehmen" bedeutete in diesem Fall vor allem das Abladen von vier bis fünf Tonnen großformatiger Ziegelsteine oder anderer unhandlicher Produkte. Damit war sie trotz guten Willens objektiv überfordert. Da traf es sich gut, dass auf selbigem W 50 gerade ein physisch sehr starker schwarzer Gastarbeiter aus Mosambik eine Ausbildung zum LKW-Fahrer erhielt. Unter motivierenden Sprüchen des Fahrlehrers (*„Wir* *müssen uns beeilen, wir haben heute noch viel vor!")* löschte er den größten Teil der Ladung. Latenten Rassismus konnte man seinem Ausbilder dabei nicht vorwerfen, denn dieser behandelte später die deutschen Fahrschüler genauso.

Nach meiner festen Überzeugung fördert ein System, in dem infolge umfassender Mangelwirtschaft sich die gesellschaftliche Arbeitsteilung weitgehend wieder zurückgebildet hat, die Kreativität und Innovationskraft seiner Insassen. So standen die Sowjetbürger in dem legendären Ruf, jegliche anfallende Reparatur mit einem Stück Draht und zwei Nägeln ausführen zu können. Aber auch meine Ehefrau lieferte schöne Beispiele einer solchen systembedingten Kreativität, von denen wenigstens eines hier angeführt werden soll. Wenn ich den oben schon beschriebenen, nur mit unserem Moskwitsch zu bewegenden Hänger für meine „Feierabendtätigkeit" benötigte, stand für Nottransporte ein kleines DDR-Fabrikat zur Verfügung, das man heute noch bei ebay unter dem Suchbegriff „Klaufix" findet. Unter dem Eindruck der Nachricht, es gebe in einer nahen Bäuerlichen Handelsgenossenschaft Zement frei zu kaufen, fuhr Eva mit Trabant und kleinem Anhänger dorthin, um aufzuladen, was nur irgend hinein passte. Der Rückweg, bei dem sie wegen der winzigen Hängerreifen sehr langsam fuhr, verlief problemlos, bis sie die Steigung unseres Feldwegs erreichte. Hier drehten die angetriebenen Vorderräder des Trabant einfach durch; ihr Anpressduck reichte für die Last nicht aus.

Was tun? Sie wollte die kostbare Fracht nicht in der Nähe der Straße unbeaufsichtigt stehen lassen – sie hätte sogar bis dahin unbescholtene Bürger zum Diebstahl verleiten können. Für die Lösung des Problems nahm sie alle ihre Körperkräfte zusammen, zerrte zwei Zementsäcke, von denen jeder fast ihrem eigenen Körpergewicht entsprach, vom Hänger und packte sie auf die Motorhaube des Tra-

bant. Unter Inanspruchnahme der vollen Motorleistung von 23 PS bewältigte sie die Steigung und kam glücklich nach Hause.

Wenn am Haus gebaut wurde, machte ich kaum jemals mit. Die weitaus lohnendere Arbeit zwischen Himmel und Erde beanspruchte alle Wochenenden, den Urlaub und auch viele lange Sommerabende. Besonders gern nahm ich Aufträge an katholischen Kirchen an, weil es bei ihnen weniger Probleme mit der Materialversorgung gab. Hier konnte man gelegentlich die Entlohnung nicht in Mark der DDR, sondern in Bauholz, Schiefer und Kupfernägeln vereinbaren. So auch an der katholischen Kirche von Treffurt, das sich innerhalb der 5 km breiten Sperrzone vor der Westgrenze befand. Weil keiner meiner Mitstreiter, von denen viele einen Ausreiseantrag gestellt hatten, den erforderlichen Passierschein bekam, musste ich die dortige Haube des Kirchturms selbständig schalen und schiefern, wobei mir Mitglieder des Gemeindekirchenrats aus dem Turm heraus Material zureichten. Von meinem erhöhten Arbeitsplatz auf dem Sitzbrett konnte ich bis in den Westen schauen. Dabei vermochte ich mich der eigenartigen, durch die geografische Konfrontation mit dem Klassenfeind geprägten Stimmung in dem landschaftlich schön gelegenen Ort nicht zu entziehen. Während ich im Pfarramt übernachtete, lagen meine beiden vier Meter langen Aluminiumleitern als potenzielle Hilfsmittel einer Republikflucht angekettet bei den Grenztruppen; sie wurden mir jeden Morgen pünktlich zum Arbeitsbeginn wieder ausgehändigt. Und wenn ich vom Brett nach unten auf die Häuser schaute, waren stets aus verschiedenen Fenstern olivgrüne Feldstecher auf mich gerichtet: Grenzhelfer. Doch der Pfarrer wusste diesem Übermaß an Überwachung sogar etwas Positives abzugewinnen. Wenn sein umtriebiger Hund wieder einmal verschwunden war, rief er nur irgend einen der „Freiwilligen Helfer der Grenztruppen" an, die nach offizieller Diktion durch die *aktive Mitwirkung bei der Gewährleistung der öffentlichen Ordnung und Sicherheit zum Schutz der Arbeiter-und-Bauern-Macht ihren gesellschaftlichen Beitrag zur Festigung des Sozialismus auf deutschem Boden"* leisteten. Der Angerufene sagte ihm dann sofort, wo sein Hund gerade war.

Manchmal kollidierte meine nebenberufliche Tätigkeit schon mit der hauptberuflichen Beschäftigung. So auch bei der Schieferreparatur des Kirchenschiffs in Vippachedelhausen, die ich zusammen mit ein paar Studenten an einem Nachmittag im Juni unternahm. Der vom Erdboden aus sichtbare Schadensumfang schien gering zu sein, und wir glaubten, bis zum Einbruch der Dunkelheit fertig zu werden. Doch direkt auf dem Dach sah dann alles anders aus. Der Schiefer war durch hohen Kohlenstoffgehalt im Lauf der Jahrzehnte schon ziemlich weich geworden, deshalb war es nötig, die hölzernen Dachleitern abzupolstern, um keine der fragilen Schieferplatten zu zerdrücken. Unter mehreren fehlenden Schiefern hatte langzeitig eindringendes Niederschlagswasser Schalung und Holzkonstruktion verfaulen lassen, so dass sie repariert werden mussten. Als die Abenddämmerung kam, stellten rührige Kirchenälteste große Scheinwerfer in die Fenster des Turmes, damit wir weiterarbeiten konnten. Und wir machten weiter. Fertig waren wir schließlich, als die Sonne schon längst wieder am Himmel stand. Beim Zusammenpacken drängte ich zur Eile, denn ich hatte um acht Uhr eine Elektrotechnik-Vorlesung zu halten. Schließlich kam ich so spät in der Hochschule an, dass mir kaum noch Zeit blieb, die Arbeitskleidung gegen eine saubere Jacke und eine Hose auszutauschen. Nach einem Vorlesungsmanuskript brauchte ich glücklicherweise nicht zu suchen, weil ich mir angewöhnt hatte, Vorlesungen generell ohne Manuskript zu halten. Ich griff mir nur eine Schachtel mit bunter Kreide, eilte in den Hörsaal und begann mit der Vorlesung. Nach einer Weile öffnete sich die Tür, und herein kamen zwei der Studenten, welche die Nacht mit mir auf dem Dach der Kirche zu Vippach-edelhausen zugebracht hatten. Respekt! Doch als ich zehn Minuten später wieder nach ihnen schaute, hatten sie den Kopf auf die Schreibplatten gelegt und schliefen.

Ich beneidete die beiden ein wenig und fasste in diesem Moment den Entschluss, einen schon vorbereiteten Arbeitsvertrag mit der Bauabteilung der Evangelischen Landeskirche Thüringens zu unterschreiben. Sie hatte mir angeboten, in einem festen Arbeitsverhältnis die gerüstlosen Instandsetzungen in wesentlich größerem Umfang durchzuführen. Mit der Hochschule einigte ich mich, noch ein Jahr lang meine Lehrverpflichtungen zu erfüllen. Doch in jenem Jahr kam die Wende, die meinem beruflichen Leben einen ganz anderen Verlauf gab.

13.1

Improvisationen

zwischen Himmel und Erde

◇◇◇◇◇

In den 1980er Jahren hatten die meisten Kirchtürme, deren Fundamente sich im Boden der Deutschen Demokratischen Republik befanden, schon mindestens seit einem halben Jahrhundert keinerlei Baupflege mehr erfahren. In vielen Fällen war die Grenznutzungsdauer ihrer Dachdeckungen überschritten; Schieferplatten lösten sich von verrosteten Nagelschäften und wurden bei Sturm zur Gefahr für die Umgebung. An den Fehlstellen drang Regen ein und verursachte einen rasch fortschreitenden Prozess der Zerstörung von Schalung und Konstruktionshölzern, an dessen Ende die akute Einsturzgefahr für die Turmhaube stand. Dass es kaum Instandsetzungen gab, lag weniger am fehlenden Geld, sondern hauptsächlich an nicht vorhandenen Gerüstbau- und Dachdeckerkapazitäten. Dabei spielte es keine Rolle, ob der Turm der Kirchgemeinde oder – was auch oft der Fall war – der politischen Gemeinde gehörte. In dieser Situation lag der Gedanke nahe, die dringend erforderlichen Reparaturen gerüstlos mit bergsteigerischer Seil- und Sicherungstechnik zu versuchen. Weil die zentral gelenkte Planwirtschaft zu unflexibel für die Verwirklichung solcher Sonderlösungen war, widmete sich in einigen Bezirken (Erfurt und Dresden) die Schattenwirtschaft dem Thema mit Eifer und unterschiedlicher handwerklicher Perfektion. Als auch staatliche Institutionen das Potential der alternativen Zugangstechniken erkannten, hingen unsere Seile und abenteuerlichen Kletterhilfen alsbald auch an Schlosstürmen, Rathäusern, Getreidesilos oder am Turm des Buchenwalddenkmals. Bemerkenswert war die Tatsache, dass sich auf keiner von unseren mehr als zweihundert – oft weithin sichtbaren – Baustellen jemals ein Mitarbeiter der staatlichen Bauaufsicht blicken ließ. So mussten sie sich auch nicht mit den Sicherheitsaspekten unserer improvisierten Arbeitsmittel auseinandersetzen.

Wichtigstes Hilfsmittel der gerüstlosen Feierabendtätigkeit war ein in Sachsen erfundenes Abseilgerät, der „Radeberger Haken". Er war natürlich nicht im Handel erhältlich, sondern wurde aus Aluminium irgendwo in einer Gießerei nebenbei hergestellt.

In die unteren drei Langlöcher konnten mit Karabinern die Verbindungsstricke zum Sitzbrett eingehängt werden; ein Karabiner verband den Mittelsteg mit dem Brustgurt. Das „Arbeitsseil", an dem man hing, lief so durch den Haken, dass sich über seine leicht dosierbare Reibung

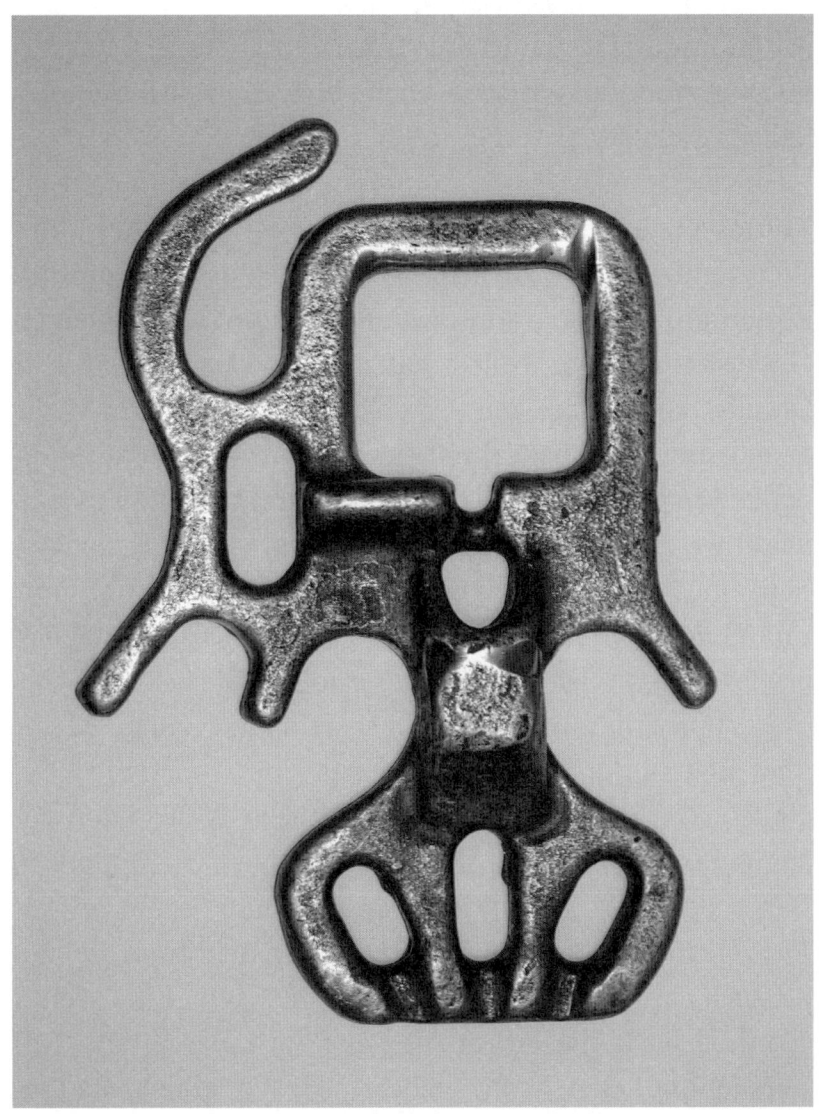

Radeberger Haken (Höhe: ca. 25 cm)

der Abseilvorgang beliebig verlangsamen ließ. Wenn die gewünschte Arbeitshöhe erreicht war, schlang man das lose Ende dieses Seils zwei Mal um die offene Seite des

Aluminuimkörpers und war damit vertikal fixiert. Zusätzlich verwendeten wir stets noch ein zweites, unbelastetes Seil als Sicherung.

Voraussetzung für die Benutzung der beiden Seile ist ihre Befestigung an der Turmspitze unmittelbar unter der Bekrönung. Jede Reparatur begann daher mit einem kleinen Gipfelsturm. Zum Glück hatten Handwerker früherer Gesellschaftsordnungen – als hätten sie das Kommen des Sozialismus vorausgeahnt – dafür grundsätzliche Möglichkeiten geschaffen. In fast jedem Kirchturm gibt es weit oben, wo die Gratsparren schon sehr eng zusammenstehen, eine Luke, deren Benutzung (wie ich heute weiß) nur mit einem Body-Mass-Index von weniger als 25 möglich ist. Wenn man den Oberkörper erfolgreich rückwärts aus dieser Luke herausgefädelt hat, sieht man einige Meter über sich an der Spitze des Turmes einen geschmiedeten Haken. Darüber bugsierten wir mit selbstgefertigten zusammenschraubbaren Aluminiumstangen ein doppeltes Bergsteigerseil. An diesem konnte man dann mittels Prusikschlingen (s. Geschichte 5) zur Bekrönung hochklettern, um dort zwei Seile zu befestigen. Ein zweiter Mann sicherte diesen Aufstieg aus der Luke heraus. Der Versuchung, den geschmiedeten Haken gleich als Anschlagspunkt für das Arbeitsseil zu benutzen, mussten wir unbedingt widerstehen; er ist nach manchmal schon jahrhundertelanger Existenz an einer so ausgesetzten Stelle nicht mehr sicher. Bei meinen zahlreichen Aufstiegen haben sich insgesamt drei geschmiedete Haken gelöst, wobei mir einer auf den Helm fiel. In einem solchen Fall seilte einen der zweite Mann auf den Erdboden ab. Die Turmspitze ließ sich dann nur noch mittels Bauklammern erreichen, die als Kletterhilfe eingeschlagen wurden.

Nach der Befestigung der Seile war jeder Turm rundum zugänglich. Für die bequemere Erreichbarkeit von Fialen führten wir das Arbeitsseil durch einen Karabiner am Ende einer aus dem Turmschaft herausgesteckten Strebe, wie man sie im folgenden Bild oben sieht. Und dann konnte es losgehen. Wir reparierten nicht nur Schieferschäden, sondern führten auch Gesamtinstandsetzungen mit kompletter Neudeckung aus. Die notwendigen handwerklichen Kenntnisse hatte uns ein Dachdeckermeister vermittelt, der eine Zeit lang bei uns mitarbeitete. Grenzen setzte uns nur immer wieder der Mangel an Material. Deshalb wurde bei Umdeckungen jede nur irgend wiederverwendbare Schieferplatte sorgsam mit speziell dafür angefertigtem Werkzeug geborgen. Es gab jedoch auch Türme, die mit einer Notdeckung aus zweilagiger Dachpappe auf das Kommen der Wende warten mussten. Die handwerkliche Krönung unserer Tätigkeit war zweifellos die Neudeckung der voluminösen Haube des Jacobi-Kirchturms in Sangerhausen. Sie erfolgte mit gefalzten Kupferschindeln, die wir aus Blech, das die westdeutsche Patengemeinde gespendet hatte, mit einer Eigenbau-Abkantbank selbst herstellten. Diese Art der Deckung ist besonders aufwändig und gehört zu den langlebigsten überhaupt – sie wird uns um Jahrhunderte überdauern.

Jetzt geht's los!

Diese Fiale am „Rübendom" zu Altenbeichlingen
musste vollständig erneuert werden

Eine Leiterkonstruktion von zeitloser Eleganz

Für die Überarbeitung verschlissener Turmbekrönungen standen uns vier Aluminiumleitern zur Verfügung, um deren Besitz wir oft beneidet wurden; ihre Beschaffung soll hier nicht thematisiert werden. In manche Turmknöpfe ist auch ein Blatt mit unseren Namen hineingelegt worden, wir schrieben einmal darauf: *„In Zeiten, in denen Dachdecker mit Regieren beschäftigt sind, müssen die Kirchtürme von anderen Leuten gedeckt werden.“* (Zur Information für Spätgeborene: Der Generalsekretär des Zentralkomitees der Sozialistischen Einheitspartei Deutschlands und Vorsitzende des Staatsrates der Deutschen Demokratischen Republik Erich Honecker war von Beruf Dachdecker.)

Wie gefährlich war damals eigentlich die seilunterstützte Zugangstechnik? Wenn einige wenige Regeln streng beachtet wurden – beispielsweise die ununterbrochene Benutzung eines zweiten, zuverlässig angeschlagenen Seiles – war sie ein sicheres Arbeitsverfahren. Dafür spricht auch die Tatsache, dass der schwerste Arbeitsunfall unserer Gruppe innerhalb von fast zehn Jahren vor der Wende ein ebenerdig in den Fuß getretener Nagel gewesen ist. Ich selbst befand mich ein einziges Mal in einer objektiv gefährlichen Situation. Sie ereignete sich am Turm einer kleinen Dorfkirche in Nordthüringen, an dem ich ganz allein hing; ein Kirchenältester sollte mir das benötigte Reparaturmaterial in einem Korb an das Ende des bis zum Erdboden reichenden Sicherungsseiles binden, damit ich es von dort hochziehen konnte. Plötzlich verspürte ich einen deutlichen Ruck im gestrafften Arbeitsseil und hing ein paar Zentimeter tiefer. Ich schaute nach oben, wo die Seile fest um die Turmspitze geknotet waren und konnte keine Ursache für die Veränderung erkennen. Doch als ich mich seitwärts zur nächsten Schadstelle schwang, folgten die letzten vier Meter des Turmes dieser Bewegung ein wenig und standen nun deutlich schief. Wenn die Turmspitze wirklich abstürzte, nützte mir mein Sicherungsseil nichts, denn es war ja an genau dieser befestigt. In Zeitlupentempo seilte ich mich ab und kletterte im Turm wieder nach oben, um nach dem Grund für das untypische Verhalten seiner Spitze zu suchen. Er zeigte sich schließlich oberhalb der Ausstiegsluke. Irgendwann hatte man die ganze Turmspitze erneuert und dabei die Verbindung zwischen alten und neuen Gratsparren nur mit ein paar Brettlaschen unter Verwendung von wenigen – inzwischen schon teilweise durchgerosteten – Nägeln hergestellt. Ich musste die Reparatur erst einmal abbrechen.

Gleich nach der Wende wurde unsere Feierabendtätigkeit durch die Gründung einer Firma in die Marktwirtschaft überführt. Sie hatte sieben Mitarbeiter und konnte von Geburt an eine Referenzliste von mehr als zweihundert Objekten vorweisen. Material kam nun in Mengen, von denen wir früher nur träumen konnten. Doch es kamen auch die Aufsichtsbeamten der Berufsgenossenschaften, die unser Treiben mit einer Mischung aus Bewunderung und Entsetzen zur Kenntnis nahmen, wobei das Entsetzen möglicherweise überwog. Wir haben sie bei der Aufstellung spezieller Unfallverhütungsvorschriften (UVV) für Höhenarbeiten unterstützt. Das Unternehmen erweiterte kontinuierlich sein Leistungsspektrum, nach acht Jahren war seine Mitarbeiterzahl schon auf mehr als zweihundert angestiegen, und sie wuchs weiter – auch in den Jahren des dramatischen Niedergangs der Bauwirtschaft. Grundlage des Wachstums waren immer neue Innovationen. Rückblickend bin ich davon überzeugt, dass die Wurzeln dieses Erfolges tief in die Vorwendezeit mit ihrem permanenten Zwang zur Improvisation zurückreichen. **Die positive Kehrseite der oft belächelten Medaille Improvisation ist offenbar die Innovation.**

14. Geschichte (1989)

Ein Buch und eine

Einladung nach Berlin

◇◇◇◇◇

Dem Bau des kleinen Windrades auf der Mühle war ein recht intensives Studium der Literatur zu diesem Thema vorangegangen. Dabei hatte ich festgestellt, dass in der DDR noch kein einziges Buch über die energetische Nutzung des Windes erschienen war; für die Wirtschaftsfunktionäre schien es zur Braunkohle einfach keine diskussionswürdige Alternative zu geben. Ich schlug meinem Arbeitskollegen Dr. Ulf-Jürgen Werner vor, gemeinsam ein Buch über Windenergie zu schreiben. Er stimmte zu, und wir nahmen Kontakt mit dem volkseigenen Verlag Technik auf, der uns eine Veröffentlichung des Werkes in Aussicht stellte. Im Zeitraum von vierzehn Monaten entstand ein Fachbuch mit einer reichlichen Portion Physik und Mathematik, die mit zahlreichen Abbildungen (Illustrator: Dr. Volker Tribius) einigermaßen genießbar gemacht worden war. Der Verlag hatte keinerlei Forderungen nach Aufnahme ideologischer Inhalte erhoben und stellte uns einen Lektor, von dessen großer Erfahrung wir im Zeitalter der einfachen Schreibmaschine sehr profitierten. Das Buch erschien im Frühjahr 1989. Dass wir für seine zweite Auflage ein Autorenhonorar in der Währung des Klassenfeindes erhalten würden, konnten wir noch nicht ahnen.

Doch der denkwürdige Herbst des Jahres 1989 warf damals seine Schatten bereits voraus. Gorbatschow hatte schon im Jahr zuvor erklärt, jeder sozialistische Staat

könne sein gesellschaftliches System frei wählen. Die Ost-
berliner Führung, die seine Reformpolitik strikt ablehnte,
war entsetzt. Erich Honecker fühlte sich am 19. Januar
zu der öffentlichen Behauptung veranlasst, die Mauer
stünde auch in 50 und 100 Jahren noch. Ungarn kündigte
am 2. Mai den Abbau der Grenzsicherungsanlagen des
„Eisernen Vorhangs" an, und nach der Kommunalwahl
am 7. Mai, bei der angeblich 98,85 Prozent der Wähler
die Kandidaten der Nationalen Front gewählt haben, gab
es massive Proteste gegen den Wahlbetrug; den „wind of
change" konnte man schon spüren.

Trotzdem wollte das System noch mit allen Mitteln seine
Zukunft sichern, wie ich beispielhaft durch eine kleine
Begebenheit erlebte. Irgendwann im Frühjahr 1989 kam
ein Student zu mir, der schon längere Zeit in unserer
Feierabendbrigade mitarbeitete. Er erzählte, dass die
Parteileitung der Hochschule an ihn herangetreten sei,
um ihn als Mitglied der SED zu gewinnen. Seine Eltern
redeten ihm zu, dieses Angebot unbedingt anzunehmen,
weil er als Genosse viel bessere berufliche Chancen hätte.
Er bat mich um meine Meinung. Ich war gerade sehr in
Eile und erklärte nur: „Aber hör mal, im April 45 ist doch
auch niemand mehr in die NSDAP eingetreten!" Viele
Jahre später wurde ich an diesen längst vergessenen Dialog wieder erinnert. Ich begegnete dem ehemaligen Studenten und erfuhr, mein Argument sei so überzeugend
gewesen, dass es ihn zum Glück von einem Eintritt in die
Partei abgehalten habe.

Im Spätherbst des Jahres 1989 erlebten mein Co-Autor Ulf Werner und ich ein noch viel beeindruckenderes Beispiel für politische Realitätsferne. Wir erhielten beide eine Einladung nach Berlin in das Ministerium für Kohle und Energie. Als wir am 7. November mit der Bahn zu diesem Termin fuhren, hörten wir im Zug vom Rücktritt der gesamten DDR-Regierung. Fast sämtliche Fahrgäste diskutierten das Ereignis mit Leidenschaft und ungewohnter Offenheit. Im Ministerium angekommen, befand sich der für uns zuständige Genosse noch in einer Sitzung. Nach der (systemunabhängigen) Weisheit, dass eine Sitzung der Sieg des Hintern über den Geist ist, richteten wir uns auf längere Wartezeit ein. Doch der Genosse erschien nach wenigen Minuten und eröffnete uns, man wolle sich im Ministerium von jetzt an den erneuerbaren Energien zuwenden. Die DDR beabsichtige, eigene Windenergieanlagen zu entwickeln. Auf uns sei man durch das Buch „Windenergie" aufmerksam geworden und böte uns an, diese Entwicklung in führender Position voranzutreiben. Ob wir bereit seien, uns einer solchen Aufgabe zu widmen. Wir sahen uns an und dachten beide so ziemlich das Gleiche: Warum will ausgerechnet ein gescheiterter Staat das Fahrrad neu erfinden? In der Bundesrepublik gab es mit dem Windenergiepark Westküste bereits den größten Windpark Europas – wie sollten wir ohne jede Produktionserfahrung einen solchen Vorsprung einholen? Höflich bedankten wir uns für die Ehre eines derartigen Angebotes und erklärten, grundsätzlich nicht abgeneigt zu sein. In den folgenden Wochen und Monaten überschlugen sich die Ereignisse in atemberaubendem Tempo. Und wie zu erwarten, haben wir nie wieder etwas von dem kühnen Projekt des Energieministeriums gehört.

14.1

Energiepolitik zwischen

„Verspargelung der Landschaft"

und Blackout

◇◇◇◇◇

Bis zu ihrem Ende nahm die DDR in Europa einen Spitzenplatz beim Pro-Kopf-Verbrauch von Primärenergie ein. Das ist kein Zeichen für besondere Wirtschaftskraft gewesen, sondern eher für Ineffizienz und technische Rückständigkeit. Typisch war beispielsweise die Regelung der Raumtemperatur in zentral beheizten Plattenbauten: Sie erfolgte zumeist über das wohldosierte Öffnen der Fenster durch die mit dieser Art der Steuerung vertrauten Bewohner. Regler an den Heizkörpern fehlten. Um die Länge der zu verlegenden Warmwasserleitungen auf das Äußerste zu minimieren, waren die Heizkörper eines jeden Neubausegments einfach in Reihe geschaltet worden. Und aus dieser Reihe durfte natürlich niemand tanzen – das individuelle Drehen an einem Regler hätte ja auch alle anderen betroffen. Die mit einem solchen Konzept verbundene gigantische Energieverschwendung wurde in Kauf genommen – Armut ist eben teuer. Die Energiepolitik des Arbeiter- und Bauernstaates war mit zwei durch Mangel an Alternativen unabdingbaren Maximen recht einfach strukturiert: Autarkie und eine fast ausschließliche Nutzung der Braunkohle. Die Energieversorgung musste autark sein, weil die „Bruderländer" keine Unterstützung leisten konnten und Geld für Zukauf von Energieträgern aus dem Westen nicht zur Verfügung stand. Sowjetisches Erdöl war zu kostbar, um es zu verstromen oder gar zu verheizen, und die Nutzung der Kernenergie kam über einen 70-Megawatt-Reaktor in Rheinsberg und vier 440-Megawatt-Reaktoren in Lubmin nicht hinaus. Und Braunkohle war der einzige nennenswerte heimische Energieträger; seine Vorkommen hätten noch hundert Jahre gereicht.

Zu DDR-Zeiten hatten sowohl der Abbau als auch die Verbrennung der Braunkohle besonders dramatische Folgen für Mensch und Umwelt. Mehr als hundert Ortschaften wurden weggebaggert und ihre Einwohner umgesiedelt. Für die jährliche Freisetzung von Schwefeldioxid bei der Verbrennung in zumeist überalterten Kraftwerken werden Mengen zwischen fünf und zehn Millionen Tonnen genannt. In langen Schornsteinen ohne Rauchgasentschwefelung wurde das giftige Gas zwar möglichst hoch über den Köpfen der Bürger in die Atmosphäre entlassen, konnte sich dafür aber besonders weit ausbreiten und nach Umwandlung in schweflige Säure großflächig Wälder und Bauten nachhaltig schädigen. Bei Inversionswetterlagen lag im Winter über manchen Städten tagelang eine gelb-braune Dunstglocke, welche die Augen tränen ließ und Hustenanfälle provozierte. Vor allem in den Industriegebieten nahmen Atemwegserkrankungen immer mehr zu.

All dies ist bereits Geschichte; die Energieerzeugung auf dem Gebiet der ehemaligen DDR hat sich tiefgreifend gewandelt. In unserem Buch „Windenergie" hatten wir unter dem Punkt „Perspektiven" in den europäischen Ländern einen Anteil der Windenergie an der Stromerzeugung zwischen 3 und 15 Prozent für möglich gehalten, das Statistische Bundesamt weist für 2017 schon 16,1 Prozent aus. Teilen der Bevölkerung ist das bereits zu viel, sie demonstrieren gegen „Windwahn" und „Verspargelung der Landschaft" wie auch gegen Pumpspeicherwerke und Hochspannungsfreileitungen. Das Ende der Kernenergie ist schon seit Fukushima besiegelt, und für Kohlekraftwerke wird die sofortige Stilllegung gefordert. Wie sieht nun angesichts solcher Randbedingungen die Energiepolitik im wiedervereinigten Deutschland aus? Sie hat für die Erzeugung von Elektroenergie ein sogenanntes „Zieldreieck" definiert; eine zukunftsfähige Stromversorgung soll drei Ansprüche zugleich erfüllen: Versorgungssicherheit, Wirtschaftlichkeit und Umweltverträglichkeit. Der Begriff „Zieldreieck" verführt zu der Annahme, es sei zulässig, die Wichtungen innerhalb dieses Dreiecks frei festzulegen; man dürfe also zum Beispiel die Umweltverträglichkeit zu Lasten der Versorgungssicherheit erhöhen. Wir Bürger können nur dringend hoffen, dass die verantwortlichen Politiker diesem Irrtum nicht vollständig unterliegen. Unsere technisierte Welt ist so abhängig von der ununterbrochenen Versorgung mit elektrischem Strom, dass sein Ausfall für Tage oder gar Wochen eine gesellschaftliche Katastrophe bedeutete. Ich kenne zwei sehr eindrückliche Schilderungen eines derartigen Desasters: zum einen das Buch „Blackout" von Marc Elsberg, zum anderen den Bericht des Bundestagsausschusses für Bildung, Forschung und Technikfolgenabschätzung, wiedergegeben in der Drucksache 17/5672. Beides sollte man zur Pflichtlektüre für Energiepolitiker erklären. Bei einem Vortrag, den ich von dem Mitarbeiter eines großen Energieversorgungsunternehmens hörte, fiel der Satz: *„Ein zweiwöchiger Netzausfall würde uns in die Steinzeit zurückwerfen."* Doch auch diese markante Äußerung beschreibt die Dramatik eines solchen Ereignisses noch nicht zutreffend. Die Steinzeitmenschen waren mit Werkzeugen, Waffen und Strategien für die Konfrontation mit ihren sehr unwirtlichen Lebensbedingungen einigermaßen gerüstet. Wir dagegen wären den Folgen eines Blackouts weitgehend hilflos ausgeliefert. Hier seien nur ganz unvollständig einige Details über die ersten Phasen des Szenarios aufgezählt:

Sofort erlöschen alle Verkehrsampeln und Leiteinrichtungen mit der Folge von massenhaften Verkehrsunfällen; tausende Menschen stecken in Fahrstühlen fest; Fernzüge stoppen auf freier Strecke und in Tunnels, ebenso wie

U-Bahnen und Straßenbahnen; in Skigebieten bleiben besetzte Gondeln hoch über der Piste hängen; elektrische Beleuchtung erlischt – Straßen und Gebäude sind nachts stockdunkel; Fernseher und Radios verstummen; die Funktion der Mobilnetze ist zumindest stark eingeschränkt; weder mit dem Elektroherd noch mit der Mikrowelle lassen sich Speisen erwärmen; die Umwälzpumpen der Heizungen haben ihren Dienst eingestellt – in den Wohnungen wird es kalt; in den meisten Orten kommt kein Trinkwasser aus der Leitung und die Toilettenspülung geht nicht, wie auch der Geschirrspüler; Tankstellen können keinen Kraftstoff mehr abgeben und ein Aufladen des Elektroautos ist unmöglich; in den Supermärkten und vielen anderen Geschäften muss der Verkauf eingestellt werden, weil Scanner und Registrierkassen außer Funktion sind; an Geldautomaten kann man kein Geld bekommen; in den industrialisierten Landwirtschaftsbetrieben fällt die automatisierte Versorgung der Tiere mit Futter, Wasser und Frischluft genauso aus wie die Melkautomaten und lässt sich nicht durch Handarbeit ersetzen.

Nach zwei bis drei Tagen sind die Akkus der Mobiltelefone leer – weil auch Festnetztelefonie nicht mehr möglich ist, kann man keine Rettungsdienste anrufen; nach der Bahn sind auch ÖPNV und Individualverkehr zum Erliegen gekommen; Krankenhäuser können ihren Betrieb nicht aufrecht erhalten, weil Kraftstoff für die Notstromaggregate fehlt; die rund 5.000 Trinkwassernotbrunnen des Landes sind mit der Versorgung von im Durchschnitt jeweils

16.000 Menschen hoffnungslos überfordert; fast alle Banken haben geschlossen – in den wenigen geöffneten wird der überstarke Andrang durch bewaffnete Kräfte in Schach gehalten; in Kühlschränken herrscht Zimmertemperatur; Gefriergut in den privaten Tiefkühltruhen beginnt ebenso wie in den großen Kühllagern zu verderben; die Entsorgung von Abwasser und Fäkalien funktioniert vielerorts nicht mehr – die Menschen verrichten ihre Notdurft schon an ungeeigneten Stellen; Supermärkte mussten ihre gesamten Vorräte bereits an gewaltbereite Kunden abgeben, Nachschub kommt praktisch nicht; die Bestände der „Zivilen Notfallreserve" werden freigegeben, können aber den Bedarf nicht decken; die meisten Arztpraxen und Apotheken sind ohne Strom nicht arbeitsfähig und haben geschlossen; das gleiche trifft für Dialysezentren zu; Justizvollzugsanstalten ohne ausreichende Notstromkapazität müssen Häftlinge freilassen; Anordnungen der Behörden durch Lautsprecherwagen der Polizei erreichen nur noch Teile der Bevölkerung; der öffentlichen Ordnung droht der Zusammenbruch.

Auf eine weitere Schilderung des apokalyptischen Geschehens soll verzichtet werden. Doch wie hoch ist seine Eintrittswahrscheinlichkeit? Sie ist auf jeden Fall deutlich höher einzuschätzen als die Wahrscheinlichkeit für einen GAU, dem größten anzunehmenden Unfall in einem deutschen Atomkraftwerk. Und sie hat sich in den letzten Jahren noch erhöht. Denn das deutsche Stromnetz ist durch die Energiewende unter Druck geraten. Weil der Leitungsbau dem Ausbautempo der erneuerbaren Energien nicht folgen kann, muss immer häufiger in den Netzfluss eingegriffen werden, um Schwankungen auszugleichen und das Netz stabil zu halten. So war am 28. März 2012 durch ein unbeherrschbares Überangebot an regenerativen Energien eine höchst bedrohliche Situation im Verbundnetz entstanden. Seine Frequenz von 50 Hertz ließ sich nicht mehr stabil halten – das Netz stand vor der Notabschaltung. Den Blackout konnten nur noch die Pumpspeicherwerke Thüringens verhindern, deren gigantische Pumpen den Energieüberschuss aufnahmen. Ein Wiederhochfahren von großen Teilen des europäischen Verbundnetzes hätte zweifellos lange gedauert. Es sei noch erwähnt, dass sich ein (fiktives) Stromnetz, in das ausschließlich Solaranlagen und Windräder einspeisen, nach einem Blackout überhaupt nicht wieder hochfahren ließe, weil die Wechselrichter der einzelnen Anlagen ein funktionierendes Netz benötigen.

Zu den Belastungen durch eine übereilte Energiewende kommt als weiterer nicht zu unterschätzender Risikofaktor eine zunehmende Digitalisierung der Energietechnik, die sie anfälliger für Hackerangriffe macht. In der Ukraine ereignete sich am 23. Dezember 2015 der weltweit erste erfolgreiche Angriff auf die Struktur einer Energieversorgung. Betroffen waren drei Versorgungsunternehmen mit mehr als 200.000 Kunden. Nach Recherchen der Süddeutschen Zeitung drangen im Sommer 2017 unbekannte Hacker in das Netz einer Tochterfirma des Stromkonzerns EnBW ein. Ist sich unsere Energiepolitik des Gefahrenpotentials bewusst, dessen Erhöhung sie selbst mit zu verantworten hat? Wohl kaum, sonst hieße es nicht in der Drucksache 17/5672 des Bundestagsausschusses für Bildung, Forschung und Technikfolgenabschätzung zu den Folgen eines langdauernden und großflächigen Stromausfalls:

„Betroffen wären alle Kritischen Infrastrukturen, und ein Kollaps der gesamten Gesellschaft wäre kaum zu verhindern. Trotz dieses Gefahren- und Katastrophenpotenzials ist ein diesbezügliches gesellschaftliches Risikobewusstsein nur in Ansätzen vorhanden".

Aber auch bei weniger existenzbedrohenden Themen erscheint die deutsche Energiepolitik nicht unbedingt von vorausschauender Weisheit geprägt. Als Beispiel sei das Batterieauto genannt, von dem 2020 nach dem Willen der Regierung eine Million Exemplare auf unseren Straßen rollen sollen – ein sehr planwirtschaftlich anmutendes Ziel. Sie verweist dabei stolz auf Förderung in Höhe von 4,7 Milliarden Euro für den Aufbau der Elektromobilität, die in Forschung, monetäre Anreize und Ladeinfrastruktur geflossen sind. Wohl noch nie in der Technikgeschichte ist eine Technologie finanziell so großzügig mit Steuermitteln gefördert und politisch so forciert worden, die mit einem ganzen Konvolut von ungelösten – und teilweise wohl unlösbaren – Problemen belastet ist:

- Die Beschaffung der Rohstoffe für Lithium-Ionen-Akkus ist nicht gesichert.
- Recycling oder Entsorgung der Batterien sind noch nicht geregelt.
- Wie der Ladestrom für Millionen Batterieautos erzeugt und bis zu den Verbrauchern geleitet werden soll, ist unklar.
- Batterieautos müssen ein paar Mal um die Erde fahren, bis ihre ökologische Gesamtbilanz wenigsten die Werte eines Dieselautos erreicht hat (ARD Plusminus, 25. April 2018).
- Gefahren, die von der Batterie bei einem Unfall oder Brand ausgehen, sind nicht unerheblich.
- Die Batterien verlieren während ihrer Lebensdauer (nur 1.000 bis 3.000 Ladezyklen) an Kapazität.
- Batterieautos sind vergleichsweise teuer.
- Ihre begrenzte Reichweite steht einer breiten Akzeptanz hartnäckig entgegen.

Dabei ist das Batterieauto durchaus nicht alternativlos. Der ökologische Königsweg wäre die Wasserstofftechnologie. Wasserstoff kann (wie Erdgas auch) Fahrzeuge mit Verbrennungsmotor direkt antreiben oder über den Umweg der Brennstoffzelle mittels Elektromotor bewegen. Anstelle von Abgasen entstehen beim Betrieb nur Wasserdampf oder Wasser. Hyundai bringt 2018 bereits die zweite Generation von SUVs mit Brennstoffzelle auf den Markt. Wasserstoff lässt sich unter Nutzung von Sonne und Wind schadstofffrei durch Elektrolyse produzieren sowie mit den beim Erdgas schon erprobten Techniken transportieren und speichern. Seine Nutzung für die Mobilität erfordert den Aufbau einer entsprechenden technischen Infrastruktur. Dass so etwas von Seiten der Wirtschaft möglich ist, wird unter Federführung des Mitsubishi-Konzerns gerade in Japan bewiesen.

Die politische Kampagne, die dem Batterieauto gegen die Skepsis der Bürger zum Durchbruch verhelfen soll, weckt in mir – die geneigte Leserschaft möge es verzeihen – die Erinnerung an einen Propagandafeldzug der Obrigkeit in Zeiten der DDR. Damals sollte die Landwirtschaft durch die flächendeckende Einführung des Rinderoffenstalls mit ganzjähriger Haltung der Kühe revolutioniert werden. Walter Ulbricht erklärte diese Innovation zur unabdingbaren Voraussetzung für die Steigerung der Erträge der tierischen Produktion und die weitere Verbesserung der Versorgung der Bevölkerung aus eigenem Aufkommen.

15. Geschichte (1989)

Strom kommt, Wasser geht –

wie geht es weiter?

◇◇◇◇◇

Es war von Anfang an klar, dass für die autarke Energieversorgung des neuen Hauses eine leistungsfähigere Windenergieanlage erforderlich sein würde. Ich plante einen Zweiblattrotor als Schnellläufer (Geschwindigkeit der Flügelspitzen größer als die Windgeschwindigkeit) und zerbrach mir den Kopf über Möglichkeiten des Selbstbaus, als eine Begegnung, von der ich eigentlich nichts erwartete, dem Projekt eine überraschende Wendung bescherte. Den einzureichenden Bauunterlagen war ein Schachtschein der Energieversorgung beizufügen, weswegen ich beim Meisterbereich Weimar/Land vorsprach. Der dortige Meister warf einen Blick in die Unterlagen und fragte: „Was ist bei euch mit Strom?" Ich sagte, dass wir im Außenbereich lägen und beabsichtigten, uns selbst zu versorgen, worauf die nächste kurze Frage kam: „Also wollt ihr keinen?" Der Meister gehörte zu einer Kategorie von Menschen, die ich schon immer sehr sympathisch gefunden habe. Extrem stark beschäftigt, betreiben diese Pragmatiker ihre Kommunikation mit dem absoluten Minimum an verbalem Aufwand und drücken sich dabei trotzdem klar und verständlich aus. Ich erklärte, dass wir sehr gerne an das Netz angeschlossen würden, aber bei unserer abseitigen Lage bisher dafür keine Chance gesehen hätten. „Heute kriegt doch jede Datsche Strom", sagte er, „und ihr könnt auch welchen kriegen unter zwei Bedingungen. Erstens: Ihr schachtet den Kabelgraben neben der Straße einschließlich der Löcher für die Masten; die Schachtung auf dem Feld machen wir mit Fräse. Zweitens: Ihr besorgt die Genehmigung von der Bahn, mit der Leitung durch die Unterführung zu gehen. Wenn du die hast, kannst du wieder herkommen, vorher lohnt es sich nicht, irgendwas auszufüllen." Dann wandte er sich einem anderen Vorgang zu, ohne sich weiter um mich zu kümmern.

Vor der Tür war ich wie benommen, welch glückliche Fügung! Mit der Überwindung zweier vermeintlich kleiner Hürden würden alle Probleme einer autarken Energieversorgung entfallen. Dabei schien mir die Handschachtung des Grabens neben der Straße mit einer geschätzten Länge von zweihundert Metern die schwierigere Aufgabe zu sein – sie könnte zu einer Belastungsprobe meiner freundschaftlichen Beziehungen zur studentischen Jugend geraten. Aber zunächst galt es, von der Deutschen Reichsbahn die Genehmigung für den Verlauf des Elektrokabels durch die Eisenbahnunterführung unter der Strecke Warschau-Hopfgarten-Paris zu erlangen. Dafür suchte ich noch am gleichen Tage einen Bekannten auf, der in dem palastartigen Gebäude der Reichsbahndirektion Erfurt tätig war, dessen Turm ehrfurchtgebietend die umgebenden Baulichkeiten überragte. Ich meine, ihm eine Flasche Wein mitgebracht zu haben. Er machte mir klar, dass ich mich mit Geduld wappnen müsse, doch wollte er sein Möglichstes bei der Begleitung des noch zu stellenden Antrags in den Irrgärten seiner Behörde tun. Ich reichte den Antrag ein. Nach drei Monaten erlaubte ich mir die erste Nachfrage, um zu erfahren, dass es noch zu früh für eine Entscheidung sei. Als ich ein Vierteljahr später den zweiten Versuch startete, war mein Antrag verschollen. In heller Aufregung wandte ich mich an meinen Bekannten, dem es tatsächlich gelang, den Vorgang wieder zu reanimieren. Nach dem Verstreichen weiterer zwei Monate sagte man mir, mein Antrag sei noch nicht bearbeitet, drei Monate später war er wieder verschwunden. Ich begann zu verstehen, weshalb der erfahrene Pragmatiker vom Meisterbereich Weimar/Land vor irgendeinem Handschlag erst den Ausgang meines Ringens mit dieser Behörde abwarten wollte. Noch einmal half mir mein Insider aus dem Direktionspalast, und fünfzehn Monate nach Stellung des Antrags war er dann tatsächlich genehmigt.

Die Handschachtung an der Straße gestaltete sich zu der erwarteten Schinderei, und das Ausheben der zwei Meter tiefen Löcher für die Stahlbetonmasten verdiente die Bezeichnung Sklavenarbeit. Sollte einer der damals beteiligten Studenten dieses Buch lesen, so sei ihm hier noch einmal ausdrücklich gedankt. Nach einigen Tagen gab es einen kleinen Kollateralschaden unserer Arbeit. Ein Mitglied der fleißigen Tiefbaubrigade zertrennte mit der Kreuzhacke einen unauffälligen Draht in total zerrostetem Mantel, worauf im Ort Utzberg die Telefone für zwei Wochen verstummten. Nicht besonders schlimm, es waren ja nur fünf. In der Unterführung konnte so etwas nicht passieren. Dort wurden die Arbeiten durch zwei Herren von der Staatssicherheit mit Argusaugen bewacht. Denn an dieser Stelle kreuzte unser Graben ein Fernsprechkabel, das nach Westen führte. Und das hätten wir ja unbeaufsichtigt nicht nur beschädigen, sondern auch anzapfen können, um mit Westverwandten zu telefonieren.

Schließlich war der uns obliegende Teil der Arbeiten abgeschlossen, die Energieversorgung setzte zügig die Betonmasten und benutzte für den restlichen Kilometer auf dem Feld ihre Grabenfräse aus westlicher Produktion. Für den Tag des Anschlusses an das Netz hatten wir ein rauschendes Lichterfest mit ganz vielen elektrischen Lampen geplant. Die leuchteten eine halbe Stunde und verloschen dann plötzlich – Stromsperre. So mussten wir unser Lichterfest mit den bewährten Petroleumlampen feiern. Dafür durften wir aber die beim Schachten angefallene Arbeitszeit abrechnen und bekamen jede Arbeitsstunde mit zehn Mark der DDR vergütet.

Das Haus war nun fertig. Mit seinem vorgeblendeten Giebelfachwerk und der Schieferdeckung sah es schön aus und hob sich sehr deutlich von der EW 65-Monokultur der übrigen Eigenheimlandschaft ab. Die Kreisarchitektin beglückwünschte uns zur Fertigstellung und sagte, sie freue sich, dass so etwas möglich sei. Der Verbindungsgang, mit dem wir die Forderung des Rates des Kreises nach einer baulichen Anbindung an die Mühle erfüllt hatten, erlaubte eine so komfortable parallele Nutzung der beiden Baulichkeiten, wie wir sie nicht erträumt hatten. Die Ausstattung des Hauses entsprach dem DDR-Standard der späten achtziger Jahre: Zentralheizung mit kohlebeheiztem Kessel, Kohlebadeofen und für beides einen sehr tiefen und damit voluminösen Kohlebunker, für dessen Ausschachtung der Lader vom Typ Weimar an die Grenzen seiner Leistungsfähigkeit gegangen war. Denn in dem unzuverlässigen Versorgungssystem war Bevorratung eine außerordentlich wichtige Strategie der Bevölkerung, die übrigens auch für Lebensmittel galt. Noch

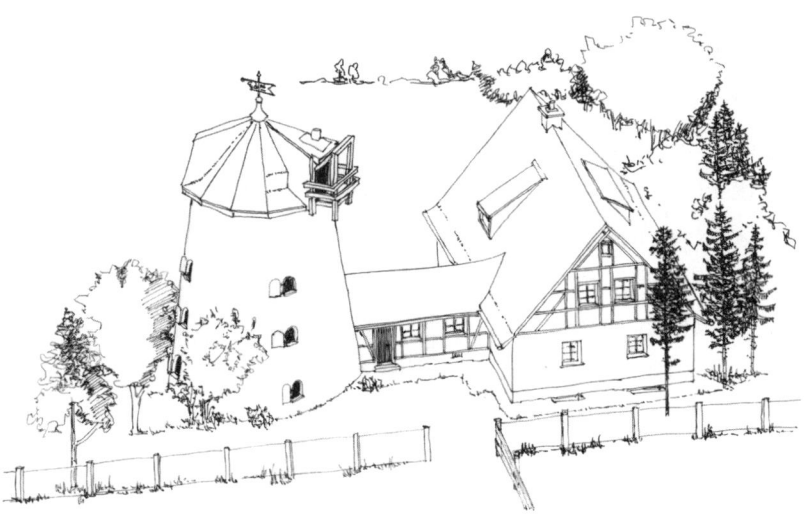

heute müssen in den Kellern freigewordener Wohnungen ehemaliger DDR-Bürger ganze Regale mit eingekochten Stachelbeeren entsorgt werden.

Wir genossen den neuen Luxus, badeten die Kinder, stellten die Wachmaschine an und befanden uns in einem Glückszustand, den ein nicht vorausgeahnter Umstand alsbald brutal beenden sollte. Als Eva in der Küche den Wasserhahn aufdrehte, kam aus ihm kein Wasser. Ich ging in den Keller, wo sich ein druckverstärkendes Gefäß befand, welches von einem Abzweig der Leitung aus dem Brunnen gespeist wurde. Es war leer. Als ich mit einer Taschenlampe in den Brunnen leuchtete, sah ich die erschreckende Ursache: Die neue, nunmehr mit 220 Volt betriebene Pumpe befand sich nicht mehr einen Meter unter der Oberfläche, sondern ragte so weit aus dem Wasser, dass sie nicht mehr ansaugen konnte. Der Wasserstand musste um einen Meter gesunken sein; die Schüttung des Schichtenwasser-Brunnens reichte für unseren gestiegenen Bedarf nicht mehr aus. Zwar hatte ich einige Zeit zuvor versucht, sie durch Abpumpen zu ermitteln und als ausreichend befunden, aber das war nach reichlichen Niederschlägen geschehen. Noch ließ sich die Pumpe etwas tiefer hängen, aber das half nur für kurze Zeit. Der Zufluss im Brunnen verminderte sich von Woche zu Woche, bis er schließlich mit weniger als hundert Liter pro Tag für eine vierköpfige Familie überhaupt nicht mehr genügte – die Grundlage unserer Existenz auf dem Windmühlenhügel war praktisch versiegt.

Und wir waren tief deprimiert. Monatelang transportierten und schleppten wir Behälter mit Wasser – keine Dauerlösung. Da bot uns der befreundete Leiter eines (noch) volkseigenen Baubetriebes an, zwei Klärgruben aus Betonsteinen, die er übrig hatte, zu setzen, damit wir darin Regenwasser speichern und als Brauchwasser verwenden könnten. Wir nahmen dankbar an. Der Aufwand für die Nutzung einer Brauchwasserkapazität von 30.000 Litern war nicht unerheblich. Zu den Schachtarbeiten, dem Abdichten der Behälter, dem Betonieren ihrer Abdeckungen und dem Einleiten der Dachentwässerung in die beiden Zisternen kam auch noch eine Neuinstallation der Wasserleitungen im Haus, so dass zwei sorgfältig voneinander getrennte Systeme für Trinkwasser und Brauchwasser entstanden.

Technisch funktionierte es einigermaßen, doch die sich immer mehr beschleunigenden politischen Veränderungen ließen das Ganze schließlich zu einer Interimslösung werden. Mit dem 1. Juli 1990 rückte das Datum der D-Mark-Einführung näher und damit auch die Möglichkeit, Leistungen zu bezahlen, die bislang nur von westdeutschen Firmen angeboten werden konnten. Das betraf die Tiefbohrung eines Brunnens bis zum Grundwasserhorizont, dessen Wasserstand endlich nicht mit den Niederschlägen schwankte. Schon im Mai wurde eine solche Bohrung auf dem Hügel niedergebracht; sie stieß nach 60 Metern auf das Grundwasser. Am 2. Juli konnten wir bezahlen. Als eine leistungsstarke Drehstrompumpe unsere

Hauswasseranlage gefüllt hatte und aus allen Leitungen wieder Trinkwasser floss, sagte Eva: „Nun haben wir aber keine Probleme mehr!" Ich stimmte zu – nicht ahnend, dass uns der letzte große Kampf um die Windmühle noch bevorstehen sollte.

15.1

Wissenswertes zu Hausbrunnen

◇◇◇◇◇

Jahrelang fuhr ich auf einer Landstraße des Saale-Orla-Kreises an einem bewaldeten Hang vorbei, an dessen Fuß sich eine kleine Quellfassung befand. Häufig parkten davor Autos, deren Fahrer Polyäthylenkanister mit dem Quellwasser befüllten. Ich hätte Bedenken gehabt, das Wasser aus dieser Quelle zu trinken, denn in ihrem Einzugsgebiet befanden sich mehrere große Viehweiden. Doch der Glaube an „gesundes Quellwasser" ist ungebrochen, ebenso wie die Attraktivität einer eigenen, dezentralen Wasserversorgung. Letztere ist aber nur in Ausnahmefällen erlaubt, denn in der Regel ist man durch den in der örtlichen Kommunalsatzung festgelegten „Anschluss- und Benutzungszwang" zum Anschluss an die öffentliche Trinkwasserversorgung und zu deren Nutzung verpflichtet. Eine Befreiung wird nur gewährt, wenn Anschluss und Benutzung mit unzumutbar hohen Kosten verbunden sind. Dennoch beziehen laut Umweltbundesamt in Deutschland mindestens 700.000 Menschen ihr Trinkwasser aus sehr kleinen Wasserversorgungsanlagen wie eigenen Brunnen oder Quellfassungen. Die Wasserversorger gehen sogar von einer beträchtlichen Dunkelziffer aus, weil nach der Wende im ländlichen Raum Ostdeutschlands sehr viele – teils uralte – Hausbrunnen aktiviert worden sind und nun parallel zur öffentlichen Versorgung betrieben werden. Diese Entwicklung ist durchaus verständlich, denn wenige Dinge wurden in der DDR so nachlässig gehandhabt wie der Gebühreneinzug für Trinkwasser. Die Wohnungen in Plattenbauten hatten gar keine Wasseruhren; Bewohner von Altbauten oder Einfamilienhäusern mussten entweder geringfügige Pauschalen oder Gebühren von zehn bis zwanzig Pfennigen pro Kubikmeter bezahlen. Im schlimmsten Fall kosteten also hundert Liter ein oder zwei Pfennige. Folgerichtig waren das Waschen des Autos mit reichlich sprudelndem Trinkwasser aus dem Gartenschlauch oder die Kühlung von Getränken unter dem geöffneten Wasserhahn an der Tagesordnung; der tägliche Pro-Kopf-Verbrauch lag bei deutlich über dreihundert Litern. Dass nach der Wiedervereinigung plötzlich die Konsumtion gemessen und mit einem Preis bezahlt werden musste, der (einschließlich Abwasserabgabe) ungefähr das Dreißigfache des bislang Gewohnten ausmachte, war ein kleiner Kulturschock. Um Wasser zu sparen, dichteten die ostdeutschen Verbraucher nunmehr seit langem tropfende Wasserhähne ab und legten Ziegelsteine in ihre Toilettenspülkästen, um deren Schwall zu reduzieren. Heute (2018) liegt der durchschnittliche Wasserverbrauch pro Person und Tag in den neuen Bundesländern signifikant unter dem

Bundesdurchschnitt von 121 Litern. So verbraucht man in Sachsen-Anhalt 94 Liter, in Thüringen 89 Liter und in Sachsen 84 Liter.

Zu solch niedrigen Werten haben zweifellos auch die schon erwähnten alten Hausbrunnen beigetragen, deren Nutzung in jedem Fall nicht nur den örtlichen Wasserversorgungsunternehmen, sondern auch dem Gesundheitsamt anzuzeigen ist. Eine Unterlassung dieser Pflicht kann als Ordnungswidrigkeit geahndet werden. Das Gesundheitsamt kontrolliert nach der Anzeige, ob die Verordnung über allgemeine Bedingungen für die Versorgung mit Wasser (AVBWasserV) eingehalten wird. Bei paralleler Nutzung von Hausbrunnen und öffentlicher Versorgung ist vor allem eine sichere hydraulische Trennung der beiden Systeme gefordert, die ein Eindringen des Wassers aus der eigenen Anlage in das öffentliche Netz verhindert. Damit sollen Kontaminationen des Netzes ausgeschlossen werden. Außerdem fordert das Amt bei erstmaliger Inbetriebnahme oder nach längerer Nutzungsunterbrechung eine umfangreiche Untersuchung, vorrangig auf Bakterien, aber auch auf andere schädliche Verunreinigungen, wie Nitrate oder Arsen. In der Folge muss der Nutzer eines Hausbrunnens jährlich die mikrobiologischen Parameter des Wassers durch ein gelistetes Labor untersuchen lassen und das Ergebnis dem Gesundheitsamt melden. Wird das Wasser an Dritte abgegeben, ist das Untersuchungsprogramm wesentlich umfangreicher.

Die Gefahr des Eintrags von Schadstoffen in das Brunnenwasser aus dem Einzugsgebiet sinkt mit der Tiefe des Brunnens. Bei der Inanspruchnahme eines Schichtwasserhorizontes – üblicherweise durch einen Schachtbrunnen – ist die Mächtigkeit der filternden Bodenschichten meist geringer als bei einem mittels Bohrbrunnen zu erschließenden Grundwasserhorizont. Auch Quellfassungen sind häufig durch Schadstoffeintrag gefährdet. Außerdem kann die Ergiebigkeit von Schichtwasser oder Quellen auch vom Niederschlagsgeschehen abhängen, wie wir ja selbst schmerzlich erfahren mussten.

Brunnenwasser kann in sehr unterschiedlicher Konzentration auch Substanzen enthalten, die nicht wirklich gesundheitsschädlich, aber lästig sind: Kalk, Eisen und Mangan. Kalk bildet Ablagerungen in Töpfen, Kaffeeautomat und Waschmaschine, ein sehr hoher Eisengehalt kann zu Ausflockungen, metallischem Geschmack sowie Rostablagerungen führen, und Mangan verursacht dunkle Flecken in der Wäsche. Mit einer nach dem Prinzip des Ionenaustauschers arbeitenden Wasserenthärtungsanlage lässt sich der Kalkgehalt des Wassers reduzieren. Durch Zugabe von Kochsalztabletten werden ihm in der Anlage die Calcium- und (leider auch) Magnesiumionen entzogen und durch Natriumionen ersetzt. Die unerwünschten Stoffe landen im Abwasser. In einem Einfamilienhaus muss man für Salztabletten, Strom und jährliche Wartung mit Kosten in einer Größenordnung von 250 Euro rechnen. Ob diese sich lohnen, ist fraglich. Das Umweltbundesamt rät in seiner Broschüre zum Trinkwasser von Geräten zur Wasserenthärtung im Haushalt ab. Sie seien weder notwendig noch sinnvoll, weil hartes Wasser nicht ungesund ist. Außerdem können sich in der Enthärtungsanlage Keime vermehren. Die Wasseraufbereitung mit der sogenannten Umkehrosmose ist zwar auch wirksam, aber für eine Hauswasserversorgung kaum praktikabel. Unbedingt hüten sollte man sich vor Fabrikaten, die den gewünschten Effekt mit Energetisierung, Vitalisierung, Magnetisierung, Strukturierung oder Information erreichen wollen. Sie gehören (unter Verweis auf 8.1) zur Gruppe der „mundus vult decipi" – Wunderprodukte.

16. Geschichte (1993 – 2002)

Der letzte Kampf um die Windmühle

oder: Ein verlorengegangener Weg

wird zum Ausweg

◇◇◇◇◇

Als wir im Mai 1993 einen Anruf von unserem Rechts-anwalt erhielten, bei dem er mitteilte, dass ein ihm noch unbekannter Anspruchsteller die Restitution des Mühlen-grundstücks verlange, war dies das Präludium für eine zer-mürbende juristische Auseinandersetzung, die sich über fast neun Jahre hinzog. Sie stellte alle bisherigen Mühen um die Existenz auf dem Flachstalhügel infrage und lähm-te unseren Willen, dort noch mehr zu tun. Doch das, was wir erlebt haben, ist kein Einzelschicksal, sondern steht für Erfahrungen, wie sie zahllose Ostdeutsche in ähnlicher Art und Weise nach der Wende machen mussten – ein Grund, die Geschichte hier kurz zu erzählen.

Was war dem Telefonat vorausgegangen? 1985 hatte man uns die Windmühle verkauft und zusätzlich ein „dingliches

Nutzungsrecht" an dem für den Hausbau herausgemessenen Grundstück verliehen. Eigentum an „volkseigenem" Grund und Boden konnte man damals nicht erwerben. Solange die DDR existierte, war diese Regelung nicht weiter schlimm; zum Problem wurde sie erst, als die Übernahme der bundesdeutschen Rechtsauffassung am Horizont auftauchte, wonach dem Grundstückseigentümer auch stets die auf seinem Grund und Boden errichteten Baulichkeiten gehören. Der letzte „unfrei" gewählte Ministerpräsident der DDR, Hans Modrow, wollte DDR-Bürger mit Eigenheimen auf volkseigenem Land durch ein am 7. März 1990 erlassenes Gesetz schützen, nach welchem sie ihr Grundstück zu den damals im Osten üblichen Baulandpreisen kaufen konnten. Auch wir hatten auf der Grundlage dieses Gesetzes am 13. September 1990 mit der Gemeinde Hopfgarten einen Kaufvertrag für das Mühlengrundstück abgeschlossen und den Kaufpreis bezahlt. Doch Modrows Absicht lief weitgehend ins Leere, denn später wurde eine Stichtagsregelung eingeführt, nach der solche „Modrow-Verträge" nur dann Geltung besaßen, wenn ihr Abschluss vor dem 18. Oktober 1989, dem Tag des Rücktritts von Erich Honecker, lag. Damit konnte auch unser Kaufvertrag nicht in das Grundbuch eingetragen werden.

Im September 1990 meldete der ehemalige Eigentümer der Windmühle Ansprüche auf Rückübertragung seines Eigentums an. Nachdem er 1953 die DDR ohne die zu dieser Zeit erforderlichen Genehmigungen verlassen hatte, wurde durch den Staat das gesamte Vermögen seines Betriebes mitsamt allen zugehörigen Grundstücken entschädigungslos enteignet und in „Eigentum des Volkes" überführt. Die Gemeinde Hopfgarten erhielt die Rechtsträgerschaft über die Grundstücke. Nach dem Tod des Antragstellers im Jahre 1991 gingen seine Ansprüche an eine Erbengemeinschaft über, die sie mit anwaltlicher Hilfe beim Thüringer Landesamt zur Regelung offener Vermögensfragen geltend machte. (Dabei handelte es sich nicht nur um das Windmühlengrundstück, sondern noch um weitere Liegenschaften.)

Dieses Amt war mit der Vielzahl seiner zu bearbeitenden Fälle hoffnungslos überlastet, und wir konnten nichts weiter tun, als lange zu warten. Die damit verbundene Unsicherheit war quälend. Auch wenn unser Anwalt sich optimistisch gab, ließ uns eine gewisse Restangst nachts schlecht schlafen. Nach endlos erscheinenden zweieinhalb Jahren gab das Landesamt zur Regelung offener Vermögensfragen eine Mitteilung über die beabsichtigte Entscheidung heraus: Das von der Erbengemeinschaft beanspruchte Grundstück sollte nicht restituiert werden. Unsere überschäumende Freude wurde von Seiten des Anwalts ein wenig gedämpft: Der Beschluss sei noch nicht endgültig, und die Gegenpartei erhalte Gelegenheit zur Stellungnahme. Es vergingen weitere siebzehn Monate bis zum gleichlautenden Endbescheid des Amtes am 3. Februar 1997, wir atmeten auf. Doch die Erleichterung währte nur kurz, denn schon am 28. Februar reichte der sehr tüchtige Anwalt der Erbengemeinschaft beim Verwaltungsgericht Weimar Klage gegen das Land Thüringen und den Bescheid des Landesamtes ein. Darin führte er aus, der Erwerb der Windmühle durch uns zu DDR-Zeiten habe nicht im Einklang mit den damaligen allgemeinen Rechtsvorschriften, Verfahrensgrundsätzen und einer ordnungsgemäßen Verwaltungspraxis gestanden, weil die Wohnraumlenkungskommission daran nicht beteiligt worden wäre – ein Verfahrensfehler, der uns bewusst gewesen sei oder den wir zumindest hätten erkennen müssen. Damit sei der Erwerbsvorgang nichtig. Dagegen ließ sich einwenden, dass die sozialistische Institution Wohnraumlenkungskommission sogar aus zwei Gründen nicht einzubeziehen war: Zum einen enthielt die nicht an das Stromnetz angeschlossene Windmühle wohl kaum zuzuweisenden Wohnraum, zum anderen war die Kommission nicht zuständig, weil wir ja bereits seit mehreren Jahren in der Mühle wohnten.

Am 01. Juli 1998 erging das Urteil des Verwaltungsgerichts Weimar, das ebenfalls eine Rückübertragung ausschloss. Der gegnerische Anwalt dachte noch immer nicht daran, aufzugeben; am 24. September reichte er Beschwerde gegen das Urteil (genauer: gegen Nichtzulassung der Revision) beim Bundesverwaltungsgericht ein. Sie wurde am 17. Februar 1999 abgewiesen. Damit war der Rechtsstreit um das Grundstück mit Windmühle und Wohnhaus endgültig zu unseren Gunsten entschieden. Die Erbengemeinschaft hatte nun auch unseren Teil der nicht unerheblichen Anwalts- und Gerichtskosten zu übernehmen. Wir stimmten auf ihre Bitte einer Zahlung in kleinen Monatsraten zu.

Doch die Auseinandersetzung war durchaus nicht beendet; sie sollte sich zuspitzen und uns noch ein weiteres Mal vor Gericht führen. Das im Jahre 1986 für unser Bauvorhaben herausgemessene Teilgrundstück war so klein, dass eine Grenzüberbauung sich nur durch die Fällung von drei großen Fichten hätte vermeiden lassen, was natürlich nicht in Frage kam. Und für unentbehrliche Ver- und Entsorgungseinrichtungen hatte es schon gar keinen Platz: Brunnen, Kleinkläranlage mit Verrieselung, eingegrabener Flüssiggastank sowie Stromanschlusskasten, auch die Zisternen befanden sich auf dem uns dreiseitig umgebenden Grundstück 573/2 – und das gehörte nun der Erbengemeinschaft. Wir hatten schon im Oktober 1998 ein nach unserer Meinung äußerst großzügiges Kaufangebot für die in Anspruch genommenen Flächen abgegeben, das aber schroff abgelehnt worden war. Man ließ uns wissen, das man das angrenzende Grundstück an uns weder verkaufen noch verpachten wolle. Stattdessen wurden wir im März 2001 anwaltlich aufgefordert, sämtliche baulichen Anlagen und Installationen sowie alle Leitungen und Kabel umgehend zu entfernen. Inzwischen hatte die Erbengemeinschaft das Grundstück mit Bebauung vermessen lassen und dabei die Grenzüberbauung festgestellt, die sie zu weiteren Forderungen berechtigte. Ein Ausweg wäre die Bestellung einer Grunddienstbarkeit gegen angemessene Entschädigung gewesen, der sich die Erbengemeinschaft (oder ihr Rechtsanwalt?) jedoch verweigerte. Der Aufforderung zur unverzüglichen Beräumung kamen wir nicht nach, fühlten uns aber in einer Art Belagerungszustand. Inzwischen war die Angelegenheit, bei der wir keine besonders guten Karten hatten, wieder gerichtsanhängig geworden, und bekanntlich ist man ja auf hoher See und vor Gericht in Gottes Hand – Ausgang also ungewiss. Sollte das Landgericht Erfurt zugunsten der Gegenpartei entscheiden, hätten wir in Zukunft weder Wasser, Gas und Elektrizität, noch eine Kläranlage. Uns wäre die Existenzgrundlage auf dem Windmühlenhügel entzogen, und wir könnten das mühsam Geschaffene allenfalls noch verkaufen. Einziger möglicher Käufer wäre dann die Erbengemeinschaft, weil sie alle Strukturen der Ver- und Entsorgung in der Hand hatte. Um sich die Folgen dieser Konstellation auf einen Kaufpreis auszumalen, brauchte man nicht viel Fantasie.

Als ich mit solch trüben Gedanken wieder einmal auf die Flurkarte schaute, war ich plötzlich elektrisiert: Sie enthielt einen Feldweg, den es seit 160 Jahren faktisch nicht mehr gab; er war schon bei der Errichtung des Dreiseithofs neben der Windmühle überbaut worden und ansonsten zu einem Teil des Ackers mutiert. Nichts deutete mehr auf seine einstmalige Existenz hin, doch die Eintragung auf der Karte machte ihn zum justiziablen Gegenstand; er musste sich wie alle Feldwege der Flur Hopfgarten im Eigentum der Gemeinde befinden. Mit einer Fläche von 841 Quadratmetern war er mehr als anderthalbmal so groß wie unser eigenes Grundstück. Wenn es gelänge, ihn zu kaufen, wäre er ein hervorragendes Faustpfand für einen Flächentausch, dem sich die gegnerische Partei nur schwerlich verweigern könnte. Schon am nächsten Tag übergaben wir der Gemeinde Hopfgarten ein Kaufangebot, dass sie nicht ablehnen konnte. Kurze Zeit später war der Kauf besiegelt. Nun schlugen wir der Gegenpartei außergerichtlich einen Flächentausch vor. Einem Schreiben ihres Rechtsanwalts vom 21. Dezember 2001 ist zu entnehmen, dass er die dramatische Verbesserung unserer Position sofort erkannt hatte. Zunächst zog er darin die rechtliche Zulässigkeit der Veräußerung des Weges durch die Gemeinde in Zweifel. Nach der Behauptung, seine Mandanten benötigten den Weg zur Erreichung ihrer Grundstücke, folgte die Ablehnung: *„Der Flächentausch ist keineswegs geeignet, eine einvernehmliche Lösung herbeizuführen, die auf lange Sicht die Interessen der Parteien des Rechtsstreits berücksichtigt"*, denn die Erbengemeinschaft sehe ihre Interessen bei einer solchen Lösung *„in keinster Weise"* gewahrt. Also war ein weiterer Gerichtstermin unvermeidbar. Am 14. Februar 2002 unterbreiteten wir vor dem Landgericht Erfurt der Gegenpartei einen Vergleichsvorschlag. Sein Inhalt: Das unser Grundstück 573/1 dreiseitig umgebende Grundstück 573/2 (das zu rund 80 % aus landwirtschaftlicher Nutzfläche und zu etwa 20 % aus Gartenland besteht) wird mit einer Gesamtgröße von 8.407 Quadratmetern für einen Kaufpreis von 100.000 DM an uns verkauft, womit alle geltend gemachten Ansprüche erledigt sind. Obwohl die Richterin die Annahme dieses Vergleichs empfahl, verlangte die Gegenpartei noch 10.000 DM zusätzlich für die Mühen, die sie mit uns gehabt hätte. Das war mir zuviel. Ich schlug meinen Aktendeckel zu und sagte zu unserem Anwalt: „Wir lassen es ausurteilen!" Sie lenkten ein und nahmen den Vergleich an, bei dem alle Kosten gegeneinander aufgehoben werden sollten. Nun konnten wir uns der Behebung des Investitionsstaus zuwenden, der in den verstrichenen neun Jahren auf dem Windmühlenhügel entstanden war.

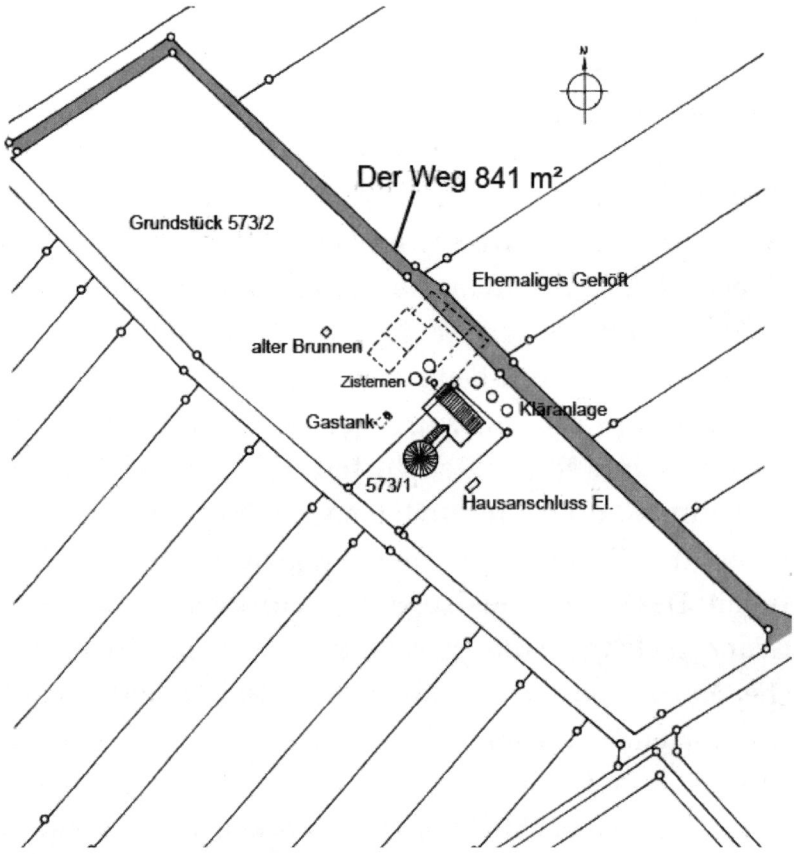

Auszug aus der Flurkarte (mit Ergänzungen)

16.1

„Offene Vermögensfragen"

in Milliardenhöhe

◇◇◇◇◇

Ostdeutschland hat innerhalb eines halben Jahrhunderts zwei in der deutschen Geschichte beispiellose Umverteilungen von Vermögenswerten erfahren. Die erste begann mit der Bodenreform und setzte sich mit zahllosen einzelnen Enteignungen fort; die zweite machte Teile der ersten wieder rückgängig – auch sie war mit Zumutungen für das Gerechtigkeitsempfinden vieler Menschen verbunden. In der Sprachregelung des DDR-Regimes stellten die Enteignungen eine Überführung von Privateigentum in „Volkseigentum" dar. Diese Umwandlungen waren irreversibel; niemand konnte Volkseigentum erwerben. Möglich war jedoch die Verleihung eines vererblichen „dinglichen Nutzungsrechtes" an einem Grundstück, auf dem man dann ein privates Haus bauen durfte. Ein solches Auseinanderfallen von Eigentum an Grund und Boden mit dem Eigentum an der Bebauung kennt das Zivilrecht der Bundesrepublik nicht; nach dem Bürgerlichen Gesetzbuch wird der Eigentümer des Grundstücks auch zum Eigentümer der Bebauung. Dieser Unterschied in den Rechtsauffassungen stellte für die Wiedervereinigung ein Konfliktpotential dar, dessen Umfang die folgenden Zahlen verdeutlichen: In der DDR hatten zwischen 1971 und 1988 etwa 250.000 Bürger Ein- und Zweifamilienhäuser mit eigenem Geld und in Nachbarschaftshilfe gebaut. Knapp 50.000 dieser Häuser stehen auf Grundstücken, die unbebaut enteignet wurden (Quelle: DIE ZEIT, Archiv ›Jahrgang 1992‹ Ausgabe 13). Wenn die enteigneten Grundstücke ihren vormaligen Eigentümern (oder deren Erben) zurückgegeben würden, gehörten ihnen nach bundesdeutschem Recht auch die darauf gebauten Häuser.

Politiker der Bürgerbewegung sahen den Konflikt voraus und drängten deshalb am Runden Tisch darauf, die Bewohner von Häusern zu schützen, deren Grundstückseigentümer in Westdeutschland lebten. So entstand das „Gesetz über den Verkauf volkseigener Gebäude" vom 7. März 1990, das später Modrow-Gesetz genannt wurde; es sollte DDR-Bürgern die Möglichkeit geben, die Grundstücke, auf denen ihre Häuser standen, preiswert zu erwerben. Das Modrow-Gesetz verlor seine Gültigkeit durch die „Gemeinsame Erklärung zur Regelung offener Vermögensfragen", auf die sich die beiden deutschen Staaten am 15. Juni 1990 einigten. Sie besagt, dass enteignete Grundstücke und Häuser in der DDR prinzipiell an die Alteigentümer zurückgegeben werden; nur wo dies nicht möglich und zumutbar ist, wird entschädigt. Ausgenommen sind Industriebetriebe und landwirtschaftliche Güter, welche die sowjetische Besatzungsmacht zwischen 1945 und 1949 beschlagnahmte. Käufe nach dem 18. Oktober 1989, dem Rücktritt Honeckers, sollten auf „Redlichkeit" überprüft werden, um zu verhindern, dass sich SED-Bonzen lukrative Immobilien sichern konnten. Schon im September 1990 ging die „Erklärung" in den Text eines „Gesetzes zur Regelung offener Vermögensfragen" ein. Es versucht, die vielen mit den (insgesamt rund 2,5 Millionen) Restitutionsansprüchen verbundenen Detailfragen von vornherein gesetzlich zu regeln und ist dadurch unglaublich lang geworden. Mit Änderungen in den Jahren 2005 und 2016 gilt dieses DDR-Gesetz noch heute.

Das Gesetz zur Regelung offener Vermögensfragen behandelt zwar Restitutionsansprüche, löste jedoch nicht das Problem der Vereinheitlichung des Eigentums von Grundstück und Bebauung und die damit verbundene Verunsicherung der Betroffenen. Wie groß diese war, zeigt die Verzweiflungstat des Fraktionsvorsitzenden des Neuen Forum/Bündnis 90 Detlev Dalk, der sich im März 1992 im Bernauer Kreistag erhängte, weil er auf einen *„Vermögensabfluss von Ost nach West größten Ausmaßes"* in einem Abschiedsbrief an Bundeskanzler Kohl aufmerksam machen wollte. Obwohl er sein Grundstück im August 1988 nach DDR-Recht redlich erworben hatte, beschuldigte ihn der Alteigentümer, *„Haus und Grund wissentlich zu Unrecht erworben"* zu haben. Erst im September 1994 verabschiedete der Deutsche Bundestag das Sachenrechtsbereinigungsgesetz. In der Erläuterung des Justizministeriums heißt es: *„Dieses Gesetz verfolgt das Ziel, die Eigentumsverhältnisse an Hausgrundstück und Eigenheim unter weitgehender Wahrung der gegenläufigen Interessen von Grundstückseigentümer und Nutzer im Wege eines Kompromisses zusammenzuführen. Es gewährt hierzu Ansprüche auf einen preisermäßigten Hinzuerwerb des Grundstücks durch den Nutzer oder alternativ auf Bestellung eines befristeten Erbbaurechts für diesen. Der Nutzer kann wählen, ob er das Grundstück zum halben Wert erwirbt oder für die verbleibende Nutzungsdauer des Eigenheims auf dem fremden Grundstück den Erbbauzins an den Grundstückseigentümer zahlt."*

Doch auch mit dem Sachenbereinigungsgesetz, das sich auf Bau oder Erwerb von Eigenheimen bezieht, war der gesetzliche Regelungsbedarf noch nicht befriedigt. Schutzlos standen noch die Nutzer fremder Grundstücke da, die darauf Bungalows, Lauben oder auch Garagen errichtet, Blumen und Bäume gepflanzt und das bewirtschaftete Land wie ihr Eigentum behandelt hatten – es war in der DDR für sie ein kleines Stückchen Freiheit. Zu ihrem Schutz wurde das seit 1995 geltende Schuldrechtanpassungsgesetz erlassen. Es schrieb als Übergangsrecht einen Kündigungsschutz bis zum 3. Oktober 2015 fest, danach hatte der Pächter noch einen Entschädigungsanspruch für den Zeitwert seiner Baulichkeiten.

Auch wenn sich der Gesetzgeber bemühte, den Prozess der Umverteilung immobilen Eigentums für die Bürger der untergegangenen DDR erträglich zu gestalten, sahen diese sich oft als Verlierer. Ein mir bekannter Ingenieur aus Chemnitz hatte zu Beginn der achtziger Jahre ein Haus in schlechtem Zustand erworben und wollte es nach der Wende grundsanieren. Er berichtete mir, dass ihn der Alteigentümer persönlich aufgesucht habe, um ihm zu sagen, er wisse, dass der Kauf rechtmäßig sei, wolle aber trotzdem dagegen klagen. „Damit gehen wir durch alle Instanzen; bis zur Klärung kriegen Sie auch keinen Bankkredit, dann können Sie das Haus sanieren, wenn Sie alt und grau sind!" Gegen die Zahlung einer Summe von 20.000 DM innerhalb der nächsten vierzehn Tage würde er aber auf eine solche Klage verzichten. Der Ingenieur hat gezahlt.

17. Geschichte (2003 – 2015)

Umzug in die Renaissance

◇◇◇◇◇

Als ich Schloss Nimritz im Jahr 2000 zum ersten Mal sah, hätte ich mir nicht vorstellen können, den Windmühlenhügel bei Hopfgarten freiwillig zu verlassen, um dort einzuziehen. Ich war gekommen, um die Ausführung eines Auftrags der Denkmalpflege zur Sicherung von Mauerwerk mittels eingebohrter Anker vorzubereiten und ließ mich vom Eigentümer durch das Gebäude führen. Er war ein ostdeutscher Antiquitätenhändler, der das Renaissanceschloss in der illusionären Erwartung erworben hatte, es ausschließlich mit Fördergeldern sanieren zu können, um dann sein Geschäft fortan als Schlossherr zu betreiben – ein langgehegter Traum, wie er mir sagte. Inzwischen war er von der Wirklichkeit eingeholt worden. Auf dem Dachboden standen Schüsseln verschiedener Größe, in die das durch die schadhafte Schieferdeckung eindringende Regenwasser hineinlaufen sollte. Ein erheblicher Teil dieses Wassers hatte sich aber nicht in die Schüsseln begeben, sondern stattdessen lieber wichtige Teile der Holzkonstruktion verfaulen lassen. Außerdem gab es noch zahllose andere Bauschäden. Wenn nicht wenigstens das Dach bald saniert wurde, drohte dem Bauwerk mit seiner wertvollen renaissancezeitlichen Substanz der Verfall. Der Schlossherr zeigte mir den wirklich bedeutenden Rittersaal mit spätgotischer Balkendecke und eindrucksvollen Rollwerken um Türen und Fenster; dabei klagte er, dass die öffentliche Hand sich nicht für die Erhaltung dieser Zeugnisse einer großen Vergangenheit engagiere – seine eigenen Mittel seien aufgebraucht. Beim Abschied äußerte er noch, er trage sich mit der Absicht, das Objekt zu verkaufen und er wäre mir für die Vermittlung eines Käufers dankbar. Und das Schloss sei ja wirklich einzigartig, vor allem so lichtdurchflutet! Ich gab ihm innerlich Recht, im Vergleich zu zahlreichen anderen Schlössern, die ich schon gesehen hatte, war dieses ein sehr freundliches. Mehrere Räume besaßen Fenster auf drei Seiten, und das hineinströmende Licht milderte den Eindruck der langdauernden Vernachlässigung.

Das zweite Mal sah ich Nimritz in Begleitung meiner Frau. Wir wollten ein paar alte Weingläser kaufen, die der Händler in einem Raumteil des Erdgeschosses anbot, den er provisorisch mit Decken eingegrenzt hatte. Andere Kunden gab es nicht, und so konnte sich auch Eva bei einer Führung von dem morbiden Charme überzeugen, den der alte Adelssitz trotz seiner vom Zahn der Zeit genagten tiefen Wunden noch immer ausstrahlte. Bald danach übernahm ein erfahrener Polier unserer Firma die Baustelle Schloss Nimritz und führte die Mauerwerkssicherung der

Nordostecke mittels Edelstahlankern, Vernadelung sowie Verfugung im Hochdruckspritzverfahren erfolgreich zu Ende. Rückblickend muss ich anerkennen, dass Eva den Rahmen für ein Gespräch von großer Tragweite sehr klug gewählt hatte. Wir saßen als einzige Gäste des kleinen ungarischen Reiter-Schlosses Pokvar in der Eingangshalle vor dem Kaminfeuer und tranken magyarischen Rotwein. Nichts trübte unser Wohlbefinden; hinter uns lagen ein paar goldene Oktobertage mit eindrucksvollen Ausritten in die weite Puszta, der Schlossherr hatte uns ein Gefühl gegeben, als seien wir sein privater Besuch, und die gute ungarische Küche tat ein übriges. „Hast du dir schon einmal überlegt, dass es mit zwei erwachsenen Kindern im Haus an der Windmühle zu eng wird?" fragte mich auf einmal meine Frau. „Wieso denn", sagte ich „Konstantin schläft doch in der Mühlenkuppel!" „Dazu wird er vielleicht sehr bald nicht mehr bereit sein, wenn seine Freundin ihm erklärt, dass sie nachts keine fünfzig Stufen zu einer Toilette steigen will." Meine Schlussfolgerung, in diesem Fall müsse er sich eben eine andere Freundin suchen, wurde von Eva als chauvinistisch zurückgewiesen. „Er kann sich ja auch eine Wohnung in Weimar oder Erfurt nehmen, wir leben doch nicht mehr im Zeitalter der Wohnraumlenkungskommissionen." „Du weißt, wie sehr beide Kinder an der Windmühle hängen – es gäbe ja auch noch eine andere Lösung." „So?" fragte ich erstaunt, „Wie soll die denn aussehen?" „Die Kinder bleiben wohnen, und wir ziehen aus." Ich war sprachlos. Eva nutzte diesen Zustand und redete weiter: „Schau dich doch einmal um, wie stimmungsvoll dieser Raum ist! Wir könnten doch auch in ein Schloss ziehen." Ich fasste mein Erstaunen in die Worte: „Wo willst du denn ein Schloss hernehmen?" „Der Antiquitätenhändler in Nimritz sucht händeringend einen Käufer; er wird sicher nicht lange um den Kaufpreis feilschen. Das Schloss ist nicht zu groß, und du hast selbst gesagt, dass es außergewöhnlich gut erhaltene Bausubstanz aus der Renaissance und sogar aus der Romanik enthält. Es müsste doch für dich eine faszinierende Aufgabe sein, dieses Bauwerk zu retten und ihm seinen alten Glanz wiederzugeben – Erfahrungen hast du ja an anderen Objekten genug gesammelt. Und nach deinem Ausscheiden aus der Firma mit fünfundsechzig willst du ja noch etwas zu tun haben." Auf die gleiche Ansprache hätte ich zu Hause wohl ablehnend reagiert, aber hier, wo gerade das Zwielicht aus Abenddämmerung und Kaminfeuer eine mystische Stimmung in die geschichtsträchtige Halle des ungarischen Schlosses zauberte, kam mir die Idee nicht abwegig vor. Bei meinen beiden Besuchen in Nimritz hatte es mich durchaus berührt, das einzigartige Bauwerk dem sicheren Verfall entgegensiechen zu sehen. Außerdem erschien dieser ländliche Adelssitz so „handlich", dass man sich vorstellen konnte, darin zu wohnen. Und selbst, wenn wir für die Sanierung keine Fördergelder bekämen, ließen sich zehn Jahre lang jährlich zehn Prozent der Sanierungskosten als „Denkmalabschreibung" steuermindernd ansetzen (heute wären es nur jeweils neun Prozent). Zu dem an diesem Abend gefassten Entschluss, Schloss Nimritz zu kaufen, wenn dafür kein unverschämter Preis gefordert würde, hat vermutlich auch der ungarische Rotwein beigetragen.

Erst viel später offenbarte mir Eva den eigentlichen Beweggrund für ihre Aktion Schlosskauf. Es war die nicht ganz unberechtigte Angst um meine Gesundheit. Der Stress der Führung des Betriebes in den Jahren eines gnadenlosen Verdrängungswettbewerbs, als sich die deutsche Bauwirtschaft halbierte, sowie eine ungesunde Lebensführung hatten Spuren hinterlassen. Sie wollte die Einhaltung meines Versprechens, mit Erreichen des Rentenalters aus der Firma unwiderruflich auszuscheiden, absichern: zum einen durch eine größere Entfernung zwischen Wohnsitz und Betrieb, zum anderen sollte ich mich einer neuen, weniger belastenden Aufgabe widmen. Und dazu schien ihr Schloss Nimritz ein geeigneter Gegenstand zu sein.

2001 erwarben wir Schloss Nimritz zum Preis von 220.000 DM. Dazu gehörte eine Grundfläche von 3.800 Quadratmetern (später 6.900 Quadratmeter), die einen noch traurigeren Anblick bot als das Gebäude selbst. Belegt mit bröckelnden Resten eines LPG-Betonsilos und einer überdimensionierten Klärgrube, war dieser Teil des ehemaligen Schlossparks inzwischen zur wilden Müllkippe des Dorfes mutiert. Außer der umfangreichen Gesamtsanierung des Bauwerks stand also auch noch die Rückverwandlung des ausgedehnten Schandflecks in einen Park an. Freunde, denen wir stolz das Objekt präsentierten, reagierten auf unsere Erklärung, hier in zwei Jahren einziehen zu

Schloss Nimritz vor der Sanierung: Ein Dach auf dem Weg in den Ruinenzustand

wollen, mit Skepsis und mitleidigen Blicken. Die Arbeiten zogen sich dann schließlich über fast drei Jahre hin. Sie vollständig zu schildern, ist im Rahmen dieser Geschichte nicht möglich. So sollen nur wenige ausgewählte Fakten und Bilder einen Eindruck von ihrem Ergebnis vermitteln. Eigentlich bestand die Schlossanlage Nimritz aus dem Alten Schloss, das auf einen romanischen Vorgängerbau zurückging und dem 1750 im Stile des Barock angebauten Neuen Schloss. Letzteres hatte man nach 1945 zu einem Neubauerngehöft umzunutzen versucht und dabei zwei an das Alte Schloss angrenzende Fensterachsen abgerissen sowie auf der anderen Seite eine Art Scheunentrakt angebaut. Das schiefergedeckte Mansarddach musste bei diesem barbarischen Akt einem simplen Satteldach mit

Ansicht der Südseite des Alten Schlosses mit wiederhergestelltem Lichthof. Im zweiten Obergeschoss des linken Fügels ist noch einer von ehemals drei Toilettenerkern zu sehen.

Ziegeldeckung weichen. Wir hatten zunächst nur das Alte Schloss erworben. 1871 war darin durch die Familie von Beust als damalige Besitzerin der kleine Lichthof zwischen den beiden Flügeln auf der Südseite zugebaut worden, weil sie mehr Platz brauchte. Architektonisch bekam dies dem Bauwerk nicht besonders gut; wichtige Räume im Inneren erhielten seitdem zu wenig Licht. In Absprache mit der Denkmalpflege öffneten wir den Lichthof und stellten damit den renaissancezeitlichen Grundriss wieder her.

Auf der Ostseite des Gebäudes gab es bis in die neunziger Jahre eine sogenannte Schwarzküche, in welcher der Rauch einer offenen Feuerstelle sich seinen Weg durch eine Öffnung in der Decke suchen musste. Wegen ver-

Die spätgotische Holzbalkendecke im Rittersaal wird von einem massiven Unterzug mit Mittelsäule getragen.

meintlicher oder tatsächlicher Baufälligkeit wurde sie abgerissen. An dieser, nicht mehr der historischen Situation entsprechenden Stelle erlaubte uns die Denkmalpflege, als Ergänzung zu den beiden Treppentürmen im Inneren einen Außenfahrstuhl zu bauen. Ein solcher Zugang ermöglichte erst eine Nutzung des Rittersaales und seiner angrenzenden Räume für Festlichkeiten, die dann von einer neuen Veranstaltungsküche im Erdgeschoss versorgt wurden.

In dem von uns durchweg mit Fußbodenheizung ausgestatteten Erdgeschoss erweckten wir auch die Schlosskapelle zu neuem Leben. Weil die Dorfkirche im Winter

Die Ausstattung der Schlosskapelle wird durch zwei Dauer-
leihgaben geprägt, die ansonsten zu einem Dornröschenschlaf
in Magazinen verurteilt gewesen wären: eine holzgeschnitzte
Kreuzigungsgruppe aus der ersten Hälfte des 15. Jh. (Leihgeber:
Klassikstiftung Weimar) und ein hölzernes Taufgestell aus dem
16. Jh. (Leihgeber: Evangelische Kirche Mitteldeutschland).

zu kalt war, fanden dann darin die Gottesdienste unserer
Kirchgemeinde statt. Der Pfarrer freute sich über un-
gewohnt lebhafte Teilnahme, denn der stimmungsvolle
Raum zog Besucher auch aus benachbarten Dörfern an.
Und wir konnten sozusagen in Hausschuhen kommen.
Unsere Wohnung richteten wir im zweiten Obergeschoss
ein, sie war mit rund 200 Quadratmetern Fläche zwar un-
gewohnt groß, aber komfortabel mit Erdgas heizbar und
dank ihrer vielen Fenster so lichtdurchflutet, wie wir es
erhofft hatten.

Nur den aus romanischer Zeit stammenden Keller ließen wir unverändert, obwohl dessen Fußbodenniveau im Verlauf von vermutlich tausend Jahren durch den Eintrag von Erde bei allerlei Einlagerungen um mehr als siebzig Zentimeter angewachsen war. In seinen Gewölben hatten sich Fledermäuse eingerichtet, und bei einer Begehung mit unserer Tochter Sabine stießen wir auf eine Erdkröte von so außergewöhnlicher Größe, dass ich in ihr einen verwunschenen Prinzen vermutete. Ich empfahl meiner Tochter sogleich, das Tier zu küssen. „Aber Papa", wehrte sie ab, „wir kommen doch auch so zurecht!" Dabei hätten wir eine prinzliche Unterstützung sehr gut gebrauchen können, denn als Förderung der Instandsetzung hatten wir nur zwanzigtausend Euro vom Freistaat Thüringen und vierzigtausend Euro von der Deutschen Stiftung Denkmalschutz erhalten. Das waren knapp fünf Prozent

Ansicht des Neuen Schlosses mit seinem markanten Nordwesterker nach der Instandsetzung

der für das Alte Schloss und seine Außenanlagen aufgewendeten Kosten. Aber das Ergebnis konnte sich wohl sehen lassen, denn 2006 verlieh uns dafür der Freistaat Thüringen seinen Denkmalpreis. Und der war immerhin mit fünftausend Euro dotiert.

Inzwischen hatten wir das nördlich angrenzende Grundstück gekauft, auf dem das traurige Ergebnis des brutalen Umnutzungsversuches stand (der dort angesiedelte Neubauer war nach kurzer Zeit schon wieder entschwunden) – das Neue Schloss. Unter seiner armseligen Biberschwanz-Einfachdeckung mit verbrauchten Spließen begann der Echte Hausschwamm aufzublühen; irgendetwas musste geschehen. Aber wie sollten wir mit dem vergewaltigten

Bauwerk umgehen? Wir schlugen dem Thüringischen Landeskonservator vor, es als gesicherte Ruine stehen zu lassen, aber er plädierte nachdrücklich dafür, dem Neuen Schloss seine ursprüngliche Gestalt und Erscheinung wiederzugeben. Wir haben seinen Wunsch erfüllt, doch Fördermittel bekamen wir dafür nicht.

Die Familie von Bünau hatte 1750 das barocke Neue Schloss als Wohnsitz für die Verwalter einfach an das alte Renaissanceschloss angebaut – damals gab es noch keine Denkmalpflege, die eine solche architektonische

Der Verbindungsgang in der Bildmitte erlaubt eine gemeinsame Nutzung von Altem und Neuem Schloss. Links im Bild ist der Fahrstuhl zu sehen, der an der Stelle der verlorengegangenen Schwarzküche errichtet wurde. In die Wetterfahne auf dem Turmhelm wurde das Greifenmotiv der Windmühlenfahne übernommen.

Rücksichtslosigkeit hätte verhindern können. Diese Sünde wollten wir nicht wiederholen, und so entstand nach dem Wiederaufbau von nur einer Fensterachse ein Verbindungsgang zwischen den ersten Obergeschossen der beiden Gebäude, der das jüngere Schloss auf einem gewissen Respektsabstand hielt und dennoch eine gemeinsame Nutzung erlaubte.

Eine besondere Herausforderung bei der Instandsetzung des Bauwerks war die Restaurierung seines zentralen Raumes im Obergeschoss. Der Fußboden mit stark geschädigter intarsierter Dielung hatte eine Querneigung von mehr als zehn Zentimetern, und die ländlich-einfache Stuckdecke hing in Teilflächen an verfaulenden Brettern herunter. Beides konnte gerettet werden, wobei die Restauratoren eine merkwürdige Entdeckung machten. Im Deckenstuck gab es einen rostbraunen Fleck, der beharrlich immer wiederkam. Als sie an dieser Stelle die Decke öffneten, kam ein Hufeisen zum Vorschein, das seiner Form nach in die Zeit des Dreißigjährigen Krieges zu datieren war. Eine statische Funktion besaß es natürlich nicht; man hatte es ganz offenbar als Glücksbringer für das Gebäude im Stuck versteckt – und diese Aufgabe war von ihm ja auch erfüllt worden. Wir sind abergläubisch genug, zu behaupten, dass nur sein Verbleiben in dem von uns als Bibliothek genutzten Raum den Fortbestand des Neuen Schlosses garantiert.

Blick in die Bibliothek des Neuen Schlosses

Die Tochter des letzten Schlossverwalters von Nimritz feierte am 14. Juli 2006 im Schloss ihre Goldene Hochzeit. In den für die Feierlichkeit benutzten Räumen kamen die Erinnerungen an ihre Kindheit wieder hoch. Besonders gerührt war sie über die Auferstehung des zentralen Raumes im Neuen Schloss: „Das war unsere Gute Stube, dort durften wir nur an Sonntagen und Feiertagen hinein!" Auch wir waren gerührt – über dieses Echo unserer Anstrengungen.

2007 konnten wir nach der Gestaltung von Park und Schlossgarten mit Pavillon auch die Arbeiten am Neuen Schloss abschließen. Im alten Schloss wohnten wir ja schon ein paar Jahre und hatten allerlei Erfahrungen

gesammelt, von denen nur die wichtigsten hier wiedergegeben werden sollen.

Die Dorfbewohner begegneten uns sehr freundlich;
oft hörten wir, dass man sich über die Beseitigung des
Schandflecks im Zentrum des Ortes freue. Das war
beruhigend, denn vorstellbar waren ja auch negative Ge-
fühle gegenüber uns Zugereisten, die sich des Schlosses
bemächtigt hatten, welches sich vor wenigen Jahren noch
in Volkseigentum befand.

**Blick auf Altes und Neues Schloss nach Abschluss der Instand-
setzung aus nördlicher Richtung**

Perspektive aus dem Pavillon des Schlossgartens

Blick in den Park

Es war aber auch in manchen Fällen ratsam, sich nicht als „Schlossherr" zu erkennen zu geben. Denn der Besitz eines Schlosses verband sich bei einigen Menschen mit der Vorstellung von Reichtum, den man ein wenig abschöpfen konnte. Die Tatsache, dass Schlösser fast immer defizitäre Objekte sind, hätte ihre Perspektive wohl nicht beeinflusst. So hatten wir immer wieder das Gefühl, zusätzlich zum üblichen Preis noch einen „Schlossbesitzzuschlag" entrichten zu müssen.

Doch das Schloss brachte uns auch Menschen nahe, deren Denken und Handeln nicht von Eigennutz bestimmt war. Dazu gehörten vor allem unser Nachbar Helmut Müller und seine Frau. Sie überließen uns kostenlos ihre angrenzende Wiese als Pferdeweide und waren stets bereit zu unentgeltlichen Hilfeleistungen, von denen uns eine besonders beeindruckt hat. Ihrer Schilderung muss vorausgeschickt werden, dass wir zwei Pferde mit Namen Unique und Sioux besaßen. Sioux war ein Halbblutwallach, der etwas zu spät kastriert worden war. Der gutmütige Unique hatte sehr unter seinen Hengstmanieren zu leiden; ständig wurde er vom Futter verdrängt, gebissen und in jeder möglichen Weise unterdrückt. Auf der Koppel gab es einen von beiden Pferden sehr gerne angenommenen Wälzplatz mit tiefgründiger Sandschüttung. Eines Tages begann Unique, mit seinen Vorderhufen und großer Beharrlichkeit darin ein Loch zu graben. Er hörte mit dieser Buddelei erst auf, als das Loch ungefähr einen dreiviertel Meter tief und so groß war, dass ein sich wälzendes Pferd hineinpasste. Der Zweck seines Tiefbauprojektes wurde ausgerechnet an einem Tag offenbar, an dem wir uns unerreichbar in Frankfurt aufhielten. Sioux wälzte sich, geriet rücklings in das Loch, dessen Ränder gefroren waren und kam nicht mehr heraus. Dem Vernehmen nach

soll Unique dem vergeblichen Strampeln seines Peinigers gelassen zugesehen haben – wer andern eine Grube gräbt, muss nicht unbedingt selbst hineinfallen. Weniger gleichgültig reagierte Helmut Müller auf die verzweifelte Lage des Englischen Halbbluts, die bei dem herrschenden Frost fatal enden konnte. Es gelang ihm, Pferdewirte aus Nachbardörfern herbeizutelefonieren; mit Seilen und vereinten Kräften brachten sie Sioux wieder auf die Beine. Ob das Pferd Herrn Müller genauso dankbar war wie wir, entzieht sich unserer Kenntnis.

Wir wollten das Schloss mit seinen repräsentativen Räumen und Außenanlagen gern für Veranstaltungen öffnen. Dass diese Absicht auch mit Herausforderungen verbunden war, spürten wir schon am ersten Tag des offenen Denkmals, an dem uns mehr als fünfhundert Besucher überrannten. Dennoch verzeichnet das Gästebuch mehrere Hochzeiten, Konzerte, sehr stimmungsvolle Weihnachtsfeiern des Lions-Clubs, Kaminabende, Weinverkostungen und Tagungen, von denen die anstrengendste eine Klausurtagung der Landesregierung war. Ihre Logistik, vom Sprengstoffschnüffelhund bis zu den fließenden Strömen von Essen und Trinken vermittelten einen Eindruck von dem Aufwand, der bei der föderalen Struktur der Bundesrepublik Deutschland mit sechzehn teilsouveränen Gliedstaaten verbunden ist. Als wir eine Stunde nach Mitternacht in der Veranstaltungsküche dem Personal beim Abtrocknen des Geschirrs halfen, erschien der Ministerpräsident und sprach uns Mut für diese Tätigkeit zu.

Doch es gab auch weniger anspruchsvolle Fremdnutzungen, wie beispielsweise die Tagung des Kreisvorstands einer Volkspartei, dem wir dafür mietfrei die Bibliothek im Neuen Schloss überließen. Getränke standen mit einer Kasse des Vertrauens zur Selbstbedienung bereit. Als ich nach dem Ende der Sitzung den eingenommenen Betrag zählte, stand er in einem enttäuschenden Missverhältnis zum Verbrauch. Aber vielleicht entsprach dies ja ihrer Vorstellung von sozialer Gerechtigkeit. Uns bestärkte es in der Absicht, das Schloss nur noch Leuten zur Verfügung zu stellen, mit denen uns eine persönliche Beziehung verband.

Diese Absicht konnten wir jedoch gegenüber einer Institution nicht in die Tat umsetzen: dem Finanzamt. Die historischen Räume schienen ihm zu gefallen, denn es veranstaltete darin Außenprüfungen, die sich über Tage, Wochen und schließlich Monate hinzogen. Im Winter heizte ich dafür schon morgens den Kaminofen in der Bibliothek des Neuen Schlosses an. Um seinem schier unstillbaren Wissensdurst zu genügen, musste ich unaufhörlich neue Unterlagen heranschleppen, die ich jeweils freiwillig mit Kaffee und Plätzchen garnierte. Ich dachte an den Rat eines Steuerberaters unserer betrieblichen Tätigkeit, bei der wir auch ständiges Prüfungsobjekt waren: „Die müssen was finden, sonst werden Sie die nicht los!" Doch stattdessen hofften wir als Ergebnis der langen Außenprüfung sogar auf eine Nachzahlung. Vergeblich, denn plötzlich korrigierte das Finanzamt seine Meinung zu einem mehrere Jahre zurückliegenden, bereits geprüften Steuerbescheid und änderte ihn sechsstellig zu unseren Ungunsten. Wir waren entsetzt – vor allem, weil unser Steuerberater keine Möglichkeit sah, dagegen vorzugehen. Über den Fortgang dieses uns außerordentlich belastenden Konfliktes soll in der folgenden Geschichte Nr. 18 noch berichtet werden.

Weil ja der Umgang mit Ämtern und Behörden unser aller Leben sehr stark prägt, sei hier noch eine einschlägige Episode mit Bezug zum Schloss geschildert. Sie hing mit dem Paragrafen 32 Absatz 1 des Grundsteuergesetzes zusammen, in dem es heißt: *„Die Grundsteuer ist zu erlassen für Grundbesitz oder Teile von Grundbesitz, dessen Erhaltung wegen seiner Bedeutung für Kunst, Geschichte,*

Wissenschaft oder Naturschutz im öffentlichen Interesse liegt, wenn die erzielten Einnahmen und die sonstigen Vorteile (Rohertrag) in der Regel unter den jährlichen Kosten liegen. "Weil die jährlichen Kosten, in die auch die Instandhaltungsrücklage eingeht, deutlich über den geldwerten Vorteilen des Wohnens im Schloss Nimritz lagen, stellte ich an die Gemeinde einen Antrag auf Erlass der Grundsteuer für das Jahr 2014. Er wurde an die Verwaltungsgemeinschaft Oppurg weitergeleitet. Nach einem Schriftwechsel, bei dem man kaum glauben konnte, dass beide Parteien überhaupt die gleiche Sprache benutzten, bestritt die VG die Unrentierlichkeit des Besitzes und lehnte den Antrag ab. Ich ging in Widerspruch, worauf die Rechtsaufsichtsbehörde des Landratsamtes Saale-Orla-Kreis den Vorgang übernahm. Und die teilte im Januar 2016 mit, da *„ein Anspruch auf Erlass der Grundsteuer nach § 32 Abs.1 GrStG schon mangels eines besonderen öffentlichen Erhaltungsinteresses ausscheidet, kommt es nicht mehr darauf an, ob der Grundbesitz unrentierlich im Sinne dieser Vorschrift ist"* (Rechtschreibfehler wurden vom Verfasser berichtigt). Ob die Öffentlichkeit wohl wusste, dass sie kein besonderes Interesse an der Erhaltung von Schloss Nimritz hat? Die Gebühren für diesen Bescheid wurden gleich doppelt erhoben: für meine Frau und mich, obwohl wir grundsteuerlich gemeinsam veranlagt waren und auch den Antrag gemeinsam gestellt hatten. Als ich das für einen Irrtum hielt, wurde ich schriftlich belehrt: *„In Ihrem Fall haben sowohl Sie, als auch Frau Eva Maria Bennert Widerspruch gegen den*

Ablehnungsbescheid über den Antrag auf Erlass der Grundsteuer eingelegt. Diese Widerspruchsverfahren wurden bereits richtigerweise durch die Verwaltungsgemeinschaft Oppurg getrennt". Ich muss zugeben, mich bei der Lektüre dieser Zeilen ein wenig nach dem kurzen Draht zu einem Ersten Bezirkssekretär gesehnt zu haben.

17.1

In tausend Jahren nicht erobert, nicht verbrannt, nicht gesprengt – Ereignisse aus der Historie des Schlosses Nimritz

◇◇◇◇◇

An jenem Oktobertag des Jahres 1640, als schwedische Soldateska von Saalfeld kommend auf das Schloss Nimritz zumarschierte und schließlich mit ihren Äxten Stücke aus der schweren Eichenholztür hieb, mögen dessen vor Angst zitternde Bewohner den Umbau verflucht haben, den ihre Vorfahren fünfundsiebzig Jahre zuvor veranlassten. Damals hatte man der ehemaligen romanischen Wasserburg ihre Wehrhaftigkeit genommen und sie in ein Schloss mit bequemem Zugang und repräsentativem Rittersaal umgestaltet. Denn die Epoche der Renaissance war nach dem Augsburger Religionsfrieden von 1555 ein optimistisches Zeitalter voller Hoffnung auf dauerhaften Frieden – eine Hoffnung, die der Dreißigjährige Krieg in einem Meer von Blut ertränkte. Doch Nimritz blieb das Schicksal seiner Nachbarschlösser erspart: Es wurde von der verrohten Soldateska nicht zerstört, ja noch nicht einmal eingenommen. Wir wissen nicht, wie es den Schlossherren gelang, die Marodeure am Eindringen zu hindern; Geld aus dem Fenster zu werfen, war vermutlich genauso riskant wie eine Gegenwehr, weil es die Gier der Angreifer verstärken konnte. Auf jeden Fall blieben die heute noch zu bestaunenden Axthiebe der einzige Schaden, den der Dreißigjährige Krieg dem Schloss des kleinen Dorfes Nimritz zufügte.

Axthiebe der schwedischen Soldaten aus dem Jahre 1640 an der Eingangstür von Schloss Nimritz

Das im Jahr 1074 erstmals urkundlich erwähnte Bauwerk hatte im Laufe seiner Geschichte noch andere Ereignisse zu überstehen, die seinen Bestand ernsthaft in Frage stellten. Dazu gehört ein nicht mehr genau zu datierender Brand im Dachstuhl, der durch einen abenteuerlich verzogenen Schornstein verursacht wurde. Gücklicherweise konnte er noch rechtzeitig gelöscht werden. In allerhöchster Gefahr befand es sich jedoch im Jahre 1947, als kommunistische Ideologen den Befehl 209 der Sowjetischen Militäradministration zum Anlass für die Zerstörung von Schlössern und Herrenhäusern nahmen. Die Familie von Beust, der das Schloss fast zweihundertfünfzig Jahre gehört hatte, war nach ihrer Enteignung in die westliche Besatzungszone geflohen, nun wurde die Parole ausgegeben: *„Der Fuchs ist weg, lasst uns seinen Bau ausheben!"* Schloss Nimritz sollte gesprengt werden. Dass man dieses Vorhaben nicht in die Tat umsetzte, ist dem Engagement einiger Einwohner des Ortes zu verdanken. Ihr Argument,

Wappen der Familie von Beust

dass doch dringend Wohnmöglichkeiten für Flüchlinge aus dem Osten benötigt würden, war unbestreitbar.

Nach der Wende wurde das Schloss zum Gegenstand einer der vielen Geschichten von Habgier und Leichtgläubigkeit, die sich damals ereigneten. Die mangelnde Baupflege der DDR-Zeit hatte es mehr schlecht als recht überstanden; vor allem die Deckung des Schieferdaches mit seinen vielen Gaupen war dringend erneuerungsbedürftig. Der Bürgermeister des Dorfes war bereit, das Objekt für nur eine D-Mark an einen Investor abzugeben, der es instandsetzte. Bald fand sich für den symbolischen Preis ein Bieter, und der Kauf kam zustande. Der Käufer hatte jedoch einen echten Interessenten an der Hand, dem er weismachte, die eine D-Mark sei nur der offizielle Preis für das Finanzamt; tatsächlich verlange die Gemeinde 300.000 DM als Schwarzgeld für ein Bauvorhaben. Und diese Transaktion solle über sein Konto laufen. Der Interessent zahlte und fuhr einige Tage später nach Nimritz, wo er den Bürgermeister fragte, ob das Schwarzgeld verabredungsgemäß bei ihm eingegangen sei. Mit der bitteren Wahrheit konfrontiert, erlitt der Käufer im Gemeindebüro einen Herzinfarkt, wurde mit Blaulicht ins Krankenhaus gebracht und überlebte. Mittelsmann und Geld hat er nie wieder gesehen.

Zeittafel

1074 Erste urkundliche Erwähnung des Schlosses, das damals noch eine wehrhafte Wasserburg war. Der Wassergraben wurde übrigens erst 1870 verfüllt.

1565 – 1569 In diese Zeit fällt der Umbau der Burg zum Renaissanceschloss unter dem alten sächsisch-thüringischen Adelsgeschlecht von Etzdorf, bei dem der nördliche Treppenturm und der markante Nordwesterker entstehen.

1640 Soldaten des bei Saalfeld lagernden schwedischen Heeres versuchen auf einem Plünderungszug in das Schloss Nimritz einzudringen. Die schwere Eichentür hält den Hieben ihrer Äxte jedoch stand.

1740 – 1760 Unter der Herrschaft des Geschlechts von Bünau, die das Schloss bereits um 1600 erworben haben, folgt noch einmal eine Phase reger Bautätigkeit im Inneren des Alten Schlosses; gleichzeitig wird das Neue Schloss angebaut.

1870 Familie von Beust errichtet einen Zwischenbau in der Südfassade und schüttet den Wassergraben zu.

1945 – *1950*	Enteignung der Besitzer, für die Aufnahme von Flüchtlingen werden die Räume des Alten Schlosses kleinteilig parzelliert, im Erdgeschoss entsteht ein Sanitärbereich zur gemeinsamen Nutzung; mittels brutaler Abriss- und Umbaumaß-nahmen versucht man, aus dem Neuen Schloss ein Neubauerngehöft zu machen.
1950 – *1990*	Multivalente Nutzung des Alten Schlosses als Wohnung und für öffentliche Zwecke; das Dach ist kaum noch dichtzuhalten.
1990 – *2000*	Mehrere aufeinanderfolgende Besitzer müssen erkennen, dass die baulichen Probleme des Schlosses sie überfordern.
2001 – *2005*	Grundlegende Instandsetzung und Restau-rierung des Alten Schlosses, der ästhetisch unbefriedigende Zwischenbau von 1870 wird aus der Südfassade entfernt.
2007	Sanierung des völlig heruntergekommenen Neuen Schlosses, das wieder sein ur-sprüngliches barockes Äußeres erhält.

18. Geschichte (2015)
Unter reichen Leuten

◇◇◇◇◇

Rondell mit dem Mühlstein aus der Windmühle und Hund Mo, der diesen Ort sehr liebte

Im östlichen Teil des von uns selbst gepflegten Nimritzer Schlossparks ließen wir aus Natursteinen ein kleines, von einer Taxushecke umrahmtes Rondell mit Sitzbank aufmauern, in dessen Mitte ein alter Mühlstein als Tisch diente. Wir hatten ihn als Reminiszenz an unsere Windmühle mitgenommen, „damit wir nicht vergessen, wo wir herkommen". Denn in unserer Lebensplanung sollte Schloss Nimritz der endgültige Alterssitz sein. Doch es kam anders. An der Mühle bei Hopfgarten hatte es einschneidende Veränderungen gegeben: Sohn Konstantin konnte berufsbedingt nur noch selten dorthin kommen, und Tochter Sabine musste das Ende einer mehrjährigen Partnerschaft verwinden. Sie fand sich auf einmal ganz allein auf dem Hügel wieder, wo neben einer anstrengenden selbständigen Tätigkeit auch die Pflege des recht aufwändigen Grundstücks auf sie wartete. Und im Winter war sogar auf dem siebenhundert Meter langen, inzwischen (auf eigene Kosten) asphaltierten Feldweg Schnee zu räumen, weil der Winterdienst ihn üblicherweise ignorierte. Wir hatten uns schon einige Zeit ernsthafte Sorgen gemacht, als Sabine eines Tages zu uns kam, um eine dringende Bitte zu äußern: Wir sollten doch wieder zur Windmühle zurückkommen, Platz sei ja jetzt genug da. Und das Schloss sei zwar wunderschön, doch für uns beide einfach zu groß. Der Spiritus loci der Windmühle streckte seine Arme nach uns aus.

Sabine hatte recht. Weil wir nicht willens waren, das Doppelschloss ernsthaft wirtschaftlich zu verwerten, blieb es untergenutzt. Die faszinierende Aufgabe, das geschichtsträchtige Bauwerk wieder zum Strahlen zu bringen und seine Ausstattung zu gestalten, hatte uns ausgefüllt; seit einiger Zeit war sie beendet. Und ich musste vor mir selbst zugeben, dass der jahrzehntelange, vielgestaltige Kampf um die Existenz auf der Windmühle mich mehr mit ihr verband, als mit dem Adelssitz, in dem wir jetzt zehn Jahre verbracht hatten. Diese Erkenntnis und der Herzenswunsch unserer Tochter führten zusammengenommen zu der Entscheidung: Wir verkaufen Schloss Nimritz.

Doch für welchen Preis? Ein Verkehrswert lässt sich bei Schlössern nicht bestimmen. Es gibt für sie keinen wirklichen Markt, weil es an Marktteilnehmern mangelt. Diese Liebhaberimmobilien sind Unikate, auf die sich das Vergleichswertverfahren der Wertermittlung nicht anwenden lässt. Die beim Sachwertverfahren ermittelten Kosten, die heute für ihren Bau anfallen würden, interessieren einen potentiellen Käufer nicht. Weil ihr Besitz meistens unrentierlich ist, kann auch das Ertragswertverfahren nur in seltenen Fällen angewandt werden, und so muss ein Preis als Ergebnis der individuellen Verhandlung zwischen Verkäufer und Käufer zustande kommen, in der emotionale Wertvorstellungen eine große Rolle spielen. Wir wollten das Schloss mit seiner kompletten Ausstattung verkaufen, mit allen Möbeln, Bildern, Kunstgegenständen und dem Geschirr mit Schlosswappen für Veranstaltungen bis zu hundert Gästen. Uns war so oft gesagt worden, diese Ausstattung sei perfekt und ein Gesamtkunstwerk, dass wir dieses auf keinen Fall wieder auseinanderreißen wollten. Andererseits waren wir bereit, einen deutlichen Abschlag auf die Kosten hinzunehmen, die bei der Instandsetzung angefallen waren. Sowohl die mit der Denkmalabschreibung verbundenen Steuererleichterungen als auch den geldwerten Vorteil des Wohnens sowie die Abnutzung über ein Jahrzehnt konnte man gegenrechnen. Die Summe, die wir uns vorstellten, soll hier nicht genannt werden, weil das Rückschlüsse auf den später vom Erwerber bezahlten Preis zuließe – eine Indiskretion, die wir ihm nicht zumuten möchten.

Eine große Maklerfirma bekam den Auftrag für die Vermarktung. Sie brauchte mehrere Monate für die Erstellung des Exposés, zu dem sie unsere Bilder und Texte benutzte. Als es schließlich verfügbar war, meldete sich als sehr willkommener Interessent ein Mitglied der Adelsfamilie Beust, welcher das Schloss fast zweieinhalb Jahrhunderte gehört hatte. Wir fanden, dass mit einem solchen Erwerb der musterhaft sanierten Immobilie zu einem günstigen Preis das historische Unrecht der Enteignung vor siebzig Jahren ein wenig wiedergutgemacht würde und hofften auf eine Kaufzusage. Schon beim ersten Besuch war der Freiherr von Beust sichtlich berührt sowohl von den Räumen als Schauplätzen seiner Familiengeschichte als auch von der Grablege seiner Vorfahren im gegenüberliegenden Eichenwäldchen, die der völligen Überwucherung durch die Natur bislang noch widerstanden hatte. Zwei Tage später teilte er uns telefonisch mit, er wolle Schloss Nimritz unbedingt kaufen und sei dabei, die nötigen Voraussetzungen dafür zu schaffen. Wir freuten uns sehr über den schnellen Erfolg der Verkaufsbemühungen. Umso enttäuschter waren wir drei Monate später über die Nachricht, dass er mit großem Bedauern vom Kauf zurücktreten müsse.

Es kamen weitere Interessenten. Ein Immobilienunternehmer aus Wuppertal fuhr im großen Mercedes mit zwei erwachsenen Söhnen vor und mokierte sich sofort nach dem Eintreten darüber, wie verwahrlost die Dörfer hier aussähen. Dann referierte er ausführlich über die herausragende Bedeutung und Finanzstärke seines Unternehmens. Nachforschungen, die wir anschließend im Internet anstellten, legten eher das Gegenteil nahe. Nach einigen Tagen ließ er uns wissen, dass die große Entfernung zwischen Wuppertal und Nimritz einem Kauf entgegenstünde. Diese Erkenntnis hätte er auch mit einem Blick auf die Deutschlandkarte gewinnen und sich die Fahrt durch verwahrloste Dörfer ersparen können. Immer wieder führten wir Menschen durch unsere Wohnräume, bei denen wir uns des Eindrucks nicht erwehren konnten, sie seien mehr an einer Besichtigung als an einem Kauf interessiert. So musste für eine Entscheidung das Objekt noch den Schwiegereltern gezeigt werden. Selbige erschienen auch am darauffolgenden Wochenende, brachten zwei antiautoritär erzogene, äußerst bewegungshungrige Enkel mit und fragten, ob sich im Wohngeschoss ein Balkon anbauen ließe. Die Verneinung dieser Frage war für die Familie offenbar so frustrierend, dass sie nichts mehr von sich hören ließ.

Wir waren mit der Maklerfirma nicht zufrieden; sie war ihrer vertraglich zugesicherten Pflicht einer Prüfung der Solvenz vor dem ersten Objektkontakt nach unserer Meinung nicht nachgekommen. Deshalb kündigten wir den Vertrag mit ihr, fertigten selbst ein hochwertiges Exposé an und verließen uns auf eigenes Marketing. Einige Monate und zahlreiche Besichtigungen später, erreichte uns auf elektronischem Wege die Anfrage eines Family Office aus Singapur, dem die Verwaltung der Immobilien eines adligen deutschen Auftraggebers oblag. Es gäbe grundsätzliches Interesse an einem Erwerb des Schlosses Nimritz. Der ersten E-Mail folgten Fragenkataloge, die immer mehr ins Detail gingen. Zu einer abschnittsweisen Darstellung der Schlossmauer mit genauer Höhenangabe waren wir noch bereit, nicht jedoch zur Abgabe einer verbindlichen Erklärung der Unbescholtenheit unserer Nachbarn, von denen gefordert wurde, dass sie niemals straffällig geworden sein durften. Auf einmal erhielten wir vom Office die Nachricht, dass Freiherr von N. das Objekt zu besichtigen wünsche, und ein Termin wurde dafür vereinbart. Er kam mit dem Flugzeug nach Deutschland und im Mietwagen nach Nimritz. In einer Garderobe von legerer Eleganz und mit etwas unterkühlter Höflichkeit besichtigte er alles sehr zügig, um danach zu erklären, er wolle sich am nächsten Tag um zehn Uhr mit uns in Jena treffen, wo schon ein Notartermin für die Unterzeichnung des Kaufvertrages reserviert sei. Wir staunten. Als wir am Folgetag in das Notariat kamen, war er schon da und reichte uns tatsächlich den fertigen Kaufvertrag zur Durchsicht. Ich stellte fest, dass er auf den Bahamas wohnansässig war und stieß beim Weiterlesen auf zwei Dinge, die mir überhaupt nicht gefielen. Zum einen hatte Freiherr von N. den geforderten Kaufpreis für die Immobilie um fast zwanzig Prozent reduziert, zum anderen war von einer Vergütung der Ausstattung gar nicht mehr die Rede. Dazu äußerte der Freiherr, er wolle erst einmal ein paar Monate im Schloss wohnen und dann entscheiden, welche Objekte er käuflich erwerben möchte. Ich drückte dem etwas konsterniert dreinblickenden adligen Kaufwerber den Kaufvertrag mit den Worten in die Hand, er glaube offenbar, dass es sich hier um einen Notverkauf handele, was aber nicht der Fall sei. Dann verließen wir die Kanzlei.

Später nahm das Family Office noch einmal Kontakt mit uns auf und stellte bessere Konditionen für den Kauf in Aussicht, doch wir reagierten nicht mehr, denn inzwischen hatten die Dinge bei uns eine sehr erfreuliche Wendung genommen. Eines Sonntagnachmittags hatte es geklingelt. Vor der Tür stand ein langjähriger Bekannter, der sich für den unangemeldeten Besuch entschuldigte und seinen korrekt gescheitelten Begleiter als Herrn W. und möglichen Kaufinteressenten für das Schloss vorstellte. Auf der Straße war ein Mercedes Cabriolet geparkt, das ich trotz mangelhafter Kenntnisse der Auto-Oberklasse als teures AMG-Fahrzeug identifizieren konnte. Von Herrn W. vernahmen wir, dass er erst kürzlich aus Südafrika zurückgekommen sei, damit er sich um seine Eltern, insbesondere um den pflegebedürftigen Vater kümmern könne. Seine sehr große Farm habe er verkauft und wolle nun einen Teil des Erlöses für eine Immobilie ausgeben, in der sie gemeinsam wohnen könnten. Er suche etwas wirklich Exklusives und habe schon mehrere Objekte in Thüringen besichtigt. Schloss und Park schienen ihm sichtlich zu gefallen, und er bat darum, sie zeitnah seiner Mutter zeigen zu dürfen. Mein Bekannter flüsterte mir noch zu, für diesen Interessenten sei der Kaufpreis überhaupt keine Hürde. Trotzdem ließ ich Herrn W. wissen, dass wir noch mit anderen Bewerbern im Gespräch waren. Als ich bei der Verabschiedung seinen Wagen betrachtete, erklärte er, ein wenig autoaffin zu sein und sich deshalb für die besser motorisierte S-Variante des C 63 mit 510 PS entschieden zu haben, wie ich sicher schon bemerkt hätte. Natürlich hatte ich nicht, sondern fragte mich, ob der etwas entfernt stehende, ungewaschene Skoda Kombi schon von ihm als unser Auto identifiziert worden war.

Nur drei Tage später kam er mit seiner Mutter wieder, einer gepflegten älteren Dame, die er fürsorglich untergehakt durch alle Räume führte und dabei deren Nutzung durch die Familie und ihren „guten Geist" als Pfleger diskutierte. Wir servierten Kaffee mit Kuchen und stimmten seiner Bitte zu, einer Firma Zugang zum Neuen Schloss zu gewähren, damit sie ein Angebot für die Installation eines Treppenliftes abgeben könne. Dann fragte er noch, ob ich es für möglich hielte, die nach Norden offene Seite des Grundstücks durch den Bau einer Remise abzuschließen, deren Gestaltung sich ja an der barocken Fassade des neuen Schlosses orientieren könne. Er habe einige Oldtimer unterzubringen und wolle das wegen ihrer Werthaltigkeit direkt am Wohnsitz tun. Ich wies darauf hin, dass für ein

solches Projekt die Meinung der Unteren Denkmalschutzbehörde maßgeblich sei und man wenigstens eine zeich-
nerische Darstellung als Diskussionsgrundlage brauche.
Kurz darauf besichtigte ein namhafter, in der Region Ost-
thüringen/Oberfranken tätiger Architekt die Örtlichkeit.

Als Herr W. uns nach zwei Wochen wieder aufsuchte,
brachte er schon ein überaus gelungenes Projekt für die
Remise mit, die sich sehr gut in das vorhandene Ensemble
einfügen würde. Und er unterbreitete einen Vorschlag,
den man als großzügig bezeichnen musste; er umfasste
folgende Punkte:

- Wir verpflichteten uns, sämtliche Verhandlungen mit
  anderen Kaufinteressenten einzustellen.
- Für eine Bauvoranfrage zur Errichtung der geplanten
  Remise sollten wir einen positiven Bescheid des Landratsamtes erwirken.
- Uns oblag es außerdem, ein Wegerecht über das Grundstück unseres Nachbarn Helmut Müller zu bestellen,
  das Herrn W. eine bequemere Zufahrt zu der Remise
  gewähren würde.
- Alle für diese Verwaltungsakte anfallenden Kosten
  wollte Herr W. übernehmen.
- Schließlich sollten auf Anraten seines Rechtsanwalts
  unsere Kinder dem Kaufpreis rechtsverbindlich zustim-
  men, damit sie nicht nachträglich Ansprüche geltend
  machen könnten.

- Wenn die genannten Voraussetzungen erfüllt wären, war er bereit, für das Schloss einen Kaufpreis bezahlen, der um einen sechsstelligen Betrag über unserer Forderung lag.

Natürlich waren wir einverstanden. Und wir führten noch eine lange Unterhaltung mit Herrn W., in der auch der Ärger zur Sprache kam, den wir gerade mit dem Finanzamt hatten. Er empfahl uns daraufhin seine eigene, in Krefeld ansässige Steuerberatungsgesellschaft als sehr kompetent. Tatsächlich haben es diese Steuerberater dann geschafft, das Finanzamt Pößneck vollständig von seiner Nachforderung abrücken zu lassen!

Die Erlangung des positiven Bescheids zur Bauvoranfrage und die Bestellung des Wegerechts nahmen mehr als drei Monate in Anspruch. Herr W. hatte nicht nur die Gebühren für Bauamt, Notar, Grundbuchamt und die Vergütung an Herrn Müller jeweils pünktlich bezahlt, sondern uns für unsere Mühewaltung einen Betrag von 7.000 Euro zukommen lassen, der allerdings auf den Kaufpreis angerechnet werden sollte. Von seinem Notar war inzwischen ein Kaufvertrag aufgesetzt und uns zur Kontrolle zugeschickt worden. Der große Tag der Unterzeichnung des Kaufvertrages kam im Oktober heran. Wir trafen uns auf einem Parkplatz in der Nähe des Notariats mit Herrn W., der zusammen mit seiner Mutter in einem kleineren Mercedes eintraf, den er als Stadtauto der Familie bezeichnete. Dann unterschrieben wir den Vertrag, in dem der höhere Kaufpreis (und auch das untadelige Verhalten von Herrn W.) durch eine Schlüsselübergabe bereits nach Vertragsabschluss gewürdigt wurde. Er unterwarf sich ja schließlich mit seinem gesamten Vermögen für den Fall einer Nichtzahlung des Kaufpreises der Zwangsvollstreckung. Außerdem hatte er uns schon vor Tagen eine Versicherungspolice mit ausreichender vorläufiger Deckung für das Schlossinventar vorgelegt. Sie luden uns noch zu einem Glas Champagner in ein Café ein, dann fuhren sie mit einem dicken Schlüsselbund nach Nimritz, und wir machten uns auf den Weg nach Hopfgarten.

Für die Zahlung des Kaufpreises hatte der Käufer vierzehn Werktage Zeit. In diesen beiden Wochen waren wir noch zwei Mal zur Regelung letzter Fragen auf dem Schloss; immer hatte der neue Schlossherr Besuch. Zwei Tage vor dem Ende der Frist erschien Herr W. in Hopfgarten und erklärte, die Zahlung des Kaufpreises verschiebe sich um wenige Tage, weil sein Sohn bei der in München ansässigen Familienstiftung zur Vermögensverwaltung persönlich unterschreiben müsse, doch der Sohn sei leider erkrankt. Da er selbst aber keinesfalls auch nur wenige Tage unrechtmäßig im Besitz des Schlosses Nimritz bleiben wolle, gebe er uns die Schlüssel vorerst zurück. Sehr anständig! Doch die Kaufpreiszahlung verzögerte sich mit stets neuen Begründungen immer weiter. Wir wurden misstrauisch und zogen erst jetzt Informationen über seine − eigentlich über jeden Zweifel erhabene − Person ein. Im allwissenden Internet hatte er keinerlei Spuren hinterlassen, doch mit anwaltlicher Hilfe stellten wir fest, dass er erst vor wenigen Monaten vor einem Thüringer Gericht eine eidesstattliche Erklärung über Vermögenslosigkeit abgegeben hatte. Er war also insolvent. Und nicht nur das − seine längere Abwesenheit von den heimatlichen Gefilden erklärte sich keineswegs durch einen Aufenthalt im fernen Südafrika, sondern er hatte zu dieser Zeit eine Postanschrift im thüringischen Hohenleuben, die mit der Adresse der dortigen Justizvollzugsanstalt identisch war. Wir waren wie vom Donner gerührt. Wie konnte ein bankrotter vorbestrafter Hochstapler Architekten, Steuerberater und Rechtsanwalt eifrig für sich arbeiten lassen? Wie schaffte er es, ständig mit Autos im Wert von hunderttausend Euro herumzufahren? Und hatte er auch seine Mutter getäuscht, oder konnte man ihr ebenfalls nicht trauen? Was, wenn die ihn belastenden Informationen doch nicht zutrafen? Noch am fünfzehnten

Dezember erhielten wir von ihm die E-Mail: *„Lieber Herr Bennert, gerade habe ich von meiner Bank erfahren, dass die Überweisung des Kaufpreises an Sie ausgeführt ist. Mir wurde die Buchungsbestätigung bei Ihnen auf dem Konto bis morgen zugesagt! Als Beleg dient dann mein Kontoauszug, der aber heute bzw. bis jetzt nicht verfügbar ist. Ich fahre morgen Nachmittag auf die Filiale der Bank in Jena und hole den Auszug im Original dort ab. Die Bestätigung ist schon per Post an mich raus und wird mich erst erreichen, wenn das Geld schon bei Ihnen verbucht ist. Morgen am frühen Nachmittag rufe ich Sie aus Jena an."* So gern wir dieser Nachricht Glauben geschenkt hätten – Wahrheit hörte sich anders an.

Aus alledem erwuchs für uns jetzt das Risiko, die Notarkosten in Höhe von zehntausend Euro begleichen zu müssen, für die wir gemeinsam mit dem Käufer gesamtschuldnerisch hafteten. Dem Rat eines Pößnecker Anwalts, zivilrechtlich gegen Herrn W. vorzugehen, folgten wir nicht. Wir zeigten ihn auch nicht wegen Eingehungsbetruges an. Stattdessen besuchten wir ihn unangemeldet an der im Kaufvertrag angegebenen Adresse. Sehr widerstrebend ließ er uns ein; seine Mutter liege krank im Schlafzimmer darnieder. Wir versprachen, ganz leise zu sein. Es war offensichtlich die bescheidene Neubauwohnung seiner Mutter, in der er vor uns saß – auf dem Sofa, das zur Schonung seines Bezuges mit einer Decke verhüllt war, bot er einen armseligen Anblick. Ich verdeutlichte ihm, dass wir unnachgiebig die Bezahlung der Notarkosten von ihm forderten und bei einer Weigerung uns auch mit seiner Mutter in Verbindung setzen würden. Er sagte zu, uns den Betrag für den Notar in einer Woche zu übergeben. Als ich das Geld abholte, versicherte er mir, wenn er wieder solvent wäre und wir das Schloss dann noch nicht verkauft hätten, würde er es gerne erwerben – selbstverständlich für den vereinbarten höheren Kaufpreis.

Rückblickend glauben wir nicht, dass Herr W. uns betrügen wollte. Schließlich hatte er uns ja unaufgefordert die Schlüssel wieder zurückgegeben. Er konnte einfach der Versuchung nicht widerstehen, einmal im Leben Herr eines schönen Schlosses zu sein. Und dafür hatte er seine Umwelt mit einem bizarren Lügengebäude von unglaublicher Komplexität manipuliert. Als Eva äußerte, das sei jedoch für sie wie ein Albtraum gewesen, wandte ich ein, dass genau diese Begegnung uns davor bewahrt hatte, zur Beute des Finanzamts zu werden. „Warum musste es aber ausgerechnet Herr N. sein?" fragte sie. „Wir können uns", erklärte ich weise, „die Gestalt unserer Schutzengel nun einmal nicht aussuchen."

Das Schloss konnten wir an eine wirklich seriöse Familie aus Thüringen verkaufen, mit der wir heute noch freundschaftlich verbunden sind – auch durch regelmäßige Besuche im Schloss Nimritz. Hier sei noch einmal die Statistik seiner Veräußerung dargestellt:

49 Besichtigungen
7 Bekundungen der festen Absicht, das Schloss zu kaufen
4 aufgesetzte Kaufverträge
2 unterschriebene Kaufverträge
1 vollzogener Kaufvertrag.

18.1

Die Crux der ostdeutschen Schlösser

◇◇◇◇◇

Thüringen hat Sorgen mit seinen Schlössern. Im Lauf der Geschichte entstand durch unzählige Erbteilungen in den einstigen Duodezfürstentümern in der Mitte Deutschlands eine überreiche Schlösserlandschaft, deren Erhaltung und Pflege durch den Freistaat allein kaum zu bewältigen ist. Im Jahr 2016 präsentierte das Thüringische Landesamt für Denkmalpflege eine Studie, nach der 64 Burgen, Schlösser und Gutshäuser einen erhöhten Sanierungsbedarf haben und dringend Hilfe benötigen. Fünf Objekte sind akut bedroht, darunter drei von bundesweiter Bedeutung.

Der Umgang mit den denkmalgeschützten Adelssitzen ist in den Neuen Bundesländern grundsätzlich problematischer als in der alten Bundesrepublik. Die großen Residenzschlösser waren einstmals ein architektonisches Zeugnis von Macht und Reichtum; über die Kosten einer späteren Bauunterhaltung dachte bei ihrer Errichtung niemand nach. Und selbst die kleinsten Landschlösser standen üblicherweise auf einem wirtschaftlichen Fundament aus Ackerflächen und Forst, das eine Existenzsicherung über viele Generationen bedeutete. In der untergegangenen DDR kam den Schlössern diese wirtschaftliche Basis schon mit der Bodenreform vollständig abhanden. Mit der im Rahmen der Bodenreform durchgeführten Enteignung der Schlossherren, deren Rechtmäßigkeit auch nach der Wiedervereinigung festgeschrieben wurde, zerbrach eine oft über Jahrhunderte während Tradition des Besitzes und der baulichen Verantwortung für das Objekt. Der Bannfluch, den das neue System den *„Zeugnissen feudaler Unterdrückung"* entgegenschleuderte, ließ viele Schlösser und Gutshäuser für immer verschwinden. Die übriggebliebenen, nunmehr in Volkseigentum befindlichen Schlösser und Herrenhäuser hatten in der Folgezeit unter der ideologischen Stigmatisierung zu leiden, die einen rücksichtslosen Umgang mit ihnen vermeintlich rechtfertigte. Umgebungsschutz gab es für die Gebäude kaum noch; Baumaßnahmen der sozialistischen Landwirtschaft durften ihre Existenz ignorieren. Und eine beliebte Form der „Modernisierung" war das Überstreichen von Farbfassungen renaissancezeitlicher Holzbalkendecken mit einer in der ganzen Republik verbreiteten fäkalbraunen Ölfarbe. Dazu kam die Tatsache, dass Baupflege in dem nicht an Nachhaltigkeit interessierten Wirtschaftssystem der DDR ein Fremdwort war.

So erreichte die Mehrzahl der ehemaligen Adelssitze die Wende mit einem Instandhaltungsstau, der ein großes Hemmnis für Privatisierungen darstellte. Wenn die öffentliche Hand dann auch noch völlig überzogene Vorstellungen von einem Kaufpreis hatte, ging das Siechtum der Objekte jahrelang weiter. Ein Beispiel ist das Wasserschloss „Zur Fröhlichen Wiederkunft" im Saale-Holzlandkreis, das der Freistaat Thüringen in völlig heruntergekommenem Zustand aufgrund eines Wertgutachtens für 1.211.000 Euro feilbot. Über viele Jahre gab es für diese Summe keinen Bieter, und unterdessen verschlang in jedem Winter die marode Heizungsanlage des ungenutzten Baus 40.000 Liter Heizöl. Erst 2007 war bei den Entscheidungsträgern der Realitätssinn soweit fortgeschritten, dass sie das Schloss zu einem nur fünfstelligen Betrag an einen materiell und ideell geeigneten Erwerber verkauften. Seitdem hat die Instandsetzung der „Fröhlichen Wiederkunft" mit Unterstützung durch die öffentliche Hand gewaltige Fortschritte gemacht, aber noch immer ist einiges zu tun. Doch von solchen Ausnahmen abgesehen, hat das Land Thüringen mit der Veräußerung von Schlössern an private Interessenten keine guten Erfahrungen gemacht, wie ein paar Beispiele belegen.

Das kunsthistorisch bedeutende Schloss Rathsfeld am Südhang des Kyffhäusers überstand die DDR-Zeit trotz gleichzeitiger Nutzung als Betriebsferienheim und zentrales Pionierlager noch einigermaßen unbeschadet. Nach der Wende versuchte die Treuhand-Liegenschaftsgesellschaft fünf Jahre lang vergeblich, den Gebäudekomplex zu verkaufen. Dann war das Schloss für sie offenbar zu einer heißen Kartoffel mutiert, die man fallen ließ, ohne sich darum zu kümmern, in wessen Hände sie dabei fiel. Anders ist es wohl kaum zu erklären, dass 1998 bei einer Versteigerung der Zuschlag für das Denkmalobjekt einer Studentin erteilt wurde, die zufällig eine Erbschaft in der Höhe des Kaufpreises gemacht hatte, davon abgesehen aber mittellos war. Zehn Jahre später hatten eindringendes Niederschlagswasser und Echter Hausschwamm in Verbindung mit Vandalismus schon ganze Arbeit geleistet; 2012 wurde das Objekt aus der Liste der Kulturdenkmäler des Freistaates Thüringen gestrichen.

Auch Spekulanten mischten beim Ausverkauf ostdeutscher Schlösser kräftig mit. Nachdem in die Sicherung des bei Bad

Zustand des Schlosses Rathsfeld im Jahre 2008 (Quelle: BENNERT- Firmenkalender)

Köstritz gelegenen Schlosses Crossen mehr als 2,5 Millionen Euro Steuergelder geflossen waren, versteigerte es die Landesentwicklungsgesellschaft Thüringen im Juni 2007 für 205.000 Euro an eine von zwei Spekulanten aus Irland gegründete GmbH, die für den Erwerb kein Nutzungskonzept vorzulegen brauchte. Die beiden Gentlemen sperrten das Schlossgelände für die Öffentlichkeit, boten das Objekt für 630.000 Euro im Internet an und ließen es ansonsten ungerührt zehn Jahre lang verfallen. 2017 erbarmte sich die Stadt Bad Köstritz und kaufte Schloss Crossen für 350.000 Euro (einschließlich Nebenkosten des Erwerbs).

Noch ärger trieben es „Investoren" mit dem Schloss Reinhardsbrunn, das sich an einem für Thüringen außerordentlich geschichtsträchtigen Standort im Landkreis Gotha befindet. Es stand bereits in der Denkmalliste der DDR als „Denkmal von nationaler Bedeutung". Nach der Wende kam es in den Besitz zweier westlicher Hotelgruppen, dann wechselten sich in rascher Folge mehrere Eigentümer ab. Sein baulicher Zustand hatte sich bereits erheblich verschlechtert, als trotzdem noch Grundschulden und Hypotheken von fast zehn Millionen Euro auf das Objekt eingetragen wurden. Man fragt sich: Wie blauäugig müssen eigentlich Kreditinstitute sein, die einer dem Ruinenstatus entgegensiechenden Immobilie eine derartige Werthaltigkeit zumessen? Notsicherungen, die der Landkreis Gotha als Ersatzvornahmen ausführte, wurden von dem jetzt in Russland (oder Weißrussland?) geschäftsansässigen Eigentümer nicht bezahlt, stattdessen bot er das Objekt dem

Land Thüringen für einen Euro zum Kauf an – ein Danaer-geschenk, mit dessen Annahme der Freistaat auch die auf der Immobilie lastenden Schulden übernommen hätte. Im Juli 2018 enteignete der Freistaat Thüringen schließlich die zwielichtigen Schlossherren – ein für die Denkmalpflege in der Bundesrepublik erstmaliger Vorgang. Die Kosten, die für die Sanierung auf den Steuerzahler zukommen, werden auf vierzig Millionen Euro geschätzt.

Das wahrscheinlich jüngste Residenzschloss Europas liegt im Saale-Holzland-Kreis und erlangte traurige Berühmt-heit durch die Art und Weise, mit der ein windiger Erwer-ber nun schon seit zwanzig Jahren das Land Thüringen, die Denkmalpflege, Bauhandwerker und einen Förderverein düpiert. Herzog Ernst I. von Sachsen-Altenburg ließ das Jagdschloss Hummelshain im Stil des Historismus mit Elementen der Neogotik und Neorenaissance errichten; 1885 war der Bau vollendet. Mit einer außergewöhn-lichen technischen Ausstattung markiert es das Ende einer Epoche; durch das Sachverständigengremium der Bundesbeauftragten für Kultur und Medien wurde es als Baudenkmal von nationaler Bedeutung eingestuft. Die Landesentwicklungsgesellschaft hatte 1998 das Schloss zusammen mit dem zugehörigen 16 Hektar großen Grund-stück an den Leipziger Unternehmer Dr. Lutz Rothe ver-kauft, der es alsbald an eine Briefkastenfirma mit sich ständig ändernder Adresse übertrug. Den vollen Kaufpreis zahlte er nicht, sondern blieb einen Betrag von 300.000 Euro schuldig, trotzdem verhalf ihm die LEG 2008 zur

Eintragung in das Grundbuch. Dr. Rothe dachte auch nicht daran, die vertraglich festgelegten Sanierungsauflagen zu erfüllen, nur eine Notreparatur am Dach beauftragte er – allerdings ohne den ausführenden Dachdeckerbetrieb dafür zu bezahlen. Das Dach, Balkone und Fassaden des Schlosses litten unter seiner Herrschaft schwer. Auch das Innere des Gebäudes wurde in Mitleidenschaft gezogen; eindringendes Wasser zerstörte Holztäfelungen und wertvolle Wandgemälde. Im Jahre 2006 verlieh ihm der Denkmalverbund Thüringen e.V. den Negativpreis „Schwarzes Schaf der Denkmalpflege".

Verleihung des „Schwarzen Schafs der Denkmalpflege" am 05. September 2006 an den Besitzer des Jagdschlosses Hummelshain, der die Auszeichnung allerdings nicht entgegennahm.

Inzwischen stand der Preisträger mehrfach wegen des Vorwurfs der Insolvenzverschleppung, Steuerhinterziehung und wegen eines vermeintlich betrügerischen Anlagemodells vor Gericht. Als die LEG endlich 2017 versuchte, den immer noch ausstehenden Restbetrag des Kaufpreises durch eine Zwangsversteigerung des Schlosses beizutreiben, fand der smarte Dr. Rothe eine Privatperson, welche die Summe mitsamt aufgelaufener Zinsen für ihn bezahlte. So ist er noch immer Herr des Jagdschlosses Hummelshain. Doch der Freistaat Thüringen wollte dem immer bedrohlicher fortschreitenden Verfall des bedeutenden Denkmals nicht länger tatenlos zusehen. Angeregt durch den Förderverein Schloss Hummelshain übertrug er dem Verein die Verfügung über 1,5 Millionen Euro für die Planung und Ausführung der dringendsten Reparaturen. Eine ambivalente Situation: Zum einen ist sie sehr erfreulich, weil der Verfall eines bedeutenden Schlosses endlich gestoppt wird, zum anderen wird damit das Eigentum seines renitenten Besitzers durch Steuergelder aufgewertet. Aber wenigstens soll der aufgewendete Betrag als Grundschuld in das Grundbuch eingetragen werden.

Ich selbst habe noch eine ganz persönliche Beziehung zum Jagdschloss Hummelshain. Am Tag der Verleihung des „Schwarzen Schafes der Denkmalpflege" erteilte Herr Dr. Rothe mir als Vorstandsvorsitzendem des Thüringer Denkmalverbunds e.V. schriftlich Hausverbot für das Betreten seines Grundstücks. Und dieses Verbot gilt noch immer.

19. Geschichte (2016)

Heimkehr

◇◇◇◇◇

Der Umzug von Nimritz nach Hopfgarten konnte ohne Möbelwagen vonstattengehen; wir hatten nicht viel mitzunehmen. Wirklich angekommen ist man an einem neuen Wohnsitz erst, wenn man auf dem Einwohnermeldeamt nicht nur sich selbst umgemeldet hat, sondern auch seinen Hund. Wir glaubten, die Hundesteuer nur für die restlichen Monate des Jahres entrichten zu müssen; immerhin hatten wir in Nimritz schon für das ganze Jahr bezahlt. Doch man belehrte uns, dass die Hundesteuer eine Ganzjahressteuer sei, die man sogar in voller Höhe zu entrichten habe, wenn man sich erst zu Silvester ummelde. So bescherte Hund Mo im Jahr 2016 gleich zwei Kommunen volle Steuereinnahmen. Wenn er es verstehen könnte, hätte er sicher nichts dagegen gehabt, denn er ist ein charakterlich hochstehender Hund mit altruistischer Einstellung, der mit uns seinen letzten Knochen teilen würde.

In der Zwischenzeit hatte unsere Tochter Sabine (die sich im Schloss noch weigerte, den als Kröte verwunschenen

Prinzen zu küssen) auf dem Windmühlenhügel einen Kosmetiksalon eröffnet. Dabei ließ sie sich nicht durch kritische Fragen von Experten beeinflussen: *„Sie haben doch gar keinen Kundenstamm; wie wollen Sie denn Kunden hierher auf den Acker locken?"* Und wirklich waren die ersten Jahre eine harte Prüfung für Sabine. Sie erlebte die Zumutungen, welche mit einer Existenzgründung in Deutschland verbunden sind: gebührenpflichtige Zwangsmitgliedschaft in der Handwerkskammer, realitätsferne Schätzungen des Einkommens durch die Krankenkasse und vor allem das Damoklesschwert des Finanzamtes, bei ungenügendem Ertrag ihrer Tätigkeit diese rückwirkend als Liebhaberei einzustufen – mit einschneidenden finanziellen Folgen. Von der Handwerkskammer bekam sie, außer regelmäßigen Beitragsrechnungen, nur monatlich die Deutsche Handwerkszeitung zugeschickt. Weil Sabine darin nichts für sie Wissenswertes fand, versuchte sie ein halbes Jahr lang, zwecks Ressourcenschonung das Blatt

abzubestellen. Vergeblich – es zeigte sich, dass mit der Mitgliedschaft in der Handwerkskammer ein Zwangsbezug der Zeitung verbunden war, die man im Winter wenigstens im Ofen verheizen konnte.

Ein wenig Werbung im „Grammetalboten" hatte bereits einen Kundenstamm entstehen lassen. Dann erlebten wir, dass die wirksamste Form der Werbung die Mund-zu-Mund-Propaganda ist. Mathematisch durchaus verständlich: Wenn eine Kundin besonders zufrieden ist, sagt sie dies mindestens zwei anderen, welche mit der gleichen Zufriedenheit schon vier Neukundinnen anwerben – der Kundenstamm wächst exponentiell. Sabines Salon hatte einen Kultstatus erlangt, der Kunden nicht nur aus den umliegenden Dörfern, sondern auch aus Erfurt, Weimar, Jena, Sömmerda, Gotha und sogar Gera anzog. Nur die begrenzte tägliche Arbeitszeit setzte ihrer Tätigkeit noch Schranken. Eine Angestellte wollte sie nicht einstellen; diese hätte ihren Ansprüchen wohl kaum genügt. Und wir stellten fest, dass der Spiritus loci, den man in diesem Fall wohl mit Pioniergeist des Ortes übersetzen konnte, die nächste Generation erreicht hatte.